一个人的节气与乡愁

王克楠

天斌是我的文学挚友，彼此认识于"散文中国"论坛，那时，年纪轻，对散文有一股子认真劲儿，因而彼此交往甚笃。后来，我在他所在的县文学杂志上发了一个小文，有稿费，但后来我调动了工作，他费力找到我的联系方式，把稿费寄给了我。

春节之前，听天斌说要出版一本散文集，我当时就表示期待，没想到他真的发来书稿，诚恳地邀我为此书写序，心中甚是温暖，也有几分忐忑。好在这些年我一直关注他的创作，对于天斌的散文造诣也很清楚，就贸然接了这个"活儿"。天斌的这部散文集起名《人间气息》，很内敛，但内在气量、格局并不小，他既写草木季节，又写世俗山河，从实到虚，又从虚到实，叙述表达的是生活的长度和深度，表达了人在现场的真切况味，读毕，令人再三回味。

大凡有阅读经验的人都有这样的体会，好散文常常不写满，要给读者留下想象的余地，让读者参与"再创作"。天斌的《人间气息》便是这样，他没有对节气做概念化注释，叙述的仅仅是以节气为由头，重在表现乡村的原生态生活，凡是有农村生活经验的读者会以自己的生活主动去"补充"，换句话说，每个人都有自己的"二十四节气"，都有对节气的理解与认识高度。

笔者最近与几位教授聊中国文化对世界的贡献，不约而同地认为完善的农耕文明是也。众所周知，工业化是全世界发展的主流，中国改革开放四十多年，也在大力发展工业，发展城镇化，反而怠慢了农业生产，不少农田荒芜，令人担忧。作者在《人间气息》第一章，扎根于农耕劳动，以中国"二十四节气"为纲，分别记录了各个节气在贵州乡村的细节，描写了各个节气中具体的生态变化，既有庄稼，也有花草；既有氛围，也有细节；既重当下，亦穿插古代插叙；既有风俗习惯，也有家庭细事……总之，有经有纬，互相穿插，交织成活灵活现的贵州农耕图。

中国的"二十四节气"是中国人通过太阳周年运动，认识一年中的时令、气候、物候等方面的变化规律而形成的农耕制度。"二十四节气"从诞生时候起，就有效地服务了农业生产，也成为农事活动的主旋律，二〇一六年十一月三十日，"二十四节气"已列入联合国教科文组织世界非物质文化遗产名录。天斌是在贵州农村长大的，他深谙"二十四节气"是如何指导农耕生产的，他对"二十四节气"的叙述有点有面、有动有静，既有面的概述，更有细节的烘托。或以植物的形态入题，或以物事的变化烘托，或以天气变化点染，或古今结合议论，或以瓜果蔬菜证题……从各个侧面叙述了农人对节气的情感，完成了植根于作者心中的"移动中的审美"。

贵州的环境"地无三尺平，天无三日晴"，特殊的地理环境，不可能进行大平原那样的机械化操作，大部分是在牲畜辅助下的手工劳动，基本上保存了几千年中国农民的种植业原生态，因此其散文很接地气，他的爷爷就期待他"在土地上长成一株茂盛的庄稼"，爷爷甚至为他洗"泥土浴"，完成了一个乡村孩子的"人土同在"仪式。

我读过其他作者写"二十四节气"的文章，知识性往往超过体验性，天斌的文章却不是这样，他对节气的理解伴随着自己的成长。天斌从小就体弱多病，到成人后结婚生子……人在节气中会有少许恐慌，更会感到节气的温暖，尤其春天，"草木、花朵、鸣虫，甚至清香的泥土，再一次唤醒生命熟稔的情节"，是季节的节气打开了他认识世界的大门。他的父亲经常训导他"要懂得稻子"，人在乡村生活得久了，就会感受到乡村的自然神性，"无论是一棵草、一朵花、一块石头、一株庄稼、一个洞穴，它们都心静如月，扎根世俗，又远离世俗"。这样的乡村生活画面不仅是大自然的和谐图画，也是生活的教科书。

凡是自然的，都是美的，《人间气息》的叙述现场是在乡村，是乡村发生的人和事，而节气就是见证者，见证了许多事情的起因和结果，也见证着结结实实的收成和形而上的充实感。天斌始终按人物的生活节奏写节气，写老人，也写孩子；写诞生，也写死亡。人之一世，草木一秋，静静地来，又静静地逝去。节气和乡村生活给天斌带来对生活的思索，正如"在乡村，一株稻子，貌似简单，却是最难解读的时光与事物"。乡村是一个独特的"场"，即使月光落到了乡村，也产生不同的含义。天斌在《月光忆》中写了月光中的自己的奶奶，写了以赶鸭为生的幺公，也写了终生未婚的乡村老人，还写了猝死的初中同学……人是活在大地上的草，生和死具有偶然性，也有必然性，追思其道理，会有所感悟。

第二章"世俗山河"里的文章，应该是跟第一章"草木季节"对比着写的，即一边写庄稼草木的生长，一边写世俗中人的生活，彼此互相映衬，互相证明，正如天斌所述，"人是在土地上长成的一株茂盛的庄稼"，这是实实在在地对人和自然关系的理解，也可以使"诗意生存"不再遥不可及。天斌在散文《生死有梦》中叙述了乡村可贵的"耕读持家、有动有静"的重视知识、文化的价值取向。说及人和自然的关系，人，本来是在大自然中丰富自己的，可以说大自然是人类成长的母体，但随着人类的智能发展，随着大自然秩序的逐渐改变，甚至遭到破坏，人也禁不住要去思索什么才是真正的大自然。天斌用他的散文告诉我们，大自然当然是风景地，更广阔的"风景地"在乡村，没有乡村，就没有风景。

有风景的地方是有诗意的，农村的诗意最终要落在村人的日常生活上。天斌在《乡村手艺》中描写了乡村里的手艺人，比如石匠和木匠，"我父亲在三十几岁时起房造屋，每餐必以七盘八碗招待石木二匠"。还有乡村的铁匠，"铁匠是人们所向往的职业，因为做犁做耙，打造锄头镰刀等，都离不开铁匠"。另外，作者还有趣地描写了骟猪匠、巫师以及道士先生，再现了农村生活的原生态。

在我的印象中，天斌写字谨慎，惜字如金，对于形而上的

"理念"多有呈现，他的散文现场性强，以写实为主，但也有些篇章运用了暗喻与象征，比如《疾病的暗语》，刚开始是写自己的疾病，疾病当然是具体的，但后来就延伸到疾病与人世的诸种隐喻。在生活中，人们总向往着"好的生活"，但往往是，你想走进某一个房间，结果却走进了另一个房间。人想抗拒疾病，又无法阻挡疾病，令人联想这三年新冠病毒对于人类的侵害，信然也。散文可以表达情绪，但方向是双向的，可以由抽象而具象，也可以由具象而抽象，天斌深谙此道。例如，对于孤独的进行"升华"，他是从无数乡村老人的生活提炼出来的，当下许多乡村青壮年纷纷从乡村逃离，只留下老人守在乡村……

以物象写思想内涵也是天斌常用的艺术手法，例如，煤油灯，虽只是旧时乡村照亮的物什，但它更有来自人世的体温，"……即使是借，也要借来两三盏煤油灯，从灶房到堂屋到房间，几乎每一间屋子都要把灯盏点亮，仿佛日子的兴旺与人世的繁华就在那灯盏里被照亮似的"。这篇散文既凝重，又执着，似有千军万马在文字中奔腾，呈现了乡村生活的侘寂之美。以物象写思想内涵的散文，还有《村路》，天斌先叙述了村中的几条道路，尤其是记叙了两座桥"消失"后的苍凉，"总之，一条河流，它仍然以一条路的身份，运转着村子的日出日落"。对于故乡的意义呈现，他也有独特的理解，"我一直把这些村路视为故乡。每个人的故乡，都会有不同的具体的物象所指，譬如一间老屋、一个院子、一截河湾、一堵残剩的老墙、一口古井，甚至是西山上的一轮落日，它们是灵魂和生命的出发地，亦是归属地。"这样的表达，笔者与作者深深共鸣。

一个人写点东西是容易的，但能充分吸收地气进行写作就很难，天斌是扎根在大地上的写作者，他从大自然的日出日落、风云变化中吸取灵感，为树木庄稼作传，一如苇岸那样深深追求理解大自然的细节，对于人类的工业文明保持了一定的警惕，总之，天斌不仅从自己的节气与乡愁中找到了创作灵感，也找到了文学的存在价值，当然，"找到"可以凭本能，坚持下来很难，笔者愿与天斌共勉，是为序。

　　（王克楠，内蒙古人，知名作家）

目录

壹 | 草木
季节

贰

世俗
山河

草木季节

壹

立春日

昨夜落了一场雨，不急亦不缓，不大亦不小，恰到好处的滋润与生动。不像微雨，只是画纸上的一抹湿痕，若有若无似的；亦不像暴雨，摧毁一般，仿佛世界与生命的历劫。这雨，似乎受了神谕似的，只为今日的立春做了铺垫或是宣告，也觉得正像某种仪式，让人想要敲响某扇门时先整整衣襟。

门前的那株红梅还在开着花。却只有一枝，其余从半腰分出去的四枝一直空着。使得独独开放的这一枝，不是热闹，而是落寞的样子。就好比一边是死的大面积的茫然，一边是生的微茫的希望。不过虽然微茫，那生的气息，一旦在那里涌动，倒也能带来些人世的安慰。近看，花朵虽然还挂着一层层的红蕊，却分明有些暗淡了。前几日在微雪之中，它们却是灼灼夺目的，一旦入春，又急急地枯了下来。物与季节，总是强调各自相宜，一旦越界，便会有冲突。梅花旁边是一株桂花，近看梅花时也顺带看见了桂花枝头竟然还有一朵朵秋天时留下的花朵，虽然是残花了，可那一缕缕的白，却显得固执无比，似乎要常留芬芳的样子。这让我觉得无比惊诧。我原以为当属于它们的季节过去后，那桂花该是早已零落成泥，却不料还能在此时看见它们的肉身，世间的坚持，原来就在那悄无声息处，也在那悲怆处，如子影，如孤灯，却又分明让心魂有某种灼热。

有隐约的阳光浮现，仿佛自地底升起的暖气，正一缕又一缕地爬上泥土与草木，还有高高的建筑，最后一直爬到天空之上，天地之间是一层淡淡的微黄。能看见有阳光的影子在那微黄间想要露面，却又还被某一层纱帘隔着，正是欲出未出，还有点犹抱琵琶半遮面的诗境，给予人想象的空间和妙意。

我决定去水碾坡看看。水碾坡还未开发，虽然征拨了，可是来不及建房和修路，那里还有树林、土地，还有农民在那里种有庄稼，还看得见农历节气的痕迹。在这立春之日，我必得要去走一趟。

去水碾坡要绕过小区，再绕过县政府大楼，再绕过食堂，最后才绕到先前的那一条沙子路。这样一描述，可以看出沙子路是被挤在边上去了。自从村里被开发为县城新区后，从前的事物就一直都被往边上挤，譬如村子的房屋，先前是居中而建，现在全规划到山脚了；又譬如先前的田地、河流等，被新的建筑和道路所覆盖，只剩下往边上的那一部分，也有被挤出去的感觉；又譬如这一条沙子路，先前进村出村，都要依靠它，算不得人马喧闹的繁华，却也有贴心贴意的温暖。我少年时进山放牛割草，跟父母去地里劳作，也没少走这条路。后来亦是从这条路上背起行囊外出读书，并从此离开泥土上的生活。如今还能依稀看见那些散落在路上的脚印与梦想，但现在这条路却真的是凋谢了——它被前后切断，前后都有新的建筑物耸立起来，往前往后的路，早已改道；剩下的这一截，也被彻底地遗弃了，一直到现在，都还没有铺上水泥或是沥青，倒是从先前的路旁，迅速长出了无数荒草，仿佛竞赛一般，一簇比一簇繁密，有些凌乱，还有些狼藉，尽显时间的沧桑。

路边倒是有一株柳树很显眼。叶子早已落尽，枝条低垂着，垂头丧气似的，了无半点精神。虽然立春了，但没有任何声息，就像某一只虫子，破茧成蝶尚需些时日。还有它们是否真能醒来，也让人担心与怀疑。原因是摸摸那枝条，干裂、迟钝，丝毫没有生的迹象，而按平素的经验，有些人，有些事物，有些梦，往往死于无声无息之中。也没发现树上竟然停了两只麻雀，等我拂动枝条时，才看见它们惊慌飞去的身影。略略怔了一下，想着自己干扰了一棵树与两只鸟的宁静，虽然不是有意为之，心里也总有些内疚。

从柳树下过去，几分钟后就到了水碾坡。水碾坡是隆起的一座小山。小山不算高，离地面不足百米。小山分东坡和西坡，东坡地势平缓全是地，西坡地势稍微陡峭些全是草坡。东坡地里的玉米、大豆和高粱迎着朝阳生长，露水漾漾的充满生机；人侍弄那些庄稼累了后，就移到西坡躺在太阳下，看看村子、天空，再想想心事，日子就不紧不慢地过去了。后来开发后，无论东坡西坡，政府全都组织栽了树，栽了树后，就没有人上去了。树全是杉树，几年时间就长成了树林，四季常绿。小山前面建起了一幢幢楼房，是即将迁移而来的县医院用房。小山后面也即我现在所在的位置，是一致铺开的商品房，正紧锣密鼓地往小山方向推进。也不知当商品房越过我眼前这一片还来不及开发的土地后，小山会不会最终被削平。若是不削平，小山倒是可以作为未来新县城的一大风景，给人们留下一些物质之外的空间。

　　杉树始终呈现绿色，看不出立春的任何痕迹。不仅仅是立春，其他节气在这些常绿的植物身上，都一定是无迹可寻。倒也不知这是幸还是不幸。人有参差之别，月有阴晴圆缺，才是生命应有的真味。如这些常青树一般的，是否也缺少了某种韵致呢？倒是杉树林下来的这一片樱桃树，树枝虽然是冬日里苍茫的颜色，可在枝头，却冒出了细细的叶芽，一点细细的绿色，从那枝头的末端挤了出来，让人觉得在那苍茫的身子内部，却是盎然的绿意涌动。又想到这一棵樱桃树，经历了冬的沉寂，又迎来了春的生机，这样的经历，算得上是生命的幸运吧？再说到这立春的节气上，若不是这一棵樱桃树，一路过来的枯萎的颜色，还真让我怀疑古人"阳和启蛰，品物皆春"的说法了，还好有这樱桃树的新的叶芽，做了那万物开始复苏的标志。

　　地里的油菜还没开花，依然是嫩绿清新的身子，低低地立在泥地上。就像二八年华的佳人，在深闺中枕梦而眠。尤其是菜叶上那几滴露珠，亮晶晶的，待手触其身时，便来回滚动，就像某颗明媚的眸子左顾右盼。这倒让我有了些莫名的安慰，总觉得虽然立春了，虽然一切事物都即将启程，可毕竟时日尚早，还有很多事物可以留念。很多时候，人就是这样矛盾的统一体，一方面总渴望新的时间快点来临，另一方面却又对旧的时间留念着，舍不得，也丢不掉。

　　发现了一堆牛粪，大约有半人高，显然是有人特意备了来用作春耕的。忍不住心动了一下。自从几年前村里的土地征拨后，这样的场景就很少得见了。或者说，土地的征拨，其实也宣告了村子农历时代的结束。现在，我却从这一堆牛粪身上，看见了农历时光的延续，亲切是自然的，激动也有几分。我是七十年代生人，七十年代往前，在我看来均是属于农历时代的人，对于农历的一切，一定具有某种特别的情愫。至今还记得写过《大地上的事情》的苇岸，还有他说自己生在工业文明时代是个错误之类的话，我想这便是七十年代再往上的人对于农业的共同心理。而苇岸之所以让人倾心，恐怕亦是因了这一柔软的乡愁。

也有几块地荒着。上面野生着零星的柴胡，但已经枯去。我知道柴胡可以入药，可以治疗感冒，以及疏肝理气，李时珍的《本草纲目》和张仲景的《伤寒杂病论》对其均有记述。但柴胡在这里，其生命的价值显然不为人所识，就像旁边的各种野草一般自枯自荣。于是心也就揪紧了一下。如这块地里的柴胡一样的，就像命运的寂然荒芜，大地之上，独在一隅，究竟是生而为药还是生而为草，何去何从，均只是自己的事情。

哀愁一旦引发，就继续攀缘而上了。空地往上，我看见了一排空荡荡的墓碑。墓碑还在，坟墓早已迁走。征拨用地，村里很多坟墓都迁往九头坡与八大两座山上去了。墓碑上的名讳还在，只是无人打理，被簇生的荒草紧紧遮盖，显得更加空荡荡。这与我来这里走走的初衷有些不相宜，却在某种程度上让我更接近村子与农历的某个时间刻度——当农历的踪迹退缩到这为数不多的泥土之上，一块块空荡荡的墓碑，仿佛也是在做最后的某种言说？

阳光还是出不来。不仅阳光出不来，还意外地起雾了。先是远远的，村子两边的九头坡与博多岭、大屯、小屯头顶着一层雾，有些稀薄，透过雾气还能看清山峰的样子。接着那雾气就开始弥漫，四面八方地，逐渐变得浓厚，像黏稠的液体迅速流动，就连水碾坡这一带也被雾气裹着了，就连我也被雾气裹着了，就连那些突兀的，显得很耀眼的新耸立起来的建筑也被雾气紧紧裹着，模糊不清了。那些关于立春的我想要看见的景象，也都模糊不清了。

而我，是真有点迫切地想要看见春的影子了。尤其是在这残剩的土地之上，我是真想要看看那春的气息是如何走过。

随手在手机上翻看古人关于立春的记录——

"立，始建也。春气始而建立也。"

"立春共有三候，一候东风解冻；二候蛰虫始振；三候鱼陟负冰。"

古人所言应该不谬。我想，既已立春，不管路途多艰，春天一定在路上了。

雨水行

离立春过去了十五日。十五日内，大地上发生了许多新的事情。譬如油菜花开了；譬如画眉、杜鹃、云雀的叫声逐渐清脆明亮，堵在喉咙里的浊气仿佛被清洗一空；又譬如有人将棉袄换成了单衣，一定是东风解冻并有了暖意；又譬如有人开始在河岸上垂钓，一定是鱼陟负冰的时节已经到来；又譬如有一阵或是两阵的雨点总是落下来，以至于让我怀疑今年的雨水是提前到来的，在你猝不及防之际，雨水就倚着门槛望着你了。

我一边想着大地上的这些事情，一边爬上了小区旁边的小坡。这也是我第一次来到这里。小坡以前在村里要算是个不吉之地，土少石多，种不了庄稼，凡是有婴儿夭折了的，都会被抱到这里丢弃。后来土地被征拨，被开发商围了起来，并打出了房屋预售广告，估计离它们成为高楼已经不远。但还是有人越了围墙进去，在那些零星破碎的泥土上种了白菜和小葱之类。这明显是见缝插针，当泥土逐渐成为稀罕之物，人们对土地的感情会更难以抑制。白菜是冬白菜，到了春天，就有些力不从心，恹恹的，像是生病了的样子。小葱则是照样的一身青绿，这柔弱不起眼的植物，竟然经得住四季的洗礼，也要算一个意外。

石头上多荒草，虽然现在身子枯了，可是还能想象出它们当初生机勃勃的样子。只要有一粒土，有某个缝隙，它们就能让自己的生命绽放。这世间的坚韧与执着，原来是无处不在。并且时间行走到这里，我分明看见在那身子内部已经有了柔润的颜色正在一点点往上移动，一直要移动到草尖之上，仿佛要一笔一画描绘出春天的样子。

小坡过去，便是狮子山。狮子山的身形就像一头狮子，原是位于空旷处，前后左右均是平地，虽然不算高，可当其耸立起来，却也颇有豪迈之气。现在前后左右都有楼房高过它，将其挤在中间。依我的估计，在不远的将来，这一座狮子山，或许还会被整体铲除。狮子山埋有我七辈之前的祖母，虽然过去了这么多年，可是每年清明，后代各房子孙都还要前去祭拜她，总将其视为各自生命的源头。想到一个在此安息了百年以上的人遭受如此打扰，甚至极有可能还要遭受更大的打扰被迁走时，不安便忍不住涌动起来。不过又想，为了乡村的发展，我们做一些舍弃，亦是情理中的事，所以终究是释然了。

狮子山种有一片樱桃树，已经开花，将那一片山地都染白了。只是总有裸露的岩石与荒草将那白切割开来，甚至因了小块小块地相互隔着，那一朵朵的花就还有点像冬日的残雪，也仿佛落在心上的某些细腻的情愫，一笔一画之间，均有浅浅的心事爬上眉头。记得立春那天我去水碾坡时，樱桃树还只是冒出了一点点花蕾，但一迈进春天的门槛，就迫不及待地盛开了。几乎一夜之间，就梦境一般将其呈现给了大地。古人在二十四节气七十二候中每一候内开花的植物中，挑选了一些植物作为代表，叫作这一候中的花信风。其中立春之后是一候迎春、二候樱桃、三候望春。在我的乡村，我却认定能真正代表春天花信的，便只有这樱桃花与油菜花。一是因为早，在立春之后，万花都还没苏醒时，此两种花就应了节气的召唤；二是因为艳，土地还没征拨时，平地里是一望无际的油菜花，地势稍高的坡地里是星星点点的樱桃花，一块是大黄，一块是大白，浓墨重彩的色调，加之黄与白的相互交织，互为映衬，让整个村庄耀眼无比。如今平地里的油菜花很少见了，即使是那些暂时还来不及修建高楼和道路的土地，大多都被围墙围住而无法耕种。于是狮子山这片樱桃花，初见之下，竟然有了久违的亲切感，仿佛从前乡村的记忆，唯在此时此地迎面而来。

狮子山还有一片蚕豆地。地是后来形成的，那一块块的土堆，明显是挖掘机新掘起的泥土，只是趁还没派上用场，就被农人用来栽了蚕豆。蚕豆是去年撒的种，现在已经长成，有隐约的花朵正要冒出来。那欲出未出的样子，可以推测当几场雨水降临后，就一定是它们集体登场的时刻。蚕豆地旁边是一块空地，一对年老的夫妇早早就下地了。停下，跟他们打招呼。得知他们是来种芋头，还说这芋头必得在雨水节气种下去，必得要抢在此时，才会长得好，产量也才会高。突然就有些莫名的感动。就想起一幅幅古老的譬如"人勤春早"之类的景象，总觉得此时此地这对年老的夫妇，便是这景象最后的留守者。

狮子山过去是大寨地。大寨地是村里唯一以历史命名的地块，原是"农业学大寨"时期整出的样板地，后来这个名字便留了下来。我还小时，大寨地背后滴水岩上的石壁上还镌刻着"农业学大寨"五个深红色的大字，只是后来风化，到现在已经没了半点痕迹。这倒也携带着一些时间的沧桑感。其实历史也好，个人也罢，乃至大地上的一切事物，终究都要如这般雨打风吹去。大寨地现在是县委县政府所在地，按计划原是"一正两厢"的格局，现在却只是修建了两边的厢房，正房的位置虽然早腾了出来，却迟迟不见有办公楼耸立起来，只是植了草坪，草坪倒也没有什么过人的景致，只是每年有霜的时候，上面会降下很好看的霜，常吸引了上下班从此路过的人驻足凝望。大寨地还有一些低矮的房屋，是村里刚拆迁时农户的临时安置房，现在废弃不用了，也没拆除，只是砌了一道围墙将其隔着。房屋周围，是农户栽下的一片桃树，还没开花，却冒出了新的叶芽，就像立春那日我在水碾坡发现的樱桃树的叶芽一样，亦是初生的样子。节气之上，樱桃花与桃花的生长时间，恰恰是一个"三候"共计十五日左右的距离。

地坎上盛开着黄色的九里光。当然，九里光不是此时开的花，而是在冬日里就盛开了，一直延续到此时。九里光很是耀眼，据说只要花开，九里之内必有其光芒照耀。九里光呈黄色，有点像菊花。又因其经得起霜雪的洗礼，不识得的人还常常将两者混淆。但实际上，大多的菊花往往过不了冬天的门槛，倒只是九里光可以一路迎着风雪，不仅仅作为冬日的点缀，也还是春天不可或缺的风景。它的生命力，其实远胜于菊花。现在，当菊花消失，它们却还不停地往上攀缘和往四周穿插，最后就从那些枯去的植物的头顶冒出来，以自己的芬芳，帮着照亮了周围晦暗的草木。当然，这一定要仔细看，否则，还以为九里光此身只是寄生于其他植物之上，殊不知它们的根，就深扎在那些草木底下，而且草木之下，更有泥土相连，只是从不显山露水。

不过，九里光的花期，终究还是结束了。雨水节气第十日，它们就纷纷凋谢了。只是这样的凋谢却也不失悲壮，就好比一旦为其他植物顶住冬之压力又掀开春的天空后，此身就圆寂似的。它们亦总是引人联想，在雨水的门槛上，它们的辞旧迎新，有点近似于我此时的乡村，一方面是新生活的到来，另一方面是旧时光的消逝，其间的情愫，总有点让人感怀。

　　雨水节气第十二日，早樱也开花了。而我似乎没有过多的热情，原因是我的村子从未栽种过樱花，此前亦不识樱花，知道樱花是在后来离开村子并阅读了几本书之后。这几株樱花，是村子开发为县城新区后才移栽过来的，我总觉得它是外来之物，跟村子并没有半点血肉联系。但它们显然也不在乎我的态度，那一朵朵的红，在一抹湿湿的空气中，仿佛亦刚刚得了雨水的滋润，正由里到外灿烂地盛开着；仿佛还要连着远处的樱桃花与油菜花，一起将这早春的花事推到极致似的。而我，是不是有些狭隘了呢？大地之上，草木之间，其实又怎能分亲疏远近？它们其实均同出一源，不分彼此，同是与季节人心共呼吸，同是要让人为之牵挂并悲喜相连。

　　柳树也发新芽了。立春时一枝枝还沉寂于梦里的光秃秃的枝条，在雨水节气最后一日，就都赶到一起挂满了绿色的嫩叶，宛如垂下的纤纤玉手，全是惹人怜爱的模样。不过，我更在意的是，柳树去约二十米远，亦是被围墙围住即将开发的另一块空地，柳树就立在那里，还有一些枝条越过了围墙。我认得这棵柳树。柳树下原是一口井，井里常年流淌着一股清澈的水，并一直流到水碾坡，最后就形成了坝口河。在从前，我们都一直将这棵柳树视为坝口河的源头，只是后来要修建坝陵大道，坝口河就被填平了，水井也干涸了，柳树却留了下来。一时之间就有点感慨，仿佛万千历劫之后，岁月邈远之时重又邂逅的那一份亲切，让人为之情不自禁。

有一滴雨落在我的额头上，尔后不见了。我先是疑心这并不是雨，而是柳枝上滴落的某滴露珠。两三秒后，却又有两三点，再到七八点，一直到密密麻麻的雨点落下来，还能听到窸窸窣窣的声音。声音落到草木上，先是一簇发出响声，再又是两簇、三簇发出响声，到最后就连成一片，仿佛大地之上的草木，一起萌动起来。看来，雨是真的来了。雨已经跨过春天的门槛。于是又想起了古人关于雨水节气的记录：

"天一生水。春始属木，然生木者必水也，故立春后继之雨水。且东风既解冻，则散而为雨矣。"（《月令七十二候集解》）

想雨下落成水，水润草木，大地之上，果真就要换了人间。

惊蛰的花事

　　玉兰花名字极俗，像泥地上的事物，土里土气，花色却惊艳。世人均说牡丹雍容华贵，可我以为玉兰花的优雅，则要远胜其韵，所以自从玉兰花开后，我几乎日日记挂着。加之我亦在清人李渔的《闲情偶寄》里得知玉兰花色虽然为世所稀，却经不得雨水，只需一宿微雨，花色便会开始变坏，所以总是担心第二日起来后，便看见那残败的模样。

　　玉兰花是雨水节气的第三日开放的。此前并没有任何预兆，树枝亦是往常那光秃秃的样子，丝毫没有要开花的迹象。可是一经露面后，密密麻麻的花朵立即就向四周舒展开了，就仿佛神说的要有光，于是就有了光。仿佛神的手指轻轻一弹，奇迹就立刻出现了。而我也终于觉得，大地之上，总有一些秘密，是得让人神往并心生敬畏的。

　　等我再见到玉兰花时，已是惊蛰时节了。之前因为有事耽搁，我一直担心玉兰花很快凋谢看不见了。果然，当我再次来到玉兰花前，枝头上已经只剩了些残花，只是让人欣慰的是，花色依然残留着明媚，有点如美人迟暮，那最后的美，尤其是那份凛然的坚持，依然能让这个世界心动。

跟玉兰一起凋谢的还有山茶花。

山茶花不像玉兰花。玉兰开于春天死于春天，好比生于梦中死于梦中的短暂。山茶花则是上个冬日就开放了，一直经立春、雨水再到惊蛰，方才枯萎，就好比阅尽沧桑再寂然成灰似的。

我前后去看了山茶花两次。

第一次是惊蛰第七日，立于枝头的那几朵，看不见动静；落在泥地上的那几朵，仿佛刚刚历经尘世之累，但身心亦是一片清澈无云。第二次是惊蛰第九日，山茶树上的花朵，正不停地零落下去，一朵朵残红，堆成了一座座小小的花冢，生与死在此刻显得轮廓分明。但我又知道，生与死却又是相互轮回并此起彼伏的。艾略特有两句诗——

你去年种在花园里的尸首，
它抽芽了吗？今年会开花吗？

我想，这些山茶花的尸首，也该是下一次轮回时的种子，在死去的同时，亦在酝酿着下一次的重生了。

尘世的确纷纷涌动了。

日日从边上走过的那堵围墙内，桃花已经盛开如繁。

雨水节气头几日，桃树枝头仅是冒出了一点细芽，经几场雨的滋润后，就露出了点点嫩红，正是《月令七十二候集解》"雨水至，桃始华"的场景再现。又落了几场雨，就到了惊蛰，那红却管不住了，除了满园子乱跑，有几枝还将身子探出了围墙外，仿佛要挤占整个春天方才罢休似的。突然就心有所动，节气之间，亦是更替有致，互为铺垫，才有了生命的绵延不断。

跟桃花一起开放的，还有李花。一个园子，半边是桃花，半边是李花。正是对谁都不偏心，恰是平均分配。村人待桃李，从来都视为一家之物。总觉得桃李二物，各是生活的一半，甚至还是不可分割的统一体。而其他事物，却你是你我是我，总有明确的界限。这样的桃李奇观，缘于一份世俗层面的认知，譬如李代桃僵的故事，一份生死情谊，挑得起山河响动；又如桃李不言，下自成蹊，一份人间有情有序，自是此生有寄，人间美好有望。所以到最后，自是言桃必说到李，并且亦是既种了桃，亦要补上李，否则便是人世的失和，甚至惆怅失落。

不过，桃李亦是有区别的。不管人世的主观意愿如何，万物自然有别，那各自的人生境遇就摆在那里。这不，若以名声而论，李树远不及桃树。桃树的经历，要比李树丰富得多。《诗经·周南·桃夭》里即有"桃之夭夭，灼灼其华"的描述，再到陶渊明的《桃花源记》："缘溪行，忘路之远近。忽逢桃花林，夹岸数百步，中无杂树，芳草鲜美，落英缤纷。"又再到唐寅的《桃花庵歌》："酒醒只在花前坐，酒醉还来花下眠。"即使虚构的《桃花扇》，亦是点点碧血溅于扇子之上，遂开成朵朵桃花。而李树，多半则是默默无闻。复又说起李渔，就连他亦不得不承认这一份寂然，你看他这样说："李是吾家果，花亦吾家花，当以私爱嬖之，然不敢也。唐有天下，此树未闻得封。天子未尝私庇，况庶人乎？"其实也不是不敢私爱专宠，只是那李树名气不够，从而导致其冷落的命运。以至于再看桃李时，真觉得那红的一边是热闹，白的一边是冷清。就好比一边是人世红尘的展出，一边却是青灯之下的

壹 草木季节

孑然身影，让人忍不住想要对比一番。

梨花也开了。古人对惊蛰的记述多在意于雷声与虫子，"万物出乎震，震为雷，故曰惊蛰，是蛰虫惊而出走矣"。似乎惊蛰之下，大地之上，均是雷声与虫子的世界。但惊蛰之日，我并没有听到雷声，也没有看到虫子的身影，倒只是众花不停地登场，就好比是你方唱罢我登台，或者索性一起赶着趟儿，让人直觉得它们才是惊蛰时节特有的标志。具体到梨树，因为"梨"与"离"谐音，所以村人多不喜栽种梨树，从我能记事到如今村子拆迁不存，印象中整个村子就只有三五棵。至今还记得有一年我父亲出门在外，于某夜梦见他在村口卖梨子，醒来遂感到了不祥。后月余回家，得知我祖母已然去世月余。想起那梦的寓意，父亲总要得出乃是"离子"的暗示。此后经年，每忆及我的祖母，父亲总要说起这个梦，并忍不住黯然神伤。梦乃虚无之物。父亲之梦，有巧合，更有牵强附会之意，但足见一棵梨树在人心里的讳莫如深。

而实际上，梨树真是蒙受了不白之冤。

且来读这两句："鸳鸯被里成双夜，一树梨花压海棠。"梨树在这里，不是离别，亦不是惆怅彷徨，而是人间最美的红烛罗帐，并且就连那美艳的海棠花亦只是为之作点缀。再来读这两句，"忽如一夜春风来，千树万树梨花开"，即使在北风呼啸白雪沉重如铁的环境之下，只要一想起纷纷梨花，那情那景那心就一定如春天般盈满诗意。跟俗世的忌讳相反的，是梨花给予人心的美丽与温暖。

桃李梨之后，我还特地去看了野豌豆花。野豌豆花是惊蛰时节才开的，其余我所见的花朵都是在雨水节气甚或更早时就已盛开，因此我觉得只有野豌豆花才算是真正的一朵惊蛰之花。野豌豆花盛开在一片空地上，地亦是今年刚刚空出来的，去年还种有一片樱桃树。只是虽然空出了，并没有作他用，仍然是一块地的模样。也不知怎的就有野豌豆齐整整地长了起来。初时，我倒没有看见那些花朵，后来不经意蹲下去时才发现一朵朵粉红色的小花正在开着。只是它们太微小，被枝叶给遮住了。再观察下去，就觉得有些吃惊——它们虽然微小，却努力地开着，在属于它们的空间之内，一步不落地开着。其执着的精神，丝毫不输高处的桃花李花。于是，忍不住就想起袁枚"苔花如米小，也学牡丹开"之类的诗句。野豌豆花跟苔花一样，它们所展示的，均是人生命运的不屈，它们以一己细弱的芬芳，终究照亮了自己。

此是惊蛰前九日的事情。

第十日，我还遇到了油菜花。

那时候，我越过一堵围墙，在围墙内看到了它们。

它们占地不过两三分，之外的土地，全都长满了荒草。因此可以推断，它们是被人悄悄种下的。它们的处境，分明有几分不堪。

我有些自责。自从在雨水节气里写过油菜花后，我就忽略它们了。我原以为它们早凋谢了，没想到直至此时还在开着，只是受了荒草的影响，加之刚刚又被雨水淋了一次，显得有些凌乱。一朵朵花瓣，你靠着我，我靠着你，总有些疲倦的样子。但它们一定是美的，就像一个个有些懒意的女子，堪堪可怜的模样。但毕竟属于它们的时间不多了，至多再往前走几日，待清明之后，它们一定就走完此生了。而春天，也一定会在它们香消玉殒之后，更像春天的样子。

它们，将春天从手中接过来，然后又从手中送出去。

壹 草木季节

春分的脚步

先是桐花开了。春分低冷的气候是专门给桐花准备的。众花之中，桐花跟节气的特殊关系，要算得上绝无仅有。其他花朵开放时，气温可高可低，似乎不择条件，桐花则必须在低温中才能吐蕊，而又一待其开放后，气温就彻底地上升了。古人说春分两半，一半明媚，一半寒湿，我以为这桐花，便是立于那两半之间的分界线。

我的村子从来没有桐花，可我的村子又人人都知道桐花。每年春分节气一到，人人便都会念叨"冻桐花了"，仿佛那桐花就盛开在房前屋后或是前坡后坡似的。这要算得上村里花卉的一大奇观——虽然缺席，却又紧紧占据着村人的心。就好比那个人，虽然没有出现在你的生活里，可是在心上，却始终与你在一起，无端地就要让人起某种情思。

一边想着不可得见的桐花，一边就来到了河滩上。

河滩跟我住的小区只隔着一条坝陵大道。大道边上砌了一道围墙，将村子隔成两半：一半是开发了的新区，一半是征拨了却还没有开发的村子。虽然没有开发，原来的地貌却已经被改变，说是残剩的村子，显得更准确贴切。如果再接着比较下去，还可以说一半是工业兴起的步伐，一半是农业最后的足印。

说是河滩，其实也仅是记忆中的河滩了。自从村子拆迁后，河流改道，先前的河滩被一堆又一堆的新土覆盖，从前的大多事物也都难以辨认。譬如河滩上以前是一片麦田。如果时间放在拆迁之前，此时应该有青青的麦苗。记得女儿还小时，每年的春分，我都要将她从老城区带来这里看麦苗。农历里有"春分麦起身"的说法，我想让女儿看一看起身的麦子在春日里生长的样子，让她借此亲近泥土和大地。我以为这样的场景很是接地气，而一个人总是要接地气而生的。但这样的场景终于不复再来了，从前的麦田寻不出任何踪影，麦子也销声匿迹，"春分麦起身"也只是剩下的一句用来怀念的农谚，而农谚本身也跟众多快速消失的事物一样就要消失了。

所幸河滩虽然消失了，但还有人种下植物，也还有野生的植物，在那里生长。

譬如蚕豆。也不知是谁家种的。一堆高低不平的土堆上，种了五六十株。蚕豆苗长得极为普通，矮矮的，紧贴着地面，枝叶虽然呈青绿色，却像染了灰尘似的，不鲜不艳，仿佛穿了一件泥做的衣服，跟大地混为一体。早在雨水时节，我就发现有蚕豆已经长成，并且能看到有隐约的花朵正要冒出来。现在那花朵终于冒出来了，茸茸的一点白，紫色如蝶翅的花蕊却没有最终展开，正是欲出未出的样子。这倒真是迟缓了些，由雨水经惊蛰，再到春分，蚕豆花开可谓一波三折。这也像极了春天的步伐，总是走走停停，始终不肯将真面示人。

野蒿遍地都是。据我之前的观察，野蒿是从立春时节开始变绿的。那时候，在一簇簇于去年冬日里枯去的野蒿的身子底下，就长出了新的叶子，仿佛一边是肉身的坐化，一边是肉身的重生，水火不相容的两件事物，奇异地交织在一起。现在，春分两半之时，枯去的一半彻底枯去，被新生的一半取代。想来，世间虽然有坚持之说，可一切旧的终究都要成为过去，一切新的终究要成为这世界的主角，新旧交替，其实便是生命常理，尽管你不愿意接受，可终究得接受。

野蒿之外，枯色入眼颇多。譬如沿河两岸的灌木丛，譬如河湾里的那片芦苇，譬如那一簇只有三五株的竹子，尤其是那些紧挨着地面的叫不出名字的植物，似乎都还停留在冬日里似的。且不说它们有意要拖春日的后腿，至少可以认为它们是颇不长性子的一群，或者就像那些冬眠的虫子，直到此时仍然沉浸于去年的梦中而不愿醒来。当然，梦醒不见得就是好事，梦醒的同时，亦意味着一段时光的流逝，但我还是希望它们早点从旧梦中醒来。我私下想，再不醒来，春天，乃至整个季节就要丢下它们了。

椿树已经发新芽，远远地就看得见了。一朵朵新芽爬满枝头，就要将那个先前空落的鸟巢遮住。对于冬日里暴露出来的鸟巢，我总是心生落寞，觉得它就像一个沦陷于时间中的无助的家园，将要在时间中彻底沦陷下去似的。现在，这些新生的叶芽，一定是做了它们的庇护神，并且一直要滴水不漏地庇护着它们向前走去。但这一棵椿树，毕竟有些孤独。距离椿树不远是从前的村子，从前的房屋还在，人家却搬走了。从前村里的人，每年春分时刻，都要爬到树上采摘椿芽。椿芽采好后，先是切细了，再辅以鸡蛋炒之，可丰盛饭桌；又或用酸汤泡了，隔日取出，直接入口，亦是唇齿生香。每年此时，椿树之下亦是人世的一份热闹。但今年此时，除了我之外，椿树底下已经空无一人。

突然就有些忧郁，直觉得这春分之日，原来是要惹人伤怀的。古人有伤春悲秋之说，至于"悲秋"，暂且先不去说，而这"伤春"，原来就伤在这春分两半之时。

抬头，看见两只燕子正低低地在河的对岸来回翻飞。但是，它们还是去年的那两只吗？在旧迹难觅的村子里，它们是否还记得去年的路？还寻得到去年住过的巢穴吗？

在我们家老屋的屋檐下，就有一个空空的燕巢。当然，这个巢穴倒不是村子拆迁后空的，而是在村子拆迁之前的某一年空的。那年冬日里我的祖母去世，第二年春分时燕子也回来了，但只是回来看了看便飞走了。那时我正坐在屋檐下，两只燕子在我头顶绕了几圈，或许是它们终于发现了我们失去亲人之后的悲伤而不忍打扰，所以一去之后再也没有回来。而由此之后，我便记住了那个空空的巢穴，像一段往事，更像一段旧情，始终存放在心上。

如今老屋也成了一个空空的巢穴。我们就像一只只燕子，飞离了它。

如今的村子也成了一个空空的巢穴。村人就像一只只燕子，飞离了它。

忧郁有些不可抑制。

就像这低冷的天气，四处蔓延。

无独有偶，突然又听到了鹧鸪声。听声音应该有三五只，由远及近，又由近及远，真切而又缥缈，像独自的哀婉，又仿佛对别人的劝导，总之是有点苦和悲。

仿佛要将这春日一直留住，也要一直伤到深处。

壹 草木季节

人就觉得有些不堪。但还是忍不住要继续往前走。

再走几步，就发现了一条野径。野径前后都没有路，只有中间留下十余步的长度。我努力地想要辨认它在从前的位置，可就是寻不到任何蛛丝马迹。无论是往前还是往后，都已经无任何方向可寻，任何方向都被荒草给遮没了。

野径过去，再越过一堆泥土，就发现了一条小河。初见之下，觉得陌生。再仔细看时，便知原是河滩的上游，只是往下的部分被切断了，再往上的部分也被切断了，只剩下这一段还流淌着。小河中间横铺了几块石头，上面有脚踩过的光滑的印痕，显然是从前就留在这里的。想来，在从前，我也一定是从此路过无数次的，只是现在记不起来了，也记不起踩着它们过河的人究竟从哪里来，又要到哪里去，但我相信它们一定就在原处——时光在这里终于有了停下来的感觉，我喜欢这样的感觉，尤其在一切变化都很快的今天，这样的片刻的停留，其实亦是某种回忆，以及在回忆中获得的安慰。

小河里有几只鸭子。不知是家养的，还是放野了的。但我更倾向于后者。因为它们是如此惧怕人的惊扰，它们显然离开人已经很久了。我都尽可能压低了脚步声，但它们还是听到了，并一下子惊飞起来，惊得河水噼啪作响，有一只还高高地飞离了水面，那是惊恐至极所激发出的飞翔潜能。

如果真是野鸭，就只有一个答案：剩下的村子，在拆迁后，是真的被人丢弃了。

不过这毕竟不重要了。对于残剩的村子，除了一些散落的乡愁，它对于村民的生活，并没有什么联系，也没有什么影响。村民都搬到又新又高的楼房居住去了。村民的生活，已经翻开了崭新的一页。

　　重要的是，由这一群鸭子，我知道虽然春分两半，但毕竟明媚的一半在悄悄将寒湿的一半遮住。"春江水暖鸭先知"——鸭子既然下河了，证明水开始变暖了。暖暖的地气，也一定在悄然迸发，只等某个时刻，就要一起涌出地面。

壹 草木季节

清明的时光

清明时节雨纷纷，路上行人欲断魂。

借问酒家何处有，牧童遥指杏花村。

——唐·杜牧《清明》

一个人，就这样惘惘地朝着村子的方向去了。

村子在河流的上游。

我从河流的下游往上走。

河水还很浅。自从立春以来，虽然雨逐渐增多，可雨大多被草木吸走了，河里只剩下去年冬天的那些水流，它们铺不满河床，有很多裸露的石头。但河水分明早已醒来，先前一副酣睡的样子，现在睁开了蒙眬的双眼，并有微澜涌动的迹象。此刻离鱼陟负冰的时节已过两月，鱼儿开始在河底游动。这不，前几日春分时节，我的九岁的小侄子就在河里摸到了好几条指头大的鱼儿，还有几只巴掌大的螃蟹，它们被拿回家来养在盆里。天虽然不停地落着雨，山上也罩着浓密的雾气，一条河流处于烟雨迷蒙之中，但想着有鱼与螃蟹的游动，那水倒也觉得有些鲜活的痕迹，比起冬日里的沉寂，就像一个快要醒来的梦，已经到了新的一天的边沿。

河流里的荇菜，不知不觉生长了起来，并且很茂盛。它们聚族而生，枝连枝，叶连叶，往前推过去，便是齐整整的一片。不识得的人，倒也只将其视为普通的水草，我却知道它来历不凡。有古籍专门为其立了传："根生水底，茎如钗股，上青下白，叶紫赤，圆径寸余，浮在水面。"尤其是在《诗经·周南·关雎》里，更是将其视为爱情的信物："关关雎鸠，在河之洲。窈窕淑女，君子好逑。参差荇菜，左右流之。窈窕淑女，寤寐求之。"忍不住用手机拍了几张照片，将镜头拉近，一群茂盛的身子，便如那些妖媚的女子，宛立于水中，让人遐想。

往上爬几步，河岸就平直起来，河流却显得潦倒多了。还是水很浅的缘故。此刻春水还没涨起来，很多裸露的河床，被行人当作了路，连牛马都被赶到这里吃草来了。每隔几步，就能看见一堆堆牛马的粪便，河流在这里显然荒芜很久了，我甚至还有了它不再是一条河流的错觉。

河床上长满了飞机草，正开着花。花朵白色，每一朵又由七八朵小小的却是独立的花朵组成，花色极为绚丽。如果说在此之前樱桃花、梨花和李花的白只是淳朴，就像山间言笑晏晏的农家女孩走过掀起的热闹，那么现在飞机草的白，却显出浮华与妖艳。并且这飞机草，原是村人所痛恨的，它的根总能快速地吸干周围植物的水分而使其不能更好地生长，多年来村民总想要除之而后快。这样一想，就觉得那花朵或许还是一朵朵的魅惑之花，美丽的外表之下，于身于心，均是有毒之物。

无独有偶，就在遍生的飞机草旁边，发现了一株死去的曼陀罗。曼陀罗亦是有毒之花，较之于飞机草，更有人世的诸多譬喻。譬如佛教里说的空心、无心和安心，出世的姿态，便是其象征之意；又譬如西方的传说，说它常盛开于刑场附近，替每一个亡魂祷告，一份有情，让那有毒之身也多了几分温润之气。关于曼陀罗，此前一直无缘得见。没想到甫一得见，便是香消玉殒。这其中的因果宿缘，自然无法知晓，只是觉得自己亦算发现了某个秘密——都说清明节气，万物生长之时，但其实，亦有生命正在死去。有生有死，便织成那人间的悲欢与离合。

河流是真的凌乱不堪了。芦荻长满了一地，加之一直到此时，仍然没有发出新的枝叶，仍然是去年冬日里枯黄的身子，又在烟雨的笼罩之下，所以显得更加空寂，甚至让人忘却春天都在路上走好远了。

芦荻旁边有一个死水塘，塘里生长着密密麻麻的浮萍。只是还没醒来，当然也有可能死在了梦中。那些失神的眼，全愣在那里，没有半点人世的光泽。我以为，在精神质地上，这浮萍跟荇菜有着相似的命运，说是有根，其实无根，只随水漂流，人在天涯。只是荇菜，生于活水之中，终得了个妩媚之身。而浮萍，不幸沦落于死水，水既不动，那颗心也只能寂然如此。抬头再往上，河道还被新堆起来的泥土遮住，什么也看不见，也不知其上游又会是什么样子。而我显然是怕再看见那潦倒的样子，抬头望了几眼后，就停下了脚步。

河流两岸的水田大多不见了，倒是新建了一家游乐场。游乐场边上新植了一排杨柳。杨柳随风轻扬，跟河里的流水两相映衬，倒也有几许清致与风雅。还能看得见的水田，也只有一点影子了。地貌全被改变，只是长着油菜。油菜此时已经结籽。油菜也是这个时节唯一可以收获的庄稼。若是换作从前，此时的村子该是所有的心思都向着这油菜籽了。据说当油菜结籽之时，村民从其面前走过，必得小心翼翼，尤其是不能有任何言语惊扰，说是一旦惊扰，油菜便会生气，也不再以饱满示人。这实在算得上一个浪漫的童话故事，但足见一株油菜在人心里的位置。但现在，在田土丢失的路上，一块油菜田在人心里的分量，显然被边缘化了。

在乡土一切都边缘化的今天，乡土上的这些植物，每一看见，都会徒添一份失落。

爬上旁边的小山。小山名八大，我喜欢这名字，因为它跟明末清初画家朱耷的号竟然一样。而这朱耷，还是皇室后裔，身份高贵。山名跟人名一样当然纯属巧合，可也是因了这样的巧合，在这两个字里，我始终觉得有不同寻常的气象涌动。

八大原是村子最早的住处。因其像一把椅子，面南背北，正是传说中王气所聚之地。村民认为这是一块风水宝地，所以便择此而居。但后来负柴担水均需爬坡上坎多有不便，就搬走了。搬走之后，原来的旧屋基上，就成了墓葬之地。我的祖父就埋葬在八大上面。

祖父的坟头，已经长满荒草。

忍不住就有些悲戚。还记得祖父带着我在山野之间上坟的情景，现在却到我来给祖父上坟了，并且时间一过又是若干年。时间就落在那荒草之间。跪下，给祖父磕几个头。时间仿佛又落下了一些碎屑，在那荒草之间窸窣作响。

离开祖父的墓地，下山往村子走去，看见楸树已经开花。

清明之前，该开的花朵都开了，该落的花朵也都落了，热闹暂时告一段落。楸树花算是另起一行，也可算是那一场花事的延续。

而此花倒也没有辜负季节的重托，那紫中带白、白中透红的花色，淡雅、素净，却又惊艳，并且铺满了村子的天空，仿佛一场盛典般的隆重。还有另一种感觉：因为楸树树身极高，那花朵便开在高处，让人够不着，仿佛跟俗尘隔了远远的距离，有了金枝玉叶一般的念想。

那花朵，连着尘世，又远离尘世。

由花及树，倒又想起生命中的一棵楸树了。

那是二十世纪大集体解散时祖父从队里分得的一棵楸树。

树不大，却长得笔直，看上去是棵上好的木材。祖父因此说，这棵树，留着做他的老家。"老家"是我们这里的方言，指的是棺材。

祖父看中这棵楸树时不过四十岁上下，正是人生鼎盛之时。可是他却早早就计划起了死亡。

然而后来祖父的"老家"并不是这一棵楸树。就在祖父急着逝去时，这棵楸树却还没长成。这也是祖父一生最大的失算。祖父原以为他会等到这一棵楸树，但他等不到了。人与人，人与树的缘分，总难免会生成遗憾。而这棵楸树后来也不知所终，祖父去世后，据说它就被我二叔砍了，但砍了做何用，却又不得而知。

所幸，祖父亲眼看到了另一棵楸树成了他的"老家"。某个黄昏，红彤彤的夕阳铺满了庭院。木匠最后将棺材做成后，就让祖父试着躺了进去。棺材大小正合身，一躺下去，祖父忍不住就露出了笑容，跟夕阳的光芒相互映照，满足与幸福荡漾其间。

一棵楸树，连着的是生与死。

生与死，各自安静。

人也就有了些安慰。

沿着村子绕了一圈，再一次看见樱桃树。此时，花期早过，果子已经红了。红红的樱桃挂满枝头，甜美欲滴。近些年有些地方发展樱桃产业，有一句广告词：甜得像初恋。也罢，既然是这样的感觉，这红红的樱桃，怕是这清明时节唯一的温馨了。

似乎又不是。

纷纷的清明雨里，似乎有人在唱：红了樱桃，绿了芭蕉。

芭蕉不可见，却在人的唱词里。

唱词低回婉转，有几分清丽，更有几分忧伤。

流光容易把人抛——

把人抛。哦，正是这样了。

这节气与人世，在清明，便是那时光流动的印痕了。

壹 草木季节

谷雨的声音

谷雨一到，雨便轰然有声了。不像清明的雨，总是缠缠绵绵，撕扯不清。此时的雨，干脆利索，一改往日的黏稠。如果说先前的雨对于草木只是滋润，慢慢渗透，那么此刻的雨，却具备了灌溉的气势，仿佛要让草木一次吮个够。并且到最后，还能明显地觉得那雨彻底地渗透进了地底，并转化为水。都说"雨生百谷"，或许，在不远处，真的就要有谷物生长起来了。

一夜下来，雨在地块间留下了极为明显的湿痕。树木的绿色更加耀眼，生命的那一缕生动仿佛向外凸着。空气中浮着一层薄薄的清香味——泥土和野草混合的，以及一堆湿热牛粪的原味。有一只布谷鸟开始啼鸣，从远处幽深的山谷起，一直穿过村子和山野。像传说中的信使，它无限清幽、寂然，并明显带了忧郁，让整个山野愈加沉静。

父亲抬头朝着那声音的方向，又再一次说起它："布谷鸟。"父亲知道，作为报春鸟，布谷鸟是季节的另一种名词和语言。父亲屏足了气息，叫我仔细听，父亲说："栽早苞谷——栽早苞谷——"父亲接着说："季节到了……"

我忍不住有些激动。这么多年过去，父亲仍然没有忘记一只布谷鸟与大地和庄稼的关系。

在村里，一只布谷鸟，仅仅是它的名字，就容易让人想起谷物一样的意象。那些谷物的影子，如稻谷、玉米、高粱、大豆，等等，它们跟泥土一起，总是在眼前晃动。而父亲同样与庄稼有关。作为农人，父亲的一生，为庄稼而生，为庄稼而息。生息之间，便是四季。所以我懂得父亲，当他再一次说起布谷时，他一定是激动的，也一定是情感复杂的，他全部的欢欣或失落，一定都在此时涌上了心头。

记得那些年月，父亲就常常告诫我们，对于庄稼，你哄它一时，它就要哄你一季。意即如果不精心侍弄，它将以荒年回报。更记得每一年当布谷鸟开始啼鸣，父亲就要从楼上取出年前准备好的玉米种，精选出来的颗粒，饱满光亮。父亲不断用手摩挲，用目光摩挲。我则站在一旁，看他仔细筛捡其中的杂质，并挑出那些略微瘪凹的玉米。父亲总是一丝不苟。我那时并不懂得这些细节与布谷鸟之间的联系，不懂得"季节到了"对于父亲的意义，但多年后我终于明白，当布谷鸟作为一种物候，一种内心的时序，让他在端详一颗玉米中感到踏实和温暖时，他一定就感到了行走在大地上的幸福和憧憬。

只是现在，一只布谷鸟的叫声，显然空有其形。因为田野已经嗅不到谷物生长的气息。

阎王刺却说开花就开花了，就像大地做了个梦。一排排的阎王刺花在一夜之后就铺满了道路两旁。阎王刺从不在白天开花，只是在人们纷纷入梦的夜里，很神秘地就展开了它们的繁华。待人们看见时，它们早已置身于一抹晨光里，仿佛来此多时了。人们也往往都入了梦境一般，都会使劲揉了揉眼睛，恍惚自己跟大地一起，都刚刚做了个梦，或者索性还置身于那恍惚的梦里。

在村里，曾经很多年月，阎王刺花均是作为神祇供奉的。虽然它的名字有些让人恐惧，可是作为跟布谷鸟一起报春的信物，阎王刺花一直都是以神的身份作为人们膜拜的对象。每当阎王刺花开时，村里的寨老便会代表所有村民为其送上一丈二尺长的红布（其尺寸的选择亦是暗合一年有十二月、月月有红利的意思），并总要焚香燃纸祈祷，希望阎王刺花神能保佑村子风调雨顺、五谷丰登，保佑村人平安吉祥等。

当然，阎王刺花开之后，便是家家户户将农具抬出来的时候。站在谷雨的门槛上，家家户户就要下田耕种了。

然而现在，田野是真的荒芜了。

雨生百谷的景象已经无从寻觅。

田野里倒是长满了荒草。

譬如窃衣。窃衣又名粘草籽。人从它的身旁走过，其草籽就紧紧粘在了裤腿上。又因为惹人烦，也总是遭到铲除的命运。且不说田地里要用来种庄稼，就是路旁，往往也容不得它们出现。到最后它们只能退避到某个人迹罕至的角落艰难求生。但现在，没人再跟他们过不去了，它们就大摇大摆地生长到了田里。田里还长满了刺儿菜、千里香、三叶草之类的，密密麻麻，寸土必争，占据的都是原来谷物生长的位置。

好在很快出现了一块茼蒿菜，看得出是有人特意种植的。因为除了茼蒿菜，地里还有大蒜和小葱，并且地块也是精心整饬过的，中间是茼蒿菜，左边是大蒜，右边是小葱。于是，我似乎有了那么一点惊喜。虽然此时田野荒芜，可我似乎真切地看见了一个人影，在地里荷锄而立。这个人影，让荒芜的田野有了生的气息。

惊喜还在继续。因为去蒿蒿地不远，又发现了一块玉米地。玉米应该是在谷雨之前种下去的，现在冒出了一点嫩叶，离地面大约寸许，但已经有些风韵。玉米地也不大，窄窄的，在蔓草丛生的偌大的田野里，显得有些突兀，也有些亲切。一株株玉米，原是从坡下到坡上，堂而皇之，成为大地的风景，也成为生命不可或缺的词典。但现在它们竟然躲躲藏藏地、偷偷摸摸地生长在这里，无论如何都让人觉得有些无所适从。

雨还在下着。雨或许并不知道，谷物们不再像从前一样地回来了。

不过，在雨中，有些生命生长的气息，却仍然能给予人安慰。

譬如门前的竹林里一下子就冒出了十余株竹笋，露珠悬挂其上，充满新生的活力。还会让人想起一些关于竹笋的诗句，如"竹笋初生黄犊角，蕨芽初长小儿拳。试寻野菜炊春饭，便是江南二月天（黄庭坚《春阴》）"等，那一份生命的律动，就像汩汩涌动的泉水，正从那竹笋的尖上，一点一滴流淌出来，让人感觉到春日的无限生机。

譬如那一池浮萍，在雨点的不断冲击下，先前沉寂的一群，逐渐活泛起来，先是一朵朵陆续地睁开了眼，刚开始还是模模糊糊的，后来有点清晰起来，再下去就明亮无比了。身子也略略地动了一下，再下去又动了一下，紧接着就你推我我推你，整个池塘都跃动了起来。池塘里的水，也流动了起来，从下往上，从左往右，从前往后，四面八方都流动了起来，不再是先前酣眠的样子。一只点水雀，恰在此时，不早不晚，从高处俯冲下来，用双爪点了一下水面，然后高高地飞起来，还发出了一声清脆的啼鸣。刚刚还有些凝滞的空气，一下子就扩散开来，显得流畅无比。

牡丹亦紧跟着开花了。

牡丹却不是寻常人间花。《镜花缘》里说武帝冬游后苑，百花遵旨俱开，唯牡丹独迟，遂贬洛阳。就凭这一经历，已经遥不可及。加之那一份雍容华贵，更让人不敢对其心生妄念。就连词人，亦觉得那牡丹绝非普通颜色。"一朵千金，帝城谷雨初晴后。粉拖香透，雅称群芳首。"在牡丹面前，人实在只能放低姿态，一直低到尘埃里去。

妻子也很喜欢牡丹，在院子里栽了几株。牡丹倒也能让妻子称意，栽下去的当年便开了花。那也是谷雨时节，某个早晨不经意抬头时，便看见一朵朵的红跃上枝头。妻子也总是大书特书，总觉得牡丹为院子增色不少。只可惜今年的谷雨，却只看见了一株，其余几株均已不见。询问之后，才知其余几株去年生病死了。但只凭这一株，就足以让谷雨节气显得并不落寞。

牡丹之后，月季和杜鹃也开花了。

月季跟杜鹃有所不同。杜鹃一年只开花一次，就像一个人的生命，只能从大地上走过一遭，颇能引人起珍惜和怜悯之意。月季却是月月都能开花，在它的上面，看不出时光流动的痕迹。

也因此，月季花可以说的时候还多，现在就只说说杜鹃花。

杜鹃花开要比月季稍晚些。月季未开之前，杜鹃花始终没有要开的样子。月季开之后，不过一夜，杜鹃花就仿佛听到某声号令似的，一朵朵的红立即从枝头绽放出来。这样的秩序有点像神的安排，绝不是常人的情绪所能左右。杜鹃花亦是有故事的花朵。相传古时蜀帝死后仍不忘其子民，其灵魂化而为鸟，鸟名杜鹃，鸟啼溅血，血落枝头，遂开成杜鹃花。有一首古诗亦这样描述：

杜鹃花与鸟，怨艳两何赊。

疑是口中血，滴成枝上花。

——南唐·成彦雄《杜鹃花》

较之牡丹而言，杜鹃花的不寻常，也算另有风致。

我还知道，诗中所说的杜鹃鸟，实际上就是布谷鸟。在看见杜鹃花开的时候，我又仿佛听到了布谷鸟"栽早苞谷——栽早苞谷——"的声音，那清悠、寂然的声音，那不停地穿过山谷、村子与田野的声音，正携带着殷红的血液，一点点落在杜鹃花上。忍不住再一次想起那"雨生百谷"的意象——虽然此时田野荒芜，但我相信，就像这些盛开的花朵一样，只要布谷鸟还在啼鸣，生命的生长以及它所带给人的喜悦就一定还在。

立夏日

雨是立夏特有的标志，一年庄稼的晴雨表。农谚有云："立夏不下，犁耙高挂。"说的是立夏日没雨，就无法耕种，犁耙之类的农具，只能束之高阁，接下来也便是荒年。至今还记得从前的立夏日，父亲总是一会在堂屋坐下来，一会又跑出院子，不断瞅着天空，紧紧寻觅雨的行踪。其间的心神不定，让我记忆犹新。今年立夏日有雨，想来父亲不会为之所动了，因为土地全被征拨，犁耙无用，包括那句农谚在内，都成了从前的事物。

走出屋子，发现门前的事物也有了明显变化。譬如谷雨时节长出的那十余株竹笋，现在长成了竹子，跟往年的混在一起，看不出是新生竹了；譬如妻子栽下的七八株四季豆，昨日离地面不过寸许，今日一下子蹿高了约两尺，一切都来得有点迅速突然。看来，"春争日，夏争时"所言的确不虚。

再往前走，情不自禁就来到了杨柳田。因为我总想着立夏日应该是跟一块田有关的。立夏，它是收割与种植的另一个代名词。又因为杨柳田留下了我太多关于农历生活的回忆。

杨柳田左边是从坝口河流过来的水，右边则是几条河流从上游流下来不远的交汇处，并且在田坎之下，还有好几处地下水常年流淌，水源较为充足，使得杨柳田有了得天独厚的优势。现在，杨柳田没有田了，左边的坝口河早被填了，右边的河流虽然没有被填，却因为改造而改变了。那改造一时之间也还没有完成，狼藉的土堆横在河流中间，有水流过的地方疯长着野生的香蒲，并且高出了河岸，把一条河流都遮掩了。按理，这香蒲其实亦是一株好草木，并一直跟爱情有扯不断的关系，《诗经·国风·泽陂》里如此吟之："彼泽之陂，有蒲与荷。有美一人，伤如之何？寤寐无为，涕泗滂沱。"虽然爱而不得，但毕竟爱是人间最美的情愫。现在，除了凌乱，丝毫看不到美好的痕迹。尤其此时，经过谷雨时节那雨的积累，再加上立夏之雨的加盟，地底下的水，形成了一股股强大的力量，一起从各个角落奔涌出来，似乎兵荒马乱的。并且我总是想，先前，流水一直都是为着田和稻子而来，现在田和稻子都不见了，估计其心里也颇会有些失落，一旦由某个出口倾泻而出，就会跟那凌乱一起，将一条河流推到失控状态。

　　再往前走，发现杨柳田变成了一家酒店。酒店的名称倒也有些符合此地的景致：至野。酒店没有修建高高的楼房，而是将原来的田块切割成无数小块，还充分利用田块旁边的河流与小山，恰到好处地搭起了一个个帐篷，以及建起了小巧玲珑的亭台楼阁，然后用一条条错落有致的石板路将其连接起来，亦算有了山情水韵。据说这样的创意很吸引旅客，生意一直很火爆。

　　不过，酒店吸引我的，却是那些遍地的草木。当然，倒也不是因了草木的特别，而是我发现，在立夏时节，虽然春天过去了，但也还有很多花朵一直在接连开放。以前读过一首宋诗，说的是

壹 草木季节

"春从花际来，却向天边去。莺蝶空徘徊，寻春不知处"。于是一直误以为春去之后，花朵也就消失在天边了。现在看来，一切听来的，并不一定可信。

酒店里的草木，一种是黄金菊，一种是千屈菜，一种是绣球。此三种花均不是村里的"原住民"，而是酒店老板从外面移栽过来的。但我还算认识它们。

黄金菊花如其名，其颜色便若黄金一般的灿烂。只是有些单调，往往离叶子往上两尺许，那花朵才冒出来，并且也只有一朵，一朵与另一朵之间，亦要隔了一定的距离。倒是那叶子显得密密麻麻，呈现出丰盈之姿，跟那花朵划分出明显界线。不过真正让我疑惑的是，从前在村子的沟壑道旁，也常会长满菊类的花朵，但一般都在秋天往后。也因此，菊类的花朵留给我的印象，一直都是跟霜雪并行的。真没想到在这立夏之日，也还能看见它们的身影。想来这世间的生命，以及那生命里的很多事情，都是我们远远无法尽悉知晓的。

尤其惹我情愁的，却要算千屈菜。草木如人，也不知这千屈菜，为何就取了这名字。好似这小小的草木之身，藏着万千委屈。在网上查阅千屈菜的资料，果真有那么一点意思——千屈菜总是生长在河岸、沼泽或者潮湿的孤僻之地，有人称其为"迷路的孩子"。这一想象倒也充满了离奇，却总算道出了千屈菜的身世况味。那么就让我蹲下身子，用我一番怜爱的情意，抚摸一下这位"迷路的孩子"吧，愿你以及一切迷路的孩子，从这个立夏之日起，都能找到回家的路。

绣球花却开得极为隐蔽。沿着那些亭台楼阁绕了几圈，在道途快要穷尽时才看到了它们。或许"绣球"两字原本寓意着美好的姻缘，所以那花倒也不负其名，一朵朵都像灿烂的风华，甚至有些绝代的感觉。其实不仅仅是我，历代亦多有人将其引为绝叹，不妨摘录几句如下：

> 纷纷红紫斗芳菲，争似团酥越样奇。
> 料想花神闲戏击，误随风起坠繁枝。
>
> ——宋·杨巽斋《玉绣球》

诗中所见，均是神迹渺渺，俗尘难及。想如我这样的俗人，也就远远地立着，远远地看上一眼它不俗的姿容，就足够了吧。

离开酒店，还看见了三种花，一种是女贞，一种是刺梨，一种是七姊妹。此三种花倒是村里地地道道的"原住民"。

女贞这种花，一半属于谷雨，一半属于立夏。为什么这样说呢？因为女贞开于谷雨，香于立夏。谷雨的末几日，花看上去已很繁茂了，却不闻其香。不料立夏一到，那香忽然就散发出来。还未挨近，沁人的馨香一下子钻进了肺腑，仿佛一缕汩汩的清新从那里流过。再下去，还觉得那香味是铺天盖地的，似乎要将整个村子都覆盖。元人王冕有"忽然一夜清香发，散作乾坤万里春"的梅花诗，我以为用来说女贞，倒也贴切。从这个角度去看，女贞与梅花，虽然永不能谋面，却也可以视为知音。只是它们毕竟也有区别，梅花是报春花，梅花的身后，是万里春光。但女贞，当其花香万里时，却已经跟春天失之交臂了。

刺梨花开在道路两旁，有红有白，但无论是红是白均不再重要，重要的是它所选择的地点以及时间。于地点而言，它专门选择道路两旁，无非两层意思：其一，为了给道路做一下装点，让长长道途并不显得寂寞；其二，道途即路人，暗喻滚滚红尘。所以可以看出，刺梨花是一朵入世花。刺梨花的美，不在于清艳，亦不在于脱俗，恰在于跟那俗世紧紧拥抱。于时间而言，女贞虽然推开了立夏的大门，可它毕竟是从谷雨赶过来的，倒是刺梨花一直早就等候在门内，只等大门打开，它就迎出来。所以这刺梨花，才算立夏真正的开季花，是它最先照亮立夏的天空。

七姊妹花跟刺梨花隔得很近，一般是刺梨花过去三五步，便可以寻得七姊妹花。它们的花瓣构成，以及颜色，也都极为相似，枝叶上都长着刺，远远看去，有时还会将彼此混淆。实际上它们却是两种截然不同的花朵，尤其是在精神寓意上，在村民眼里，刺梨花只是一朵普通花，七姊妹花却是一朵神祇花，是七仙女（俗称七娘娘）的化身。每年七姊妹花开时，家家户户均要焚香祭祀祷告。除夕至元宵之前，据说还是七仙女下凡来的日子，如果谁家请到了，那么这家的女儿就会变得漂亮聪明。在此期间，家家户户都会争着举办请七仙女的仪式，我至今还记得这样的唱词：

> 七娘娘
> 你要来就快快来
> 不要在阴山背后捱
> 阴山背后冰雪大
> 打湿罗裙绣花鞋

其余的记不得了，但仅这几句，足以让人动容。因为七仙女的缘故，凡村民走近七姊妹花，都一定会凝神屏息，脚步也总是放到最轻，生怕惊扰了居住其间的花神。我一直觉得这真是一种美好，在一朵七姊妹花上，实在是人爱物惜物并且深怀敬畏之心的体现。

除了看花之外，我还仔细留心了一下远处的山野，也发现了其间的变化。立夏之前，虽然很多草木也都生长了起来，可是也还有一些草木，迟迟不见生长的动静。但现在，它们显然都跟上来了，一个最明显的变化是，先前于草木之间始终能看到的一些枯黄的颜色，那些死去的草木的肉身，现在都迎来了涅槃，再也不着一丝寂然的痕迹。所有的草木均披上了盛装，绿色仿佛波涛一样，在山野间滚动……看来，古人说的"孟夏之月，天地始交，万物并秀"，一定就是眼前的这般景象了。

小满的踪迹

《月令七十二候集解》有云："小满者，物致于此小得盈满。"但按我的观察，这跟我村的草木实际有些出入。小满之前，我村的油菜籽就饱满并且收割了，小麦也熟透，并在收割之中。所以并不是"小得盈满"，而是"大得盈满"，亦是第一个真正的收获季节。也正是有收获，小满节气跟秋天一样被人看重，是重要的时间刻度之一。

今年的小满，却不见麦子。油菜籽倒是有一些。比较而言，油菜籽要比小麦幸运些，虽然少，也还有人种。小麦是真的不见丝毫踪迹了，"最爱垄头麦"的盛景成为陈年旧事。荒芜的田野里，一些野燕麦却生长得蓬蓬勃勃。我第一次看见它们大约是谷雨时节，它们从一堆杂草中长出来，高挑的身子迎风而立，竟还有些袅娜动人的样子。要是换作从前，它们该是无立身之地的，每当它们想要从麦丛中现身，就被除掉了，村人绝不让它们占据麦子的丝毫空间，更不允许其以假乱真。现在，却只有它们作为田野的点缀了。第二次看见它们是在小满第三日，此时已经结籽并饱满起来，虽然远没有麦子结实硬朗，可是它们真的尽了全力，在有限的条件内实现了梦想。也正是那一刻，我仿佛看见了一株野燕麦的前世今生，在田野荒芜的背后，正是为人所不喜的它们毫无怨言地站了出来，让人记住大地之上的一株麦子，也记住一些过往的风景命运。

大雨倒是像往年一样如期来临。春日里包括立夏时节的雨，虽然一直都在从松到紧，但都显得轻柔，可以爱抚似的。小满的雨，则有着密集的刀斧之声，激越不可近。往往是第二日清晨起来，地面上已经积水了，再走出去几步，就看见河流里的水不仅涨了，而且颜色变得浑浊，和颜悦色的天地终于变了。我知道这大雨是应时而生的。因为此刻，是到打田准备插秧的时候了。打田必得有大水，所以大雨就来了。世间万物，物物对应，不得不让你觉得这自然充满神力，以及人的渺小和不值一提。

妻子在门前种下的鱼腥草也开花了。几场大雨后，那白白的细细的花朵就冒了出来。鱼腥草种在墙角，显得柔弱的同时，内心还有几分怯怯似的。虽然探出头来了，但似乎还想要随时缩回去，担心不被这个季节接纳的样子。但我还是忍不住为之惊喜。季节行走到小满，那些高处的花朵，大红大紫的花朵，都退出了舞台，给人的感觉是——除了草木的绿在高处、在半空中、在地上不断汹涌，再也难看到花朵的身影。可以说，正是鱼腥草的花朵率先填补了小满的空白。为此，我想，这鱼腥草其实是可以有资格从容一些的，如果没有它们，这小满的节气，或许真要留下一些缺憾了。

我甚至觉得有愧于鱼腥草。它们原是妻子从场坝上买回来准备食用，只是来不及吃，就随手种在了花台里，种下去不久就长出

壹 草木季节

了叶子。我和妻子也指着那新生的叶子说上了几句，但此后再也没有留心过它们。它们所经历的枯荣，跟我们已经没了关系。现在，却是它最先进入我的视线，让我对小满节气的记录，有了可以下笔的东西。一方面是我对它的忽略，另一方面是它对我的以德报怨，仔细想想，亦好比人世的某些写照。

鱼腥草花开后，大约三天，跟它一墙之隔的豆腐花也开了。豆腐花不是妻子栽种的，是小区物业培植的。长得极为蓬勃，低低地覆了一地。花只是先开了一朵，亦是白色的。花朵倒也不算小，但只有一朵立于那一地的绿叶上，显得有些零落。也因为零落，便有了让人想要怜惜的样子，也一下子觉得可人起来。直到五六天后，才等到另外的花朵冒出来，也不过三五朵，或是七八朵，终究显得稀稀疏疏——也好，这大约便是人们常说的宁缺毋滥吧，真美真好的东西，都不是以泛滥为标准的。还有豆腐花，单是那名字，就足以让人心生美意，那柔柔的花瓣，一旦跟刚出锅的嫩嫩的豆腐连在一起，其色其香，均是清新诱人的风貌。

我村原也有豆腐花的。只不过村民并不叫它豆腐花，而是叫狗牙花。据说是因为它的花瓣长得像狗牙，并且据说一旦被狗咬了，还可以用它的叶子来治伤，所以就这样叫了。村人的叫法倒是有些俗，还有几分不雅。可是对这一株草木，却是有明摆着的亲近和喜爱。记得村子拆迁之前，几乎家家或者房前，或者屋后，都要种下一些，为看风景的也有，更重要的是以防有人被狗咬了，可以摘来一些急用，也叫有备无患，算是村人的生活智慧。

出小区，至田野，还看见了一些正在盛开的花朵。

譬如飞蓬。有几株长在路边，有几株长在田里，还有几株长到了石旮旯里，仿佛随遇而安的样子。而实际上，它们恰也是随遇而安的一群。在我们村，还有人将其喊作"女儿草"，有的人家将女儿直接就取名"飞蓬"或是"蓬飞"，希望女儿的命运就像它一样，种子飞到哪里，就在哪里落地生根。故事的一开始便有些悲凉，但好在那些女儿都是随遇而安的人，嫁到哪里，哪里便是故乡，哪里便是人生新的开始，及至一生，倒也颇能让人感到安慰。

不过，故事既起了头，就让人为之牵挂。不说那人生命运，单就是那名字，一"飞"一"蓬"，便能让人起寂寞之意。如杜甫的"蓬生非无根，漂荡随高风。天寒落万里，不复归本丛"。又如李商隐的"隔座送钩春酒暖，分曹射覆蜡灯红。嗟余听鼓应官去，走马兰台类转蓬"。都是身世飘零，辗转难定之叹。一份安稳，往往是人生所愿，但偏要有人，总是在那路上，也不得不在路上。除此之外，《诗经·卫风·伯兮》里也有说到"蓬"："自伯之东，首如飞蓬。岂无膏沐，谁适为容！"说的是女子因为相思而不得见，所以懒得打理，导致云鬓纷乱。飞蓬不幸，堪堪一株弱草，竟然被赋予这么沉重的命运，想来也真是倍添伤感。但我又觉得有失公允。因为这飞蓬，就其身形来看，其枝挺拔，其叶丰盈，其花外为白色，内为棕色，宛如一只白色玉盘，托着一轮小小的太阳一般，正是妩媚有致、颜色可嘉，所以总怀疑它是被人误解了。

譬如蛇床子。以前，蛇床子很少见。它总是生长于人迹罕至的地方，至少那地方也总有几分隐秘。李时珍在《本草纲目》记载："蛇虺喜卧于其下，食其子，故有蛇床、蛇粟诸名。"因为它总是跟蛇在一起，所以一般人根本不敢靠近。我小时上山放牛割草，父母也总要叮嘱，如果看见蛇床子，要远远地避开，怕被蛇咬了。也因此，在我村的草木之中，就要数这蛇床子最是危险的一棵草，并失去了跟人亲近的机会。但另一方面，就节气而言，它又是具

壹 草木季节

有明显标志的一株草，村人都会说："蛇床子开花，老蛇出洞来。"对季节的判断，总是离不开它。一株草木至此，在那心上，也算是有爱有恨、爱恨难离了。

不过要补充的是，现在的这一株蛇床子，竟然大摇大摆地生长在大路边，周围亦少有草木作掩护，怎么看都不会是老蛇的隐身之地。突然之间倒有了些莫名的失落。再一次觉得，这世间万物，物各有道，一旦那"道"遭遇破坏，甚至彻底颠覆，其实便是生命秩序的不幸。我以为在这里，我们能看见万物最初的遵循和照耀其上的光芒。那光芒，其实便是人与万物之间的和谐有情。

大雨还是不停歇。大雨一直都在为打田与插秧做准备。村里有农谚云"小满有雨十八河"，说只要小满这天有雨，这一年那雨注定就要下它十八场，及至涨满十八河，亦有风调雨顺、庄稼丰收的意思。所以看花归来，我就还想起了一块水田。对于小满而言，一块水田，一季庄稼，毕竟是绕不过去的话题。记得从前此时，恰是打秧田的时节，亦是庄稼的开门仪式，家家户户都会男女老少齐上阵，一起来到水田里，不敢有丝毫懈怠。

而我也终于寻到了一块水田。去村约五里，山重水复之后，一片正在开发的田野里，一块水田兀自横卧着。男女老少齐上阵的热闹自然不可见。只是看见水田里长着一些秧苗，有两三寸高，离移栽尚有些时日。不过，时间上的问题并不重要，重要的是我费了好大劲才寻到这里，更重要的是在满目的荒芜里，只有这一块青青的秧苗——它更像以往时光的旧精魂，让我看见的第一眼就有潸然泪下的冲动。

紧挨着水田的，是一处出水口。水口往上，建起了高高的厂房。不知这里是否就是这一股水的源头？或许那源头还深埋在厂房底下？并且这股水流过水田之后，又被另一条水泥大道给堵住了——只愿大道底下还有某个洞穴，能让这一股水流向远方。有生有灭，有来有去，而不至于道途阻隔，才是物有所安，人有所适。这块水田过去，也还有一个人正在打着另一块新的水田——我多少有些欣慰，但失落也接踵而至了。因为我看见，紧挨着大道那边，一台挖掘机正在忙着，并且眼看着那些被挖起来的泥土，就要往水田这边抛过来了。也许，就这最后的两块水田，也只是最后一季，或许一季也等不到了，或许就在明天、后天，这已经打好的水田，以及水田里的稻秧，也要消失了。

终于放弃继续寻找水田的念头。那么还是回到家里去吧，还是回去跟父亲谈谈关于节气、关于一块水田的话题。就节气与水田而言，父亲较之于我，一定有更深的情结。父亲的一生，均交付在一块水田里。到土地征拨的前夕，父亲已经是七十多岁的老人，可是依然还在田里劳作。水田对他而言，就好比是那灵魂与血肉，跟生命紧紧联系在一起了。在此时跟他谈谈这个话题，或许于我于他都是一种安慰。

壹 草木季节

芒种的世界

芒种跟小满是连在一起的。其一，自然的物象有些不可分辨，譬如石榴树，一直都在开花，也一直都在凋零，花开花落铺满了从小满到芒种的路。还有三角梅，亦都是在这两个节气间开放，一半给小满，一半给芒种，没有亲疏远近。尤其是雨，芒种的雨跟小满的雨一样，都是大雨，又紧又密，一样的颜色，一样的声音。其二，都是农忙时节，割麦、打田、插秧、薅玉米地，所有的农活都一起在这两个节气上演，都跟一株麦穗与一株稻秧息息相关。

不过也有不同。庄稼自小满开始播种，到芒种彻底完成，正式开启了生长之路，使得芒种成为庄稼的重要刻度，亦成为村人生命的某种寓意。譬如至今我都还记得父亲常常说的："芒种不种，再种无用……"父亲是说错过了芒种就错过了季节，亦说有些事错过了就是一生，要人对时对物起珍惜之意。

所不同的，还有属于芒种的一些草木。

譬如胭脂花。芒种第七日，胭脂花才露出了粉嫩的脸蛋，可露出了亦不忙着全部展开，而是又待了两三日，才缓缓地拉开那一层遮着的帘子。而一旦拉开，便是惊艳，便是风生水起一般，就连周围不知名的草木，亦跟着兴奋起来。这也跟胭脂其物的身价有关。胭脂其物，本要算得上贵重。一般家境的女孩，往往视其为奢侈品而不易得。胭脂似乎只能出自如大观园里一类的女孩，非一般俗世所能拥有。且看《红楼梦》这样写胭脂："这是上好的胭脂拧出汁子来，淘澄净了渣滓，配了花露蒸叠成的。只用细簪子挑一点儿抹在唇上，用一点水化开抹在手心里，就够打颊腮了。"仿佛清风明月照拂，又如清泉出于浊世，那一点点若即若离、若隐若现的气息，引人遐思却又不可触及。

不过话又说回来，胭脂花却又不是贵重花，原因是乡野人家家家门前可种，并且容易成活。几粒种子撒下去，来年便可以见其开枝散叶，并且沿了门前一路泥地蔓延开去。再到芒种时节，那一朵朵花仿佛遍地堆积一般，绝非珍稀品种。乡野人家的女孩，跟大观园里的女孩自然不可比。胭脂的制作过程亦没有丝毫讲究，只等一朵朵的胭脂红跃上枝头，将那花朵摘下来，直接就往颊腮上涂抹。程序简单粗野，好在涂上去后，那美却也如天然之物，深觉别致心动。乡野人家的父母，在目睹女儿第一次用胭脂花涂抹颊腮时，心里就悄悄漾起了喜悦，女儿的心事，亦连着那花好月圆，让父母可期可待了。也因此，胭脂在乡野，除了美得素朴原生态之外，也是喜庆，是好梦团圆的代名词。

木槿也在芒种时节开花，比胭脂花要早两三天。妻子在门前种有一株，已经有好几年，每年都如期绽放。跟胭脂花一样，木槿亦要算得上一朵女性之花。《诗经·国风·有女同车》里的"有女同车，颜如舜华"的"舜"，指的就是木槿，说的是女子的美艳。

仿佛所有美艳的女子，都一起在芒种时节登场了。但跟胭脂花比起来，木槿却要算得上红颜薄命的一种。原因是木槿花花期极短，朝开而暮落。为此也还引得许多叹息，如李白的《咏槿》："园花笑芳年，池草艳春色。犹不如槿花，婵娟玉阶侧。芬荣何夭促，零落在瞬息。岂若琼树枝，终岁长翕赩。"李渔则直接就说："与其易落，何如弗开？"一份叹息，可以说是凄婉入骨髓。

不过，木槿花其实亦多温情。其绽放时，三五朵粉红紧贴于顶端，有飘逸之态，正是青春可人。这花朵，还可以及时摘来，制成木槿银耳羹，妻子说有养胃美颜之功效。妻子还直言，之所以栽下此株木槿，一是想要观赏其美艳之颜色，二是想要用其花制成银耳羹。虽然有些功利，却可以见得一株草木给予人的馈赠之美。还有其虽然"朝开而暮落"，可是一朵落了，另一朵却又开了出来，一朵接着一朵无穷无尽地开，就好比人生的代代相传，虽然多有悲凉之气，却也不失温暖。

除了散发女性的芬芳外，芒种的草木，还另有深意。

譬如草莲子。低低的、矮矮的，山坡灌丛、河谷路边、园边宅旁，只要稍稍留意，就会看见其身影，并且还不管不顾地开着花。花也极细，或许还无法入眼，也不管你喜与不喜，总之它就这样兀自开着，始终保持着益然向上的颜色。

也正因此，村民也叫它"逍遥草"，这个名字一上身，倒真让人有些吃惊。"逍遥"是庄子的人生理想，是指"无所待而游无穷"，是生命的大境界。想不到这样的一株弱草，竟然能有如此的认知和践行。再想想这人世的各种限制、委屈和不得已，两相对比，还真不得不对其刮目相看。

还有风铃草。草莲子是聚族而居，风铃草则是独门独户，往往在众多的草木之间，就有一株风铃草挤了进来。虽然只是独自挤了进来，却也不怕寂寞，更不会显得寂寞。它似乎早就瞅准了时机，只等芒种一到，那花就开了。只要一有风声，那花就像铃铛一样叮当作响了。铃铛响处，亦还可以看见众草跟其一道起伏的情态，就好比一声响起，众声跟着响应似的。我倒不觉得这是它的显摆，或者想要引人注意的浅薄，相反我相信这一定是某种殉道般的牺牲——它一定是想要以自己的声音，告诫人们注意芒种这一时间刻度的重要性。在这一点上，它就像那只布谷鸟——布谷鸟最早是在谷雨时节开始啼鸣，可那时并不显得紧迫，到了芒种时节，就一天比一天急促了，仿佛那一天比一天更加逼近的，都是必须紧紧握住的时间，稍不留神就从指缝间溜过去了。

布谷鸟与风铃草的声音，或许都是来自芒种这一节气的神谕。

王不留行则是极易被忽视的普通草木。稀稀疏疏的几棵，就藏在那些野燕麦之下，也不大敢出声，丝毫不去吸引人的目光。目睹它那躲躲闪闪的身影，忍不住就会有一些感慨。

世间生命，大红大绿热热闹闹，是为最耀眼，亦是大多数人所追寻之物。如王不留行一样的，要么是少数，要么是自愿的选择，在那只影青灯间，一个"寂"字，再一个"愁"字，便是命运的某种不堪。翻看《本草纲目》，对王不留行的释义还有新发现。李时珍说："此物性走而不住，虽有王命而不能留其行，故名。"于是那感慨，又再添了些惆怅。

一直在行走，一直不能留其行，一种漂泊的宿命感似乎与生俱来。

并且我又总是从那个"王"字联想到"王孙"之类，或者如王维的"山中相送罢，日暮掩柴扉。春草明年绿，王孙归不归"，或

壹 草木季节

者如淮南小山的"王孙兮归来，山中兮不可久留"，明知也牵强了些，并有张冠李戴的嫌疑，可总觉字面上透出的那一份意境，却给予人相似之感，总之都是人在外面，归期难择，人生相聚之期山长水远一般。

芒种第九日，即端午日，有两种草，一下子占据了整个世界。

一是菖蒲，一是艾草。母亲一大早就去了野外，等她回来时，手里已经有了一把菖蒲和艾草，还郑重地将其挂在了门头上。这是我村端午的习俗，跟屈原无关，只是为了避邪。在网上查端午节的由来，果然早在西晋时期的《风土记》里就有记载："仲夏端午谓五月五日也，俗重此日也。"此外，有关古籍还说五月是"毒月"，一方面阳气盛行，另一方面阴气滋生，正是阴阳相交易发瘟疫，所以要避邪，所以亦有诸多不宜的事情需要躲避。《吕氏春秋》对五月里人们的行为还特地做了规范，其中最有趣的一则是："仲夏行冬令，则雹霰（冰雹）伤谷，道路不通，暴兵来至。行春令，则五谷晚熟，百螣（虫子）时起，其国乃饥。行秋令，则草木零落，果实早成，民殃于疫。"除了要人们遵循季节时序的规律外，还有着家国情怀与个体生命的善良美好的祝愿。而我认为，也正是因为端午，让芒种这个节气增添了神秘厚重的气息。这一气息就由一株菖蒲与一棵艾草一起来完成——这小小的草木之身，原来竟然有千钧之重。

突然又想起了一株稻子。菖蒲与艾草，固然有千钧之重，而一株稻子，自然亦是千钧之身，并且亦是芒种时节不可或缺的主角之一。在土地还未征拨之前，一株稻子，几乎便是村民的全部世界。然而今年的芒种，却是田野空空，除了有零星几块田的稻秧长起来，再也看不见那遍布四野的稻秧了。寂寞是有的，失落也一定是有的。所幸节气还在，所幸在节气之上，还有一些草木，仍然年复一年地生长，提醒我们对某些事物不要遗忘。

夏至的时间

夏至的草木，我以为首推半夏。古人有云："夏至有三候，一候鹿角解；二候蜩始鸣；三候半夏生。"半夏显然可以作为夏至时节的草木代表。还有对于半夏，我亦是情有独钟。首先那名字，便有人世悠悠的意味。《礼记·月令》记载："五月半夏生。盖当夏之半也，故名。"一株植物，将夏分成两半，由此被赋予时间转折这一属性。此外，半夏还可以入药，能治多种疾病，如《本草纲目》这一方："面上黑气。半夏焙研，米醋调敷。不可见风，不计遍数，从早至晚，如此三日，皂角汤洗下，面莹如玉也。"时间之下，半夏有如一只佛手，由死而生，由火寂而明媚，真是可以视为奇物。

不过，今年的夏至，我并没有看见半夏，由田野而河流，再到山里，均寻不到半夏的身影。以至于觉得这半夏在夏至的存在，仿佛传说一般。又因为如传说一般，所以觉得竟有几分神秘的气息，总觉得它就像某个神祇，一直在暗处与高处，关注并影响着一个季节的高低起落。

倒是最先看见了蜘蛛兰。蜘蛛兰是妻子栽在院子里的，已经有三五年了，可之前一直没有开花，也因为没有开花，所以让人忽略了。一直到今年夏至第三日，那花才突然开了。我忍不住就有些惊喜，觉得是某种好兆头似的，一直围着它绕了好几圈才止住脚步。但妻子却说不喜那花，甚至还有明显的悔意。妻子说你看那花，张牙舞爪的，活脱脱就像一些纷乱的蜘蛛挂在那里，让人堵得慌。我不赞成妻子的看法。我说我倒没有看到张牙舞爪，相反觉得那恰是翩翩起舞的情态，就像一群高挑曼妙的舞女，极能惹人情思。结果当然是谁也说服不了谁。但也让我突然有所悟——同样一株草木，只要欣赏的角度不同，则风景殊异，甚至南辕北辙，这便是人心，亦是俗世的美好或者残酷，并且都显得真实，真实地体现在那日常之中。

　　夜来香也开花了。夏至之后的某个夜里，我跟妻子从外面回来，一进院子，一股夜来香的馨香就扑鼻而来。人立即就激动不已。白居易说夜来香"花非花，雾非雾。半夜来，天明去。来如春梦不多时，去似朝云无觅处"。从一开始，夜来香花开，就让我无比向往。前几年，我经常抬一把椅子守在院子里。等待却是漫长的，从入夜开始，大约半个时辰过去了，仍然看不见花开，甚至还有些失望，于是我就站起来，一枝一枝地仔细寻找，总想要发现那突然冒出的花朵。又大约半个时辰过去，仍然看不见任何端倪，那失望就更加彻底，心想是等不到了，于是起身，惘惘地朝屋里走去。不料刚离开，一股巨大的馨香瞬间沁入肺腑，仿佛遍地流水，一下子将整个人乃至整个夜淹没——夜来香开放了！于是又急急转身，等跑回到夜来香面前时，一朵朵细长的灰白的花瓣已经挂满了枝头，而那馨香，还源源不断地从那花瓣里流淌出来，仿佛永无穷期的样子。可正待要沉醉其间时，馨香却突然消失殆尽，仿佛刚才发生的一切，都只是梦一般，等你伸出手去，那梦中的场景，早空空如也。

夜来香旁边，是一株扶桑。扶桑亦在此时开花。扶桑花的层次显得极为繁复，层层叠叠的若干细小的花瓣，就像一幢深宅大院里的大大小小的门，一起将那一份丰蕴指向繁华深处；又仿佛某一首诗歌里重重叠叠的意象，就要将那一份诗魂烘托而出。我初时并不识扶桑，是经妻子指点后才知道了它的不俗。《山海经》有记载："汤谷上有扶桑，十日所浴，在黑齿北"；李时珍在《本草纲目》里这样描述："扶桑产南方，乃木槿别种，其枝柯柔弱，叶深绿，微涩如桑，其花有红黄白三色，红者尤贵，呼为朱槿"；又有诗人多将其入诗，如陶渊明的"悲扶桑之舒光，奄灭景而藏明"，如徐渭的"忆别汤江五十霜，蛮花长忆烂扶桑"，等等。且不管它寄寓的是悲是喜，总之在一朵扶桑花上，便是人世风情的展露无遗。妻子所栽的扶桑，正是李时珍所言的最为贵重的红色。除了花朵显得繁复之外，叶子也显得饱满有致，花台里其他的花草、叶子跟其比起来，总是显得有些单薄，当然单薄亦有其别致的美，但这样的饱满，最是让人赏心悦目。尤其是那花与叶相互映衬时，那繁复与饱满相得益彰时，遂有年华正好、青春正茂的期许，而眼下的日子，似乎也一下子活泛了许多。

以上这些，是院子里夏至的事情。院子之外，我还遇到了几种草木。

首先是四季豆和玉米。四季豆的叶子已经呈现了枯色，点点的残黄仿佛被虫噬过似的。先前饱满嫩绿的豆角，此时也显得干瘪无比，几个来不及摘下来吃的，毫无生气地挂在枝叶上。我相信在万物生机勃勃的夏日，一定是四季豆最先经历了由生到死的行程。再看看旁边的玉米，却是呼呼地往上长。也都开花了，也都结穗了，并且分明觉得那时间几乎是以分秒为单位计算的。但时间在这里分明又有各自的不同，一方面是四季豆的快速死去，另一方面是玉米的快速生长，到最后，生与死竟然都显得有些苍茫，都让人觉得惘惘地有些不知所措。

臭牡丹亦是在夏至时节开花。平心而论，那颜色其实亦很喜人，跟人人称赞的花中之王牡丹比起来，丝毫不见得逊色。遗憾的是，其气味却跟牡丹相去千里，所以落得了个寂寞之身。臭牡丹一般生长在牛路两旁，牛路上总是落满牛粪，算是污浊之地，也使得臭牡丹的命运雪上加霜。如今我看见的这两株臭牡丹，亦是自生自灭地立于那路旁，路边杂草丛生，掩不住的荒芜不断往上涌。而也仿佛有意似的，就在臭牡丹过去大约两米之外，新修的高楼之前，两株百日菊却被人弄得精致无比，并栽进了同样精致无比的花钵里。百日菊此时亦正在开花，红黄相间的花朵就像一把把撑开的油纸伞。油纸伞下，仿佛当街走过的妙龄女子，洋溢着可人的诗意风华。总之一边是人世的死水一潭，一边是生命的风吹微澜；一边让人心生怜悯，一边使人温馨。这其中的差异一起落下来，便成了无处可放的说不清的某种存在。

还有接骨草。接骨草的叶子有些像椿树的叶子，只是身子没有椿树高大。接骨草此时也开花了，白白的茸茸的一层花瓣，平铺在头顶上。花朵并不好看，又因为细小，所以不仔细还看不见。我却对之有着别样的情愫。原因是由这一株接骨草，我想起了村子里原来的那户人家。那户人家懂得医治骨科的秘方，也有人一直以为他家所用之药就是这接骨草，可这也只是猜测，真到有人

草木季节

摔伤骨折了，也必得要找到那户人家求医。也因为这药，使得这户人家赢得了村人的尊重。却不料这样的尊重并没有持续下去，原因是到下一代，这户人家只有一个独子，并且那独子还有些痴呆。接骨秘方再传不下去了。也曾有人想要学得秘方，可那户人家宁愿将秘方跟一家人长埋地下也不肯示人。我一直以为这是一个悲情的故事，而故事始终都贯穿着一株接骨草的影子。尤其是现在，再看见一株接骨草的时候，在那户人家早已不在的时候，我更觉得这景象惹人伤怀。

在夏至，我还遇到了茧子花。那是某个黄昏，我无意中来到阳尘潭时，就看见茧子花开了一地，白压压的，像是一棵棵落满雪花的树。其实像这样的白花我已经看过很多了，比如春日里的樱桃花、玉兰花、李花、梨花，它们的白远比这更显眼。可是一看见茧子花，我就产生了从未有过的愧疚。这土生土长的茧子花，我竟然还是在村子拆迁之后才如此近距离地跟它们有了接触。在此前的年月，我的足迹可以说走遍了村子的一草一木，可是从未留下这大片的茧子花的印象。也或许我恰巧没有走过这里吧。而现在我无意间走到这里，这是否也是一种恰到好处的安排呢？而事情也显得很是紧迫，因为阳尘潭过去，都建起了新的高楼和宽阔的道路，阳尘潭离开发也不过几天时间了，所以我再一次确信：此时此刻，这一片茧子花一定在跟我告别，当然亦是某种弥补，在村子即将消失之前，让彼此记住。

末了，关于夏至，我以为还得要回到文章的开头。我在那里提到了夏至的三候，但只提到了最后一候，前两候理应在此补充一下。第一候是"鹿角解"，即鹿角开始脱落。但我村没有鹿子，鹿子始终只活在想象中。唯因想象，所以总觉得此物美好。又因古诗有"呦呦鹿鸣，食野之苹"这一句，一只鹿子，简直就是神物了。第二候是"蜩始鸣"，古人的这一记载倒也属实。夏至一到，蝉鸣就开始了。但还不激烈，甚至也只是试探的样子，从早晨到午后都听不到，倒是在黄昏时分，往往就听到了蝉鸣，却也显得短促，匆匆响过之后，便又停止了。让人觉得真正属于它们的时光，或许还在后头。第三候是"半夏生"，前面已经说过，但也还可以补充一下，缘于一首古诗：

> 江皋岁暮相逢地，黄叶霜前半夏枝。
> 子夜吟诗向松桂，心中万事喜君知。
>
> ——唐·张籍《答鄱阳客药名诗》

诗中半夏，已经霜色四起。旧友相逢相知，虽是一喜，可那喜，却是时间的紧逼感。而我眼前的这一枝半夏（虽然我未曾见着），是否从夏至开始，便注定了霜前掩不住的茫然？

壹 草木季节

小暑的方向

　　小暑之前，我就注意到了一株茉莉。那时它周围的月季、扶桑、木槿都已经开花，唯有它始终没有动静。但心想它离花开应该不远了。果然小暑一到，它就冒出了花骨朵，细细的，白白的，仿佛新涂上去的脂粉。一朵一朵地、你拥我挤地藏在层层叠叠的叶子底下。身子虽然藏着，光彩却明显能看得见，并且要照亮大面积天空似的，让一颗心，忍不住为之情动。

　　真要说起情动，我亦不是第一人。记得柳永也写过茉莉花："环佩青衣，盈盈素靥，临风无限清幽。出尘标格，和月最温柔。"据说李世民亦写过茉莉，其中有两句最让人难忘："冰姿素淡广寒女，雪魄轻盈姑射仙。"从柳永到李世民，一个在江湖的最低处，一个在庙堂的最高处，却都同时为这茉莉花而倾心，这样的奇观，不得不让人为之侧目。

　　指甲花也在小暑时节登场。指甲花不如茉莉花名气大，只能算寻常人家的门前花。不过，虽然寻常，却也自有风情，并且总是让人神往心醉。

这得要先从其名说起。指甲花这一名字其实是俗称，因为村里人家的女儿总用它来染指甲所以就这样叫开了，看不出优雅处。但其实指甲花原名叫凤仙花，字里行间却有不尽的妩媚。指甲花开时，那一朵朵的红色，仿佛总是滴着清露，刚刚从泥土里绽放出来，得了山川大地的魂魄似的，让人悦目清心。甚至有人直接就称其为女儿花，很能让人想起那些水做的骨肉，其形其韵均是清爽有致。

　　指甲花不大得文人雅士的吟诵。我曾遍寻有关指甲花的古诗，却鲜见其入诗。倒是有一首唐诗写到了它："香红嫩绿正开时，冷蝶饥蜂两不知。此际最宜何处看，朝阳初上碧梧枝。"写诗的人也不大有名，或许也还是那散落在乡野之间的落魄之人，并且在诗人笔下，这指甲花也还是落寞的，虽然正是香红嫩绿，却是冷蝶饥蜂两不相知，真有门庭寥落、岁月稀薄之恨。

　　不过，指甲花在乡村人家，却是温馨美好。记得我家门前就有指甲花，是母亲有意栽种的。我姐姐和妹妹很小时也无师自通知道指甲花可以用来染指甲，母亲偷看在眼里，嘴里不说，脸上却有漾出来的喜悦。女儿爱美，让女儿美美地，往往是每一个母亲内心的日月风露，总是一枝一叶生长在那年华里。一直到后来姐姐妹妹出嫁，母亲老去，那簇指甲花仍然开在原处，就好比那一个心愿的永存永结同好。

　　泥巴豆花就更显得低微了。在某一堵篱笆墙上，一抬头，就看见它们正开出了花朵。花朵较之于茉莉和指甲花，更加细小，只有一点微不足道的红，就要被那蔓生的枝叶所覆盖了。但我显然被它们的名字所打动。以泥土命名，虽然卑贱了些，可是它接地气，予人踏实感，一下子说出了自身生命的特质——不求高处的闻达，只求一隅的芬芳。而这，不就是我乡村生命的真实写照吗？

我记得这泥巴豆花，其生命力是极为顽强的。从小暑开始，一直到秋风肆虐于大地之上，它仍然灼灼地盛开于那篱笆墙上，于一片枯寂之中，一份坚持与留守，总是让人顿生感慨。

我也知这泥巴豆，其学名为扁豆。而一旦以学名称之，便引来了诗人的吟咏。如清人查学礼："碧水迢迢漾浅沙，几丛修竹野人家。最怜秋满疏篱外，带雨斜开扁豆花。"有清新曼妙的乡村图景，亦有淡淡的生活感伤，但都足以说明一株泥巴豆、一朵泥巴豆花，便是泥土与乡村联系紧密的最直接的物证。

除了花事继续外，小暑时节的话题，必得要说到瓜果。

先说说黄瓜。

我此生初见黄瓜，便多有神秘感。那是某个夏日午后，一帮孩子突然闯入某处园子。园子原是某大户人家废弃了多年的房屋，尚有断垣残壁来回曲折，园子幽深无比。循着那幽深走过去，突然就看见了一株植物，植物很嫩，生了绿油油的叶，牵了长长的藤，一路延伸出去，藤上开着星星点点的小黄花，忍不住顺着藤子摸过去，就发现了一个大概有指头般大小的瓜，不容分说一下子就摘了，并快速放进了嘴里。后来知道这个瓜即是黄瓜。

黄瓜在我村，不大派得上用场。原因是乡人不太喜食黄瓜，最多是夏日从地里经过，偶尔见了某个黄瓜长出来，又恰好口渴了，于是顺手摘了下来充当解渴之物，有点自生自灭的况味。不像后来我在城里看见的，凡是吃火锅时，必要再上一盘凉拌黄瓜，并且也还有那么一两个基地便是专种黄瓜的，于是对黄瓜的认识又更深了一层，并觉得黄瓜在我村，其实真是受到怠慢了。

后又在网上随手一查黄瓜其物，更忍不住为之吃惊。我村不看重的黄瓜，却得到了很多名人的赏识。譬如陆游有诗："白苣黄瓜上市稀，盘中顿觉有光辉。时清闾里俱安业，殊胜周人咏采薇。"苏轼也写到黄瓜："紫李黄瓜村路香，乌纱白葛道衣凉。闭门野寺松阴转，欹枕风轩客梦长。"最让人难以置信的是，就连乾隆皇帝也对黄瓜赞赏有加："菜盘佳品最燕京，二月尝新岂定评。压架缀篱偏有致，田家风景绘真情。"乾隆的这首诗跟陆游和苏轼的比起来的确不算好，甚至有点打油的感觉，但毕竟诗以人贵，更何况陆游和苏轼亦是那人间不凡之人，于是对黄瓜，忍不住就有了另眼相看的意思。

再说说丝瓜。

丝瓜是妻子栽种在围墙下的。两株丝瓜秧向左右两边疯长，很快就将整道围墙给布满了。丝瓜早在小暑之前就开了花结了果，只是到了小暑时节尤甚，加之此前忙于记录其他草木，所以到此处再将其补记。

我先前并不识得丝瓜，也从未吃过丝瓜。村里很少有人家种丝瓜，倒不是因为气候和土壤不宜，而是丝瓜不太实用。原因是丝瓜果子老得很快，只是在嫩绿之时可以食用，稍稍耽搁就纤维化了，并且其纤维化的过程总在一眨眼之间，就好比那人生流年如水匆匆而逝一般，人就只能望着那些挽留不住的岁月空叹息一番。

妻子种丝瓜，也不是为了吃丝瓜。只是觉得当那四处散开的枝叶覆满围墙时，应当是道不错的风景。妻子喜欢各种草木，总琢磨着要让它们点缀一下院子。这两株丝瓜似乎也没有让妻子失望，种子撒下不久，其枝叶就一直绿意盎然。不过，妻子也发愁。一方面是枝叶给予人的诗意，另一方面却是已经纤维化的果子，密密麻麻地挂满了围墙内外。据说这纤维化的丝瓜，其瓤倒是可以用来洗刷锅碗瓢盆，也终于有邻居开口来要，妻子也乐滋滋地以最快速度送人，可是终究没有那么多人需要，并且超市亦有专门洗刷锅碗瓢盆的比丝瓜瓢更好用的物件卖，于是就有了落寞和惆怅。而偏偏围墙内外的丝瓜还源源不断地生长出来，然后又快速地纤维化，直至有些泛滥成灾的感觉。妻子只好找来梯子镰刀，不顾劳累甚至危险，一个接一个仔细地搜寻并将其采摘下来，才算将此事了结。

最后说说苦瓜。

苦瓜者——因为味苦，所以不大得人喜欢。即便是人人都知道生活有甜有苦，甚至是适当尝点苦，更能添人生意趣，可人们总是天生排斥苦味。人心如此，苦瓜的遭遇，便可见一斑了。

我自小在村里各地块间乱蹿，从未见过有谁家栽种苦瓜。识得苦瓜，则是后来到城里工作后。记得第一次吃苦瓜，是辣椒、酱油、大蒜跟其一起凉拌，动筷时也并不认得那就是苦瓜，及至开始咀嚼，一股苦味瞬间布满味蕾。虽然不好意思吐出，却也觉得似乎是找罪受。不过待那苦味消失后，顿觉从口腔到身子有一股清凉弥漫，人也觉神清气爽有精神。惊问之下，从此就知道苦瓜其物了。

也从此就为苦瓜抱屈，同时为那些不喜苦味的人感到遗憾。其实苦与甜之间，往往亦只是一线之隔，并总能相互转化，互为渗透。如这苦瓜者，初食味苦，再食则是身心清凉，只要跨过去一步，人生自是不同的两重体验。

我人长得丑，有时就用苦瓜自喻。年前新买了房时，还曾想过用"苦瓜居"为之命名，只是后来妻子不同意才放弃。妻子的理由是取名亦得有点吉祥气息，世间甜美之词众多，为何偏要选此苦味？我亦只好作罢，只是笑对妻说，在她以及跟她一样的大多数，对于苦味的认识，要算是积重难返；在我，则是独喜那由苦而甜的真切体验，也算是人生两种不同的见识，但终究不可也无法细究了。

大暑的影子

　　夜渐深，一滴滴露水爬上了稻子，硕大晶莹，清莹透彻。露水爬上来，铺天盖地，就像河流流过一般。河流流过处，就能听到稻子拔节的声音。"露水扯一寸，稻子往上长一尺。"在村民的认知里稻子就是因为吸吮了露水才往上长的，一滴滴露水便是稻子的养分，就好比母亲的乳汁之于新生的生命。

　　除了有助于稻子生长外，露水在村人眼里，也还是人生的诸多隐喻。譬如"一棵秧苗有一滴露水养"，在村民看来，人的生命都只贱如一棵秧苗，可即使贱，即使生是如此的艰难，但在一份祈愿里亦不失乐观豁达，总觉得一棵秧苗既已生成，一定就会有属于自己的一滴露水。又如"愁生不愁长，几阵露水之后就长大了"，说的是一个人只怕生不出来，只要能生下地来，就像一棵秧苗一样，吸吮几阵露水之后，就长大成人了。再如"露水夫妻只一场，百年恩爱亦嫌短"，说的是夫妻有情，而人世苦短。又再如"露水汤汤好时辰，赶早赶快忙事情"这样的歌谣，便是对人勤勉上进的劝诫了……人生种种，喜怒哀乐全都被寄寓在一滴露水之中。

更神奇的是，村里的草医，我的表爷爷，竟然还专门收集露水，他用了一个长颈玻璃瓶，小心翼翼地沿着草叶和庄稼一簇簇、一棵棵去"挤露水"，一点一滴的露水到最后亦能集成满满一瓶（也或许是他从别处舀来假冒的亦不可知），然后如获至宝似的将瓶盖封死，遂埋入地底雪藏起来。据说这是专为治病用的，据说还要到来年方能启用，也还要佐以其他药材才能奏效。但至于他用来治什么病，有没有把病治好，不得而知。只是年年大暑日的早晨，他都会去草叶之上"挤露水"的行迹，倒也使得他的医术增添了几分神秘，总觉得他或许便真是某个神医妙手似的，看着他从那露水之间走过，还觉得有李时珍、华佗、张仲景他们的影子飘过，在一瓶神龙见首不见尾的露水里，他的故事就有了几分传奇色彩。

　　不过更让人吃惊的是，后来我竟然在《红楼梦》里读到了类似的药方，也就是薛宝钗用的"冷香丸"，必得用春之白牡丹、夏之百合花、秋之白芙蓉、冬之白梅花蕊各十二两，再用雨水节令之雨水、白露节令之露水、霜降节令之霜、小雪节令之雪各十二钱一起制成，并还要埋在地下吸吮地气始成。掩卷之时，突然就想，或许世间亦真有以花以露水入药之事？亦或许花和露水本不可入药，只是我的表爷爷和曹雪芹他们，无论人生如何有别，在骨子里都有一份与世俗不同的风雅，并想要在自己的传奇里寻觅一份人世的本色真趣？

　　让露水显得神秘的，还有靠吸吮它而生的蝉。

　　虽然早在夏至起，就有了蝉声，但那只是序曲，或者说仅仅是节目预告。蝉真正登上舞台，还要到大暑时节。这也让我觉得，一只蝉，它其实一直在等待一滴露水，只有等到一滴露水，它生命的芳华才真正得到显现。相比于露水和稻子的关系，我以为露水跟蝉的关系更为动人心魄。一只蝉，一生中有漫长的时光在地下度过，地面生活的时间不过短暂一瞬，可以说一生就为了跟这一滴露水相遇，一只蝉与一滴露水，便是前世今生的宿缘。

因为有了露水，大暑时节的蝉声，终于显得激越清亮。

大暑时节的草木，也在蝉声中迅速占据了各自立于人世的位置。

譬如牵牛花。牵牛花跟蝉声一样，都仿佛置身于人世的前台，像登台展示技艺的女子。有时紫红，有时紫蓝，忽然一时又呈白色，仿佛那一件件戏服，为的是不同的角色，歌舞说唱各自精彩纷呈。还有花开之前，其身如伞；花开之后，其形如扇。正是那舞台上的女子，百转千回，百媚千娇。

也因牵牛花太过于热烈，为村里人家所不喜。不过，也不管你喜与不喜，它就这样兀自开着，并且始终保持那盎然向上的颜色，不论是在阳光充足处，还是遮阴的角落，亦不论暖和与寒凉，那颜色始终如初。就像那个不计较的人，无论处境怎样，内心的澄明始终端放在那里。这倒也让人肃然起敬，亦让人明白这人世，纵有千翻万覆，雨来风去，原来可以这般明媚从容。

不过，再明媚从容的人生，终究都会在时间中迎来残败。虽然还在大暑时节，可我分明是看见它凋零的样子了。我知道，在不远的将来，当第一场霜落下来，牵牛花就要枯了，那前台的万般柔情倩影，一时间人老珠黄，人生万事均在此刻匆匆谢去，甚至来不及说一声告别，所有的故事就已成为从前，亦真是可怜可叹。也唯到此时，人才会明白，原来这牵牛花，竟然是自开自谢，而人自是在花朵之外，两者其实从未有过相知，亦从未有过爱意怨恨了。

妖精花也早早就冒出了花骨朵。虽然只是花骨朵，一份美丽却似乎已经看得见了。虽然很是美丽，但妖精花在我村，却要算是一朵实实在在的委屈花。

其花清晨初开时，花朵洁白，午后慢慢转为粉红，到傍晚花朵快闭合时，又呈深红，正是一日三变。而在村民看来，这似乎是妖里妖气，甚至有水性杨花之意，此为女子之大忌，所以谓之"妖精花"且多有贬义。

也要算此花运气不好，先是某户人家不信此说在门前种了一株，不料其两个女儿先后跟人私奔。其时尚是八十年代初，一切风俗尚未开化，此事在村里要算得上冒风俗之大不韪。于是村人更信了妖精花之说，就连户主也不得不快速砍了此花。此后，村里不再有妖精花。

而据我后来所知，在其他地方，此花的寓意又多为向善向美，譬如因其一日三变，有人称其为"三醉芙蓉"，很能让人想起如"贵妃醉酒"一类的意象，那醉酒之时的一颦一笑，均是人间的好颜色。又譬如还有人视其为贞操与纯洁的象征，跟我村恰恰相反。是与非便是见仁见智。

妖精花在花谱里真名木芙蓉，名字极为清艳，就连王安石也为之倾心，情不自禁为之题诗："水边无数木芙蓉，露染燕脂色未浓。正似美人初醉著，强抬青镜欲妆慵。"此外，我还知此花又称为拒霜花，甫听之下，其坚毅果敢的品性呼之欲出。后又在欧阳修的诗歌里得到佐证："溪边野芙蓉，花木相媚好。半看池莲尽，独伴霜菊槁。"当莲叶尽枯，天地满目萧索之时，唯有这木芙蓉，与那霜菊做伴，尽呈人世最后的忠贞温暖。于是我的敬意，忍不住油然而生。

而村里终究没有妖精花了。只记得好像是前年或者更早一些时候，在去村十里之外的野地之上，我恰巧遇上了一株木芙蓉，其时花开正繁，只是因为行旅匆匆，未能坐下来看其一日三变之精艳。但真是有感慨，想起多年前因为一份俗世的偏见而在村里绝迹的妖精花，真有一种恍若隔世的惆怅。

立秋记

　　立秋的晚上，人在院子里小坐，觉得风变得凉了起来。再下去，一阵雨点从远山飘过来，落在院子里，又往前推过去，看不见了。大约过了半小时，雨点又按着刚才的轨迹走了一次，尔后又寻不着踪影了，大有神龙见首不见尾的仙来之气。倒是留在院子里的凉意，比刚才又厚了一层。甚至还让人进一步想起"一场秋雨一场凉，十场秋雨就结霜"之类的句子。

　　立秋第二日，从青龙山、博多岭、大屯、小屯，一直到月亮山，在我视线范围内的山顶都罩上了雾气。我知道这是秋日里的"白露"生起来了。这让我再一次感叹。春夏之时，节气的脚步总觉有些缓慢，可是到立秋就不同了，几乎是时间一到，季节中的物象就纷至沓来，还有些让人措手不及。

　　又如落叶。立秋第三日，早起步行到坝陵大道，就发现有香樟树的叶子落了下来，虽然还不是很密集，可是每隔三五步，就会有一枚或是两枚的叶子落在地上。抬头往树上看去，也还有一些树叶正在变黄，并随时就要落下来的样子。于是终于确信，到了

　　壹 草木季节

秋季，一切都是迅速，一切都改变于瞬间。

忍不住就想起了一些关于立秋的诗句，如孔绍安的《落叶》："早秋惊落叶，飘零似客心。翻飞未肯下，犹言惜故林。"又如刘言史的《立秋》："兹晨戒流火，商飙早已惊。云天收夏色，木叶动秋声。"再如李益的《立秋前一日览镜》："万事销身外，生涯在镜中。惟将两鬓雪，明日对秋风。"说的都是凋零有时，惜别有期。立秋一开始，所有的物象与情思，就变得脆弱起来，似乎人世的一切落在上面，便都有了落寞的哀愁。那哀愁，就像秋风中的落叶，先是一叶惊落，接着就是铺天盖地而来，一直要将你淹没。

蝉声又起。只是此时的蝉声不再连贯，还没起好头，便潦草地落了下去。或可说它们知道自己时日无多，那一两声断断续续的声音勉强发出来，不过是对这尘世最后的留念而已。抬头寻蝉声而去，还发现暮色正一点点地落下来，一条通往远山的路，于暮色中若明若暗。一种人在旅途的落寞，霎时间在心底涌起。

夜里回家，万声消隐，蝈蝈的鸣叫声一下子从草丛间凸显出来。可也仅是只闻其声，不见其影，只觉得有一阵阵的律动，在那草丛间荡漾，至于正在琴弦上弹拨的那双手，始终秘不示人。仔细倾听，觉得那声音具有双重属性：一方面，它像一种落下来的天籁，一直以浸润的姿势，往你的身子还有心底漫流进去，让你觉得人世的温馨曼妙；另一方面又因那声音总是携带了萧瑟的气息，所以总给予人惶惑，正是情不知所起，又不知落向何处，总之那声音，在前面的物象的基础上，将一份立秋的愁思着着实实又往前推了一步。

一只蟋蟀，也在此时潜入我的房间。《诗经·豳风·七月》里有对于蟋蟀的记录："七月在野，八月在宇，九月在户，十月蟋蟀入我床下。"不必考证古时与今时关于农历记时的差异，但可以确信蟋蟀这只虫子的生活轨迹千古不变。所以当一只蟋蟀在我房间里不断地啼鸣时，我竟然有些激动。虽然时移世易，可是我仿佛就触摸到了一些旧人旧事，并有绵绵不尽的温情涌动不息。可我究竟想起了什么呢？仔细搜寻，似乎又什么也没有想起。一只蟋蟀的声音，在有些分明的同时，更是模糊的，就像那些过往的岁月，此时，你所触摸到的，仅仅是心底的某种念想，也仅仅是一点念想而已。

不过，我还是要再说说一只蟋蟀。立秋之日，一只蟋蟀，它还是时间与季节的代名词。《诗经·唐风·蟋蟀》有云："蟋蟀在堂，岁聿其莫。今我不乐，日月其除。"时光落在一只蟋蟀的身上，是一声声催促，更是一声声叹息。可我村的人们不懂《诗经》，他们看蟋蟀，跟时间与季节无关，只觉得蟋蟀充满了神性与巫味，一只只潜入堂屋的蟋蟀，或者是来跟主人报喜，或者是来报忧，尤其是有家人出门在外的，则总是因为一只蟋蟀的叫声倍添一份不安，并总要对着它祈祷在外的人平安顺意。想想也真是接地气，虽然没道理，可是在那日子之中，一只蟋蟀，分明便是村人生活与情感的一部分。

那么草木呢？在这立秋的时日，草木们又会是怎样的情态？

《管子》曰："秋者阴气始下，故万物收。"万物从繁茂成长趋向萧索成熟。果真如此说，立秋第七日，当我终于走出屋子，发现所有稻子已经结穗，大部分玉米已经黄壳，很快就可以摘收。也有一些早熟的玉米已经摘收，剩下那些豆蔓和南瓜藤，正开着细黄色的花朵，也还有豆籽和瓜果继续生长出来。一两个农人就在那地里劳作，农人也必定是村里的老人，只是比以前更老了，

壹 草木季节

老迈的身躯跟一块残剩的土地，跟一块残剩的庄稼搭配在一起，就好比一幅残暮图，一方面勾起对往昔时光的怀念，另一方面又让人觉得时光的握不住，并且很快就要不见了。

走过玉米地，便又来到了河流上。这一段河流，处于整条河流的中段。河流这边是旧时的村子，河流那边是新村子的安置地。一条河流，仿佛时间的某只手，从中间轻轻一划，就将一个村子的时间分成了两半。

扒开河岸上的草木往里走，初极狭，且极堵，往前数十步之后，缠绕在身上的草木却已尽除，出现了一片开阔地，看得出有水田的影子，只是没有稻子，估计是先想种稻子但后来放弃了。却有一池荷花开得正好。觉得有些意外。对于荷花，我总是心有波澜。总觉得荷花与人世，始终有扯不断理还乱的关系。如"薮泽已竭，既莲掘藕"，如"出淤泥而不染，濯清涟而不妖"，又如"采莲南塘秋，莲花过人头，低头弄莲子"，等等。荷花始终与人不离不弃，既是自然风景的同时，更是人世山河的写照。而我看荷，亦不止一次。远的不说，单说说最近一次。今年夏日之前，我有缘途经一古宅，其院子里有小桥流水，有池塘，池塘里有荷，但种荷的人早已经远去，唯有荷，依然留在原处。那一刻，我突然就觉得有些物是人非的沧桑。其意境跟我眼前的这一池荷亦是殊途同归——我分明是通过一池荷，联想到那些逝去的时光了。而我也终于明白，那些逝去的，不复再来的，终究让人牵挂，让人无法释怀。

后退几步，就踩在了一块光滑的石头上。低头仔细一看，再扒开眼底的草丛，发现自这块石头起，还有其他石头一路铺排而下。而这些石头一下子转换成了曾经熟悉的场景——我是来到先前村子的水井边了。以前水井很深，一路的石头往下铺了数十块，然而现在，我尽了最大努力和可能，亦只是看到了不过三五块，并且都被泥土和荒草覆盖。先前清清亮亮的一潭井水，也被石头、泥土还有荒草树木填平。曾经村人到此担水的热闹，曾经这口井赐予村人的美好，再有村民后来对这口井的抛弃，所有的是非恩怨，一切都被填平，都只留下一份慌乱。好在那慌乱的景象之间，却正盛开着一簇簇的野菊花。在一片慌乱的景象中，怎么看都显得整齐有序，并且仿佛有光，正照耀并指引着眼前慌乱的秩序。

野菊花也算开得名正言顺。因为在我的印象里，菊花与秋天，是最为匹配的两种事物。菊花虽然四季均能开花，可只有到了秋季，才会开得最为茂盛。并且在即将到来的九月，古人还雅称其为"菊月"，亦是说到了菊花与秋天的核心关系。而我喜欢菊花，则是缘于陶渊明"采菊东篱下，悠然见南山"这两句，总觉得在一朵菊花之下，便是人生的闲适悠远，便是人与自然最为和睦的风景。再想想这忙忙碌碌的尘世，想想这尘世的名缰利锁，菊花的真趣，便沿着那一枝一叶，仿佛清泉流过浊世，尽洗尘埃似的。如此再去看眼前的这些野菊花，更觉得它们是不顾尘世一切烦恼的——虽然一切都是慌乱的，虽然尘世所给予它们的，均是孤独与寂寞，可是它们并不在意，就只盛开在自己的世界里，一颗心，只随自己的天地起落。如此再一次仔细注视它们的时候，心底竟然就有了些暖色，总觉得即使在万物趋于萧瑟之时，亦还有安慰，甚至是希望。而前面如唐人孔绍安、刘言史、李益以及我自己面对立秋的不振，乃至消极情绪，其实大可不必。只要还有安慰，只要还有希望，这人世的底色，终究是可人的风景。

处暑的心境

　　早在小暑时节，当我从河流上经过，就看见开了一地的葱兰。直到处暑第五日，当我再一次经过河流时，它们仍然开在那里，只是有些黯淡了。我想这一定是经历了立秋十五日风雨的原因吧，来自冷风冷雨的击打，总是生命的不堪摧折。但还是忍不住要对其打量一番。细看那花朵，虽然植株很矮，可是极为清丽，就仿佛一袭白衣的女容，有些率性，也有些矜持，更有些生动，总之让人想要多看几眼。可是多看几眼后就觉得有几分心痛，原因是这曼妙可人的身子，竟然生长在乱石堆里，在人人都会经过的路旁，就好比千金之躯误入风尘。心想这样的美，应是不染俗尘，生长于那远离人迹的空谷之地，正是渺渺不可寻，寻之更渺渺的那种意境。当然，这或许也只是我的一厢情愿。或许，它们并不在意这样的环境，甚至还留念这样纷乱的俗尘亦有可能——这不，你看它们继续往前的样子，并没有半点忧郁的神态呢。

　　比葱兰开得更早的是三角梅。按理，我早该写一写三角梅，只因我知道其花期长，较之那些仅属于某个节气的花朵而言，总觉得会有更多时间去说，所以一直拖延至今。但现在如果再不说，恐怕就没有机会了。原因是当我再一次跟它们相遇，就发觉先前那蓬蓬勃勃的花朵已经变得稀疏。此前是一朵旧花落下，另一朵新花立即补充上来，枝头上始终没有枯萎的痕迹。再加上那些粉红、大红、紫色，各种颜色此起彼伏，交相辉映，一派繁华与热烈。它们甚至让我觉得时间落在一朵花上得以永恒。记得汪曾祺当年觉得三角梅"好像是不凋谢的。我没有看到枝头有枯败的花，地下也没有落瓣"。但我想他一定只看一眼就走了，如果多观察些时间，三角梅在他眼里又该是另一番情景。譬如现在，处暑一到，那一份情就来了个翻转——旧花已经凋零，新花新生的速度亦变得迟缓，地下亦有纷乱的落瓣，枝头稀疏的那几朵，还有了飘零的意味；那不懈的坚持，在季节面前，显然已快穷尽。

　　突然就觉得有些愧对了它们。就好比当其正是花好月圆时，却不知疼惜，而当想要疼惜时，却已经是花残人暮，时日已无所期。

　　由三角梅，我还想起了它旁边的石榴树。石榴树花期亦算长，可也是因为这样，让我错过了记录它们的时间。现在，三角梅还好，至少枝头上还有零星的花朵，让我可以想象它曾经的美丽。而石榴树，远在处暑未到之时，甚至是立秋、大暑、小暑未到之时，花朵就已落尽，真正的零落成泥，并且深埋于泥土之下了。在处暑时刻，当我努力地想要回想那些花朵的模样时，竟连丝毫的影子亦觉得无处寻觅了。

　　印象深刻的倒是有两株石榴树，那是父亲有意栽下的。石榴树栽在两只废弃的沙缸里。沙缸原是多年前用来盛水的，用上自来水后，沙缸废弃了。父亲就用它栽了两株石榴树，栽好后就放在老屋的院子里。石榴树年年都会开花结果，可是父亲并不在乎这些，只是一再说，等他去世后，让我和弟弟各抬一棵做纪念。我明白父亲的意思，因为石榴籽是团结的象征，他希望我跟弟弟永远心连心。但我心情有些沉重，一个父亲在人世最后的期望，一个人对于人世的最后牵挂，足以让人无法释怀。而一棵树，当它作为这其中的媒介，注定要一起背负这沉重时，它是幸还是不幸？于是就想，一定要记住，明年石榴树花开之时，一定要仔细看看它的模样，亦算是对今年的错过做个弥补——虽然明知错过了就不能弥补，但至少在心上，亦可以聊以自慰。

从三角梅和石榴树底下一直长到石阶前的，是沿阶草。沿阶草亦是在小暑十日前后就已经开花。说是开花，其实更像是结籽，有点像麦穗，只因其是一身的紫色，所以看上去更像一枝枝挺立的花。它们经过了大暑、立秋两个时节，还看不出有凋零的迹象。心想或许它们的花期较之于以上的葱兰、三角梅、石榴而言，或许还会更长。它们既是沿着石阶生长，那么应该就更与泥土接近，而越是跟泥土接近的，其生命力的顽强程度，想来也更高。当然，生命的长短，其实都不重要。关键是其生活的姿态——对了，关于沿阶草，我总觉得它们的生命自有一种惬意，因为它们只悄悄从三角梅和石榴树底下往前行，然后又悄悄地开花，任三角梅和石榴花花开花落，它只默默地迎着石阶生长。就像"苔痕上阶绿，草色入帘青"所给予人的提醒一样，你一抬头或是低头，均能看见生活的真实与美好，它们一直就贴在那台阶上，贴在你的心里。

空心韭菜，其花粉红，植株却显得凌乱，三五朵耀眼的颜色立于那无序的绿叶之间，算是将其精气神提振了一些。不过，我想要说的远不止这些。我可以确定，当我面对空心韭菜，那些如丝如缕的乡情又一次涌上了心头。在我村，空心韭菜是因为其名所以被人们寄寓了人世的情愫。在村民看来，所谓"空心"，即是"了无此心"，说的是当爱已失，当那个人已经离自己而去，一颗心留在原地的彷徨无依。

这里一定有善良的祈祷。跟一朵三角梅所呈现的永恒之意一样，人世能不"空心"，而是"实心"，丰润与圆满，该是怎样的一种美好！这不，就有人这样吟唱："韭菜花开心一枝，花正黄时叶正肥。愿郎摘花连叶摘，到死心头不肯离。"

反其寓意而行之，是藏在心底的那一声轻唤。

黄槐又名决明。"决明"两字，我以为有禅的觉悟，更有尘世的通透。而凡觉悟者，凡通透者，必定要遭遇尘世之苦。这是宿命，更是使命。这不，此时处暑，一株株黄槐就盛开在那杂乱的草丛之间。就好比众生皆混沌之时，唯有一株黄槐，双手合十，举起整齐有序的内心世界。

尘世却有诗戏说黄槐："雨中百草秋烂死，阶下决明颜色鲜。著叶满枝翠羽盖，开花无数黄金钱。"一朵朵黄色的花朵，被说成金钱，这是尘世的俗，亦是黄槐的苦，不能更改，亦不可更改。

有大师留下"悲欣交集"四字，然后圆寂。

悲欣交集的，终究是放不下，是尘世种种的难舍。

一朵"决明"之花，或许亦是尘世的另一种不能承受之重？

黄槐之后的桂花，正是明艳香艳合一身，刚一露头，就让人有些情动于中。

一种红，一种白。红的鲜艳，有贵气与喜气；白的质朴，有内敛和丰盈之美。无论是红还是白，其香气都一以贯之，袅袅娜娜，不绝如缕。人在桂花下，心却随那缕明亮与香气神思跌宕，神游九霄，沉醉与恍惚，便是最好的形容之词。

可是桂花虽美，村民却不敢近之。原因是在村民看来，桂花是清净之物，更是神物，不属于人间烟火。一方面人人都听说过月亮与桂树的传说，总觉得既与月亮居住在一起，必定非人间之物；另一方面因为日常里总能在寺庙看见其身影，遂觉得那树木花朵，都沾染了神气。村民总觉得寺庙是人世的空，是情的寂灭，总之是不祥。两种因素加在一起，人便只能敬而远之了。这当然是偏见，不得不让人为桂花抱屈。但以讹传讹，终究成为理所当然的事实，让人无可奈何。

甚至觉得，有了说不下去的感觉。

那就不说了。但还可以说一说气候。

气候之于处暑，亦有特别之处。

处暑要分两半来说，一半是白昼，一半是夜晚。为什么这样说呢？因为白昼里，天气极为炎热，甚至超过了小暑大暑，俗语说"大暑小暑不是暑，立秋处暑正当暑"，说的正是这样的情景。然而到了晚上，气温忽又下降，风直接变得透凉，一直敞着的窗户，现在也要关上了。还可以这样来描述——关于处暑，一半连着夏，一半接着秋，因此半是分明，半是模糊，而这样的明暗无定，一时间倒也让人颇有些不适，总觉得人就立于那时间与季节的交叉处，有一份无所适从。

忽又想起古人关于"处暑"的解释，"处，去也，暑气至此而止矣。"原来，虽然处暑可以分成两半，但毕竟前一半已经到了最后的季节，只需在指尖轻轻一捏，就断了，散成齑粉了；而后一半，恰是开始，并要进一步往前走了，往秋的萧瑟处且行且远。于是，那一颗心，便真的无所适从了。

白露的痕迹

白露已到，南瓜还在开花结果，但已是难以为继。因为那花不再鲜艳，说是人老珠黄也不为过；果子更是先天不足，长到拳头一般大，便停止了生长。倒是那些黄熟的老瓜，显出精神矍铄的面貌来，一个个从残枝败叶间探出滚圆的身子。

南瓜向来得人看中，因为其有食用价值。春夏之际南瓜正嫩，可以煮汤，亦可以油炒，都是餐桌上的美味。秋日风露渐重，南瓜老去，可以水煮，亦可以跟米一起煮，便成南瓜粥。总之是生活之不可或缺。齐白石作《南瓜图》并题款："此瓜南方谓为南瓜，其味甘芳，丰年可以做下饭菜，饥年可以做米粮，春来勿忘下种，大家慎之。"说的也是此意。

除了食用，南瓜在我村还有点像童话般的存在。农历八月十五中秋月圆夜，村里有偷南瓜的习俗。据说此夜偷南瓜，会让一家人团圆并日子甜蜜。人人都默许这一份期盼，被偷的人家也不会开骂，还略带有莫名的喜悦。我一直觉得这一刻使得人间无比清明，就好比人与物的相亲与相守，人世一切的不和谐，均已绕道而去。

芋头亦引人注目，无论是颜色还是韵致，均几近于荷。所不同的，荷生于水里，芋头生于旱地，这区别也让芋头的美似乎更胜一筹。想那荷叶，毕竟有水泽之恩，长得千姿百态，风情万种。而这芋头，常居于干旱之地，却也不输分毫，其间的自勉自励，该是怎样的一种品格？白露之时，荷叶半枯，而芋头仍然青枝绿叶，丝毫不露衰败迹象，彼此生命的坚韧与顽强，分明又有一境之别。

从土里挖出芋头，用油和辣椒一起烩了，便可以下饭。虽然算不上好吃，可作为一道家常菜，在那瓜果蔬菜中亦算占有一席之地。翻阅古诗，发现很多著名诗人也跟芋头有着不解之缘。如范成大："二千里往回似梦，四十年今昔如浮。去矣莫久留桑下，归欤来共煨芋头。"再如刘克庄："三儒夜话俱忘寝，户外纵横卧仆夫。椰腹拈来即书簏，芋头煨熟当行厨。"人生寒凉无定也好，生活从容悠闲也罢，芋头在其间，均充当了某种媒介，亦算赋予了其精神的光芒。

在村里的植物之中，芋头是最早种植的。早在雨水时节，芋头就必得要种下去，其生长周期要算得上最长。记得雨水时节的某个早晨，我亲眼看见两个年老的夫妇在狮子山种下了芋头，只是春天过去了，夏天过去了，一直到秋天来临我每次从狮子山经过时都没有再遇到他们。有时心里也还会想着他们，甚至还会替他们担心——我知道我在担心什么，季节与时间之中，总有些人与事不经意间就会走失。而一株芋头，它也是想要告诉我生活乃至生命的某种准则吗？

洋姜也是属于白露时节的草木。洋姜身子极高，在玉米摘收完后，就从地里凸显出来，并仿佛此时的主角一般，占据了全部视线。当然这只是从外在看，真要究其价值，它比不上南瓜和芋头。原因是洋姜虽然也可以食用，但口感不好。无论是煮还是炒，均不可取，唯一可行的只有用来腌制咸菜，也不能作为主菜，最多作为餐桌上的一点补充，但也只是可有可无。所以村民种洋姜的极少，偶尔有种了的人家，也绝不会让洋姜占据好地块，最多在某个沟壑或是某个角落，并且栽下去之后，就不管不问，任其自生自灭了。可是事情偏就这样奇诡，越是不受待见的，它越是茁壮地生长，没有怨言地生长。这不，此时，在众花多有凋零之时，它们仍然开着花，一朵朵金灿灿的花朵仿佛刚出浴而来，恰是青春的好容颜。让人想起逐太阳而生的向日葵，仿佛在指引着这个秋天的某个方向。就想着，每一株植物，都有各自生命的寓意；每一株植物出现在大地上，都有各自的因缘和使命。

红薯此物，白露时节更是随处可见。红薯容易存活，只需将其枝剪成几截，一截一截插进土里，接着就能生根发叶，并在土里悄然结果。待红薯挖出来，一是可以生吃，二是可以煮吃，三是可以用油炒了或是炸了，便可以作为饭桌上的一道主菜。总之一能充饥，二能点缀饭桌，要算得上功莫大焉那种。也因为这种强势，就有人担心红薯抢了别的植物的风头，苏东坡就写过一首劝导诗："红薯与紫芽，远插墙四周。且放幽兰春，莫争霜菊秋。"苏东坡亦是一番美意，不与人争，春秋自补，实在是生命最好的哲学。可是我亦有疑问，紫芽固是插墙四周，但我真的从未看见红薯贴墙生长，或许这是苏东坡的谬误？当然，这已经属于题外话，无须深究。

记得从前入冬后，母亲总要准备一堆煤灰，然后将多余的红薯放进里面藏好，据说这样就能让红薯始终保质不烂掉。再到落雪的冬日，当火塘里的柴火燃起来，一家人围着火塘一边烤火，一边说着生活琐事，一边从煤灰里取出红薯放进火塘，再一边吃着又甜又香的红薯——我始终觉得这里有人世其他物质所不能替代的温馨，尤其是多年后村子拆迁，家家户户高楼建起，火塘消失，再也看不见这样的场景时，内心还会有一份惦念，一份怅然若失。

新种的蔬菜也拱出了地面。白菜青菜，无论何时，只需拣个泥土湿润的空档就可把种子撒下去，未几便可见其破土而出。但在我看来，春夏之时，它们似乎有些应景凑合，质地总是缺乏韧性，清洗之时，等不到跟手碰触，先是那叶子便兀自断了；嚼在嘴里，亦觉水分不足。就如某种风景，空有其形而了无灵魂韵致。秋冬时节，它们则是质地坚韧，水汁充盈，要算得上神形兼备。所以一入秋，村人就在那一缕凉意里撒下了种子。地也是精心平整了的，先前的玉米、四季豆和毛豆留下的残物全部清除，杂草一根不剩；种子也是精选过的，一切都显得郑重小心。所以当菜苗拱出地面，并不潦草和慌乱，而是一枝一叶都像精心描摹过的，清新如玉一般生动无比。

白菜青菜，各有特点。有人礼赞白菜："闹处光阴短，澹中滋味长。畦蔬寒可掬，清白带凝霜。"可见白菜之美，美在平凡，却也显于高洁，并与日子息息相通，宛如岁月之清气，汩汩流淌于人家屋檐下。还有从外形看，白菜显得精致无比，亦呈现内敛之态，一枝一叶均要往里收，就像那一个妙龄女子，所有的心事都紧紧藏着，即使到了紧急处，亦是从容不迫静观其变的样子。青菜则是粗枝大叶，一丝一毫全都向外并且无序地敞着，就好比那刁蛮丫头，口快心直，言语行事均如狂风骤雨。青菜能降火，或者用清水煮，或者用酸汤泡了，三五日后取出，便可以将体内火气一点点撵走，却又是白菜所不能及。也有人为之吟咏："青菜青丝白玉盘，西湖回首忆临安。竹篱茅舍逢春日，乐得梅花带雪看。"可见无论白菜还是青菜，均是各有价值，各有所喻，并都是人世有情，引人遐想。

大蒜和小葱也有拱出地面，但不多。无论是谁家地里，都仿佛有意剪裁过了的，只将大蒜和小葱作了白菜和青菜的陪衬。就像山水远处的白云或是一叶小舟，只在那山水之间默默自在，但亦是画龙点睛一般不可或缺。山水自是无言，唯有那远处的白云和小舟最能说出此间情景。而实际上，大蒜和小葱亦没有觉得委屈。虽然人摘了白菜青菜之后，才顺手摘了点大蒜和小葱，虽然它们始终成不了饭桌上的主角，永远只能做配料，就像一场戏里的配角，可是它们仍然喜滋滋地跟着季节的步伐，并且从不轻看自己，也不管那白菜青菜如何受宠，始终只自己长着、茂盛着，因此亦是让人肃然起敬。

在白露里行走，我还注意到了一片竹林。

竹林是我自己种的，在我门前的地里。

竹林实际上由三株竹子繁衍而来。

一株是黑竹，一株是绵竹，一株是散生竹。三竹各据一角，成三竹鼎立之势。不料后来情况就发生了变化。黑竹生长速度很慢，第一年栽下去是那样子，到第二年还是那样子，三五年后略略长高了些，亦有新枝新叶长了出来，可仍然是原来的样子，看不出有繁茂乃至成林的趋势。绵竹长势虽然算不上迅猛，却也新增了数十棵，挤在一起围成一人合抱的圆，也算是有所发展。倒是散生竹果真竹如其名，很快就散生开去，几年后发展到了百余棵，

壹 草木季节

成为一片竹林，将绵竹和黑竹压了下去。散生竹是一出生就走天涯的样子，而黑竹和绵竹则是世代挤在从前的屋檐下，当然不能说境界有差异，但如果说是不同的生活理念，或是不同的人生命运亦在情理之中。

这似乎有些扯远了。实际上我想说的是白露一到，竹林就沉寂了下来。此前，竹林是无比热闹的。我能叫出名字的鸟雀，如画眉、喜鹊、杜鹃、斑鸠、山雀等，从春日开始，就一起聚集到竹林里，鸟鸣声此起彼伏，阳光似乎也总是明媚有加，人在屋里抄诗读书，或是在沙发上小眠，那鸟声就仿佛天籁一般，一声声都能让身心空灵舒适。夏日午后，立秋之前，还会有蝉声越窗而入，在那或长或短的旋律里，一种自然的妙意让人怡然自得。现在，鸟声和蝉声都不在了，看着空空的竹林，突然觉得在这白露时节，季节是真的变得萧疏了。尤其是到了夜里，当灯光落在竹林上，白日里密不透风的竹林就显得稀疏起来，一枝一叶间仿佛藏着一条条幽深的小径似的，显得更加沉寂，遂觉得一切都往萧疏里去了。

秋分的气息

秋分要到的前两日，响起了激烈的雷声。一句话还没说完，暴雨跟着就倾泻而下。仿佛夏日的某个天气似的。但我还是发现了不同，在箭杆般的雨点一直往地下坠的同时，一股沉闷浑浊的暑气也从地底一直往上升。未几，雷声停了，雨歇了，空气变得干净清朗。于是就想，这大约是要将暑气逼尽，为即将到来的秋分淘尽来自大地的一切尘埃吧。

过了两日，才知这其实亦是迎接秋分的仪式。古人将秋分分为三候，其中第一候便是"雷始收声"。在迈入秋分的门槛之前，这雷声应该是今年最后一次响起了。从春日到现在，虽然季节还没有完全走完，可是雷声已经完成了自己的轮回。还有，秋分的第二候又恰是"蛰虫坯户"，虫子随雷声歇息，迎来或是送往，均有满满的仪式感，加之从这仪式里可知，两者竟有相携相依，甚至同生共死之意。

仪式结束后，便是秋日里最好的天气。天空总是无云，万里内外一片透明，哪怕一丝的杂质，也被先期而来的一场雷雨洗尽。

人立于坝陵大道上，可见到金黄的稻谷因为日趋饱满正在低下头颅，虽然征地拆迁只剩下为数不多的几块田，但当它们跟这透明的天气一旦接触，瞬间就连为一体，那一抹金黄，便也耀眼无比了。大道边上的柚子树，树叶很是稀疏，却有大颗大颗的绿色的柚子挂在枝头，快要成熟的样子。那种成熟的气息，一下子让人从心里跳出几句诗：

> 让枝头最后的果实饱满
> 再给两天南方的好天气
> 催它们成熟
> 把最后的甘甜压进浓酒

诗句来自里尔克的《秋日》。从前读它，目光只停留在其他几行，譬如"谁此时没有房子，就不必建造。谁此时孤独，就永远孤独。就醒来，读书，写长长的信，在林荫路上不停地，徘徊，落叶纷飞"。觉得诗人的秋日弥漫的只是那漫天飞落的寂寞与彷徨。但现在突然发现，里面其实亦有美好和希望。秋日的情感质地，原来竟然是这般丰富。

太阳一天比一天还要热烈。我先是有些疑惑，都说"白露秋分夜，一夜凉一夜"，说的应该是经白露秋分后，天气便要开始转凉，可这秋分的太阳却日日炙烤着大地，丝毫不输夏日。但现在我终于理解了，也明白了，现在太阳的坚持，其实就是为了让果实更加饱满，为了给大地呈现更加成熟的一幅景象。于是就还起了几分敬意，这世间的坚持，都有掩不住的善意，都是生命获得温暖的因子。而这样的因子，还俯拾皆是。

各种草木，也因为秋分特别的气息，显得有些特别了。

譬如彼岸花。从前听闻此花，便有一种梦幻的感觉。从那名字上，便觉有几分虚幻和遥远，总觉这是一朵来世之花，寄寓了人们某种良好的祝愿与期待。现在，当我从坝陵大道一转身，沿着沙子田那一条沟渠往前走过去，便发现了此花此时就盛开在那潮湿的某处。有意外，亦有惊喜，但也有几分失望，原因是看那花瓣盛开的姿势，竟然有点像夏日里的蜘蛛兰，那往上张开的，往四周伸出去的，一朵朵凑在一起，的确都有些张牙舞爪，总之一副不好看的样子。但仔细一想，又觉得这彼岸之花，或许要的恰是这样子——那张牙舞爪的花瓣，迷离、恍惚；再加上那绵延不绝的红，仿佛弥漫着诅咒般的气息，在阳光的映照之下，瞬间便有了神秘之意。而神秘的氛围又不可阻挡地加深了——原因是我知道彼岸花，其叶生时，花期未到；其花生时，其叶已死。正是花不见叶，叶不见花，一生一世，乃至永生永世你在此岸，我在彼岸。我以为这里又有人世之悲苦——无论是不想见还是不得见，都是人生的决绝与荒凉。一朵花的寓意，让秋分时节一下子有些肃穆起来。

彼岸花过去，便是千秋榜。千秋榜上，几株迷迭香竟然也都开了。比起遇到彼岸花时的恍惚，现在是有几分迷幻了。原因有二，一是关于千秋榜，二是关于迷迭香。"千秋榜"这个地名，在村里要算得上绝无仅有的诗意与厚重。村里大多的地名，或者与其地理位置有关，譬如高坝田；或者与其景物标志有关，譬如杨柳田；或者与其地形特征有关，譬如三角地；或者与其颜色有关，譬如黄泥地。总之都是质朴，紧紧依附于泥土与日常。唯有这千秋榜，被赋予了某种精神的意蕴。所谓"千秋"，我一直觉得它一

草木季节

定是村民对于永恒的祈祷，譬如生命，譬如功业，譬如情与爱，等等，所以一下子从所有地名中脱颖而出，有了铿锵的质地，也让我对其怀有与众不同的情愫。迷迭香一般要在入冬后才开花，只有少数在特别的环境之下才会在秋分时节开花，所以看见第一眼的时候，我便觉得这简直是奇遇了。还有跟彼岸花一样，这迷迭香亦是一株神秘的植物。在村里，人人都说此花有奇香，闻者往往迷而不去。所以又还有人往其身上附会，说那世间的好女子，就如迷迭香一般，美妙动人，引人遐思，往往让那男子为之颠倒而不识路，言语之间有几分劝导、几分责怪之意。村民之外，迷迭香还是能登大雅之堂的一株花草，譬如贵如曹植亦为之倾倒："信繁华之速实兮，弗见凋于严霜。芳暮秋之幽兰兮，丽昆仑之英芝。"一缕脱俗的颜色，愈加让人为之情动神往。种种加在一起，那一份迷幻的感觉，自然是无法阻挡，也不愿阻挡了。

秋分时节开花的，还有菟丝子。跟彼岸花和迷迭香比起来，菟丝子显得普通并且不为人所待见。这或许也跟其出生有关，因为其又称无根草，身世从一开始便充满了悲凉之气，从一出生就只能依附于其他草木生长，只能寄生于杂草之间，就像一个流浪的人，永远没有自己的家。甚至恰如里尔克一般，终生都没有故乡，注定永远漂泊，寻找故乡。因为其总会妨碍庄稼的生长，所以在村人眼里，它还被视为一株有害的野草，往往面临被除掉的命运。但在我看来，这实在是村民对菟丝子的偏见。其实菟丝子原本也是极有光芒的一株植物，早在《古诗十九首》里，就有人对其投去了向往的目光："与君为新婚，菟丝附女萝。菟丝生有时，夫妇会有宜。"看上去不起眼的菟丝子，其实亦有恩爱惜时之意。又有李时珍在《本草纲目》里提到了菟丝子作为一株草药的价值：

"菟丝子，精益髓，去腰膝酸冷，消渴热中。久服去面，悦颜色。"人的身体出了问题，亦还要靠菟丝子前往安抚。从这一角度去看，菟丝子还是一株以德报怨的草，其不计较以及无私磊落的胸襟，亦是可以投之以仰望。

父亲略微懂得些草药之道。每年秋分时节，便是他采药的好时节。这不，在秋分第五日，当我回到家里，就又看到他正在太阳下晒着新采的当归和知母了。父亲采药或许跟秋分节气并没有实质性的关联，可我觉得，这当归和知母，却一定跟秋分时节有不可忽略的联系。它们在此时出现，或许还是因了菟丝子牵引的缘故——它们是想要再进一步提醒我乃至村民——作为一株药草，它们的可取之处，其实一直跟我们的生活乃至生命息息相关。

"当归"与"知母"，仅仅这名字，就仿佛一句诗，并且悠悠人世，万般欢喜或是离愁，均可以由此寻出个中滋味。

先说当归。我私自想，"当归"者，其寓意该是远行之人，应当归来，以享那相聚之欢。翻《本草纲目》以求证，竟然见李时珍亦这样说："古人娶妻为嗣续也，当归调血为女人要药，有思夫之意，故有当归之名。"于是喜不自禁。想这人间情愫，不论古今，原是同出一源。

具体到当归其物，在此前的相遇里，我知其叶其枝稀疏，露在泥土之上，仿佛形单影只，孑然眺望。仿佛由内到外，那一份思念，那一份幽怨，均将那一颗心，明明地摆在那里。就像君问归期却永未有期一般，当归之心，似乎亦是不归之意，只留那一份惆怅，独自在那草木之间。

据说当归亦还另有其名，如产于秦地的，则谓之秦归，产于川地的，则谓之川归，等等。我极喜这样的命名，就仿佛张归、李

壹 草木季节

归似的，一个个清绝的影子倚于某一扇窗户之下，望尽月圆月缺，而那个远行的人始终没有消息——虽说总是离愁别恨，但那透出的脉脉体温，却使得一株草木，从此有了真实的人间气息。

再说知母。亦是喜欢这名字——"知母"，借用张爱玲的一句话："因为懂得，所以慈悲。"世间情愫，又柔又美的，便是这"懂得"与"慈悲"。想多少母子情意，从古而今，从你到我，到他，或离或聚，或悲或喜，或爱或恨，亦都在那"懂得"与"慈悲"中，如涓涓细流，让这尘世生动和温润无比。若真少了这一细流涌动，就好比江山失了颜色，人失了魂魄，恹恹地了无精神。

由此去读知母这株草木，虽然此前未曾得见，可也觉得那一枝一叶，均仿佛有真切的光芒照耀。那田野坡地、山川河谷，亦仿佛莹莹雨露往其身上渗透，那一个世界，也从此天青地阔、繁花似锦一般。

寒露的邂逅

寒露一到，原本流淌成瀑的水流，只剩下了气若游丝的一点存在。这样的变化是不是太快了一点呢？还在秋分时，那些水流虽然不如夏日里的激越飞泻，可也是铿然有声。现在似乎一夜之间，那硬朗的身子骨一下子塌了下去，总给人一种无端的彷徨。

流水从石壁上跌落下来，落到平缓处后，就更显得有气无力。平日里河道积蓄下的水流，虽然照样清澈，可看上去已经有了凝滞的迹象，仿佛那一双瞌睡袭来的眼，又仿佛那一张明显爬上了皱纹的脸，逐渐了无生气。两三朵残红——也分不清是什么草木的花朵，也弄不清是从哪里飞来的，总之恰巧就落下来，落下来就紧紧地浮在上面不动了，使得那一份凝滞，又多了几分怏怏的颜色。

河岸上的芦竹依然很茂盛，不过越是茂盛，其荒芜的质地越是沉重。从春天，再到夏天，一直到此深秋时节，我不止一次从河岸上走过，春夏之时，也总能遇到一些人在此走动，但现在除了芦竹之外，再没有遇到一个人，一条长长的宽阔无比的河岸，在芦竹随风而动时，就显得更加幽深了。只是不知道，当年唐人李益写过的"不知何处吹芦管,一夜征人尽望乡"的"芦管",是否就是这芦竹做成的,若真是它们做成的,那么这一岸的芦竹,亦算有了历史的厚度,亦有了诗意的光芒。

去村不远的池塘,水也跟着变浅了。水位沿着池岸退下去,很快那池塘就呈现出锅底状,更像失去青春滋润的身子,苍瘦到失去了颜色。先前的那几枝残荷,不知为何亦寻不着半点踪迹。总之是寥落了。在寥落之时,一个池塘已经算不上池塘。平时喜欢到这里垂钓的人们不再来,人与池塘的契约,仿佛经寒露的手指一按,就暂时终止了。池塘上有两棵高大的柳树,表面上看,仍然青绿,可仔细一瞧,实际上也有了枯萎的痕迹。从上往下,有一些枝条失却了青绿的身子。想来,那些还保持着青绿的身子,很快也会不见了。

柳树下却盛开着一地的秋英。秋英有红和黄两种颜色,都开得极为艳丽。尤其是,秋英夹杂在那些野蒿和一些不知名的水草间,就更显得耀眼,甚至有几分高贵。突然想起有人把独自寂寞开的梅花说成"零落成泥碾作尘,只有香如故",可我觉得此时将其拿来比喻这些秋英,要贴切得多。

离秋英不远,亦是在众多的杂草中间,发现了五六株苍耳。我先前并没有注意到它们,说实在的,这些苍耳,还真是没有可以吸引眼球的地方,说它们普通甚至丑陋亦不为过。我之所以注意到它们,是因为在每一株苍耳的每一朵叶片之上,毫无例外地都爬上了一层霜色。可这还只是寒露时节,离霜落下来尚有些时日,可那分明像霜色一样的,又会是什么呢?或许什么都不是,只是季节有意提醒寒露与霜降不远的距离吧?甚或是暗示季节的匆匆与脆弱之类?不过倒是可以顺便说一说这苍耳。苍耳以前又称卷耳。早在《诗经·国风·卷耳》里就对其有记载："采采卷耳，不盈顷筐。嗟我怀人，寘彼同行。"一株不起眼的苍耳，竟然还是"怀人"的物象，那一片深情，再一份落寞，其中的情愫，使得一株不起眼的草木闪耀着晶莹剔透的光辉。

何首乌也开花了。早在春日里，当身边的很多树木，如楸树、椿树等都还没有发新叶时，何首乌就有绿叶拱出了，要算得上最早迎接春天的草木之一。可之后又看不出有什么变化，直到其他树木都发出新叶后仍然没有什么变化，以至于让人觉得既生绿叶，就是何首乌的一生，再也不会有什么波澜。所以当寒露到来，我发现何首乌也开花了时，那一份惊讶与惊喜，一下子就让人有些激动。一层黄白相间的细细的花朵，织成一串串的颗粒状，沿着藤蔓一路铺展开去，使得逐渐荒芜的田野突然有了一些亮色，人心也觉得暖暖的。说起何首乌这株草木，它跟我的身体还有着不可割舍的联系。记得有一年，我生病了，懂些医道的表爷爷就说，只要能够找到长成人形的何首乌果子，就能治好我的病。为此，曾经很多年，我几乎翻遍了村里所有山野的何首乌藤蔓，但从未找到如表爷爷所说的何首乌。后来我又问表爷爷这世间是否真有长成人形的何首乌，表爷爷用神秘的口吻说当然有，但药医有缘人，要找到它需要时间更需要缘分。现在，我已经放弃寻找，因为我不敢奢望能跟一只长成人形的何首乌相遇，可是只要一看见何首乌，我就会想起那些患病的时光，想起一株草木的神奇——不管它们是否确有其事，在对它们的怀想中，始终都有人世的希望荡漾。

败酱草总是跟何首乌毗邻而生。其花朵跟何首乌的花朵也有几分相似，都是一串串细细的黄白相间的花，覆在那枝蔓上。所不同的是，何首乌是横向生长，并且总是贴着地面，一副不与人争的样子。而败酱草，却是长着高挑的身子，一副还要继续往上长的架势。这不，在周围的草木，譬如樱桃树、李树，还有一些不知名的野草都呈现枯黄的颜色时，那一串串立于枝头的花朵，虽然细小也不显得绚丽，但足以成为这个深秋时节引人注目的风景。当然，这亦是败酱草选对了时候，若是放在百花争蕊的春夏，这一株败酱草，一定是无足重轻，甚至是可以忽略的。但毕竟它是选准了时候，就好比一个人的智慧，亦好比顺应了自然此消彼长的道理，所以赢得了人生的成功。

寒露第十日，天彻底放晴了。

时间不过早上九点，阳光就落满了村子。连日的秋雨之后，空气因阳光的照耀显得格外清新。打开窗子，一树桂花就进入了眼帘。这已经是今年第二次花开。每年这棵桂花都要开两次。年年如此，已成规律。第二次虽然不如第一次热烈，但对仅有一次花期的其他花朵而言，已足够让它们艳羡。往往在秋分时节，那些花朵就重新在枝叶间冒了出来，一直到寒露时节，虽然有些隐约，但那一缕幽香却是明显的，让屋子里也充盈着芬芳。跟桂花比较起来，不远处的几棵梧桐树，却是那样潦倒。逐渐枯黄的叶，不知是因为虫噬还是秋风所破，纷纷凋残起来，显出狼藉的样子。这让我有了几分怜悯，总觉生命的质地原本不一样——有的坚韧，有的脆弱，虽然都是常态，可总引人感慨。

斑鸠开始啼鸣起来。先是在屋后，后来移到窗前，再后来便到了远处，仅是一瞬之间，来了，又消失了，但已足以让我兴奋。在草木萧疏之际，那清悠的声音，总能让人想起春或夏的明艳来。况且自秋分的后几日，直到此时之前，我已没听到斑鸠的啼鸣了。

所以这匆匆的邂逅，让我愉悦了许多。

阳光真是个好东西。阳光一出来，万物就都活泛起来。先前还冷凝无比的草木，现在竟也露出温和细致的光芒来。先前似都隐匿了的鸟们，如画眉、鸽子、麻雀、喜鹊，霎时间纷纷飞了出来。甚至还让人怀疑，或许季节又暂时回到了寒露之前。当然也隐约地有几分期盼，要是季节总是停留在那晴暖之中，那该多好！但随即又觉得自己天真甚至可笑——这季节，能永远停留于斯吗？就好比人生之旅，总是由春而夏，由夏入秋，再最后便是凋谢之冬日了，那不可停下来的脚步，就好比这季节，总是让人为之困惑，而又无计可施。

入夜，没有月亮，倒是有几颗星子，寂寂地挂在西天之上。天地一片暗黑。一个人躺在沙发上看书。屋外，其他虫声渐至绝迹，却有一只蟋蟀（我想这应该是秋天剩下的最后一只蟋蟀了）的声音一声比一声急促，似乎在寻找什么，又似乎在跟我说着什么，声音忽而响在桂花树下，忽而响在院子里的草丛之间，忽而又移到窗前，再之后就消失在远方了。秋雨复来，秋风亦再次起了，窗台上一盆兰草在灯影中摇曳不止。手中的《源氏物语》刚好写到朱雀院之三公主受戒持佛的细节。秋花凋零，丽人青灯，青丝犹残。世事薄如秋草，生命亦多落寞。让我唏嘘，不忍读下去。掩卷。复又翻开德富芦花的散文："此时，夕阳落于函岭，一鸦掠空，群山苍茫，暮色冥冥。寺内无人。唯有梅花两三株，状如飞雪，立于黄昏中……"多好的文字，简洁、干净，透着脉脉的体温。自然如此，人生亦应如此。于是那古寺，那月色，那两三株梅花，便充盈了我的内心。虽然秋意渐浓，寒意渐重，但终觉这夜的温暖柔和了。

壹 草木季节

霜降的秩序

我总会看向那四只仍然挂在枝头的青绿的柚子。

虽然到了霜降时节，虽然霜降的头两日有很好的天气，可是这四只柚子还是没有成熟。我想它们大概不会成熟了。它们将会在第一场霜到来时从枝头跌落。它们作为霜降时节最早进入我视线的草木，突然之间就有了些萧瑟之气。

天气亦是那萧瑟之气的助推者。雾霭一直浮动着，并夹杂着细雨，田野显得很低沉，一直还要往下沉的样子。田野空荡荡的，倒是有一些零星的谷垛凸显出来。稻谷们倒很幸运，赶在霜降之前全部成熟并已收割。只是难免有一些遗漏了的稻穗仍然留在田里，但我知道那一定是人们有意留下的。在村里，一方面村民都想着要颗粒归仓，另一方面又有意识地将一些谷物遗失在田野里。一直以来，村民都觉得，除了自己需要粮食外，鸟雀们也需要粮食，否则冬天到来它们将无法活下去。作为一起生活在土地上的生物，人总不能把所有的活路堵死，总要为其他物种留点空间。适当留点庄稼的田野，才能让人放心。后来，人从田野里走过，总要有意无意地瞅一瞅自己丢下的谷穗，看看它们是否还在原地，又是否还完好如初，由此判断是不是有鸟雀来过。在想象着一只鸟雀吃到自己留给它们的粮食，心里忍不住就会有某种美好荡漾。

鸟雀们也懂得这种秩序。鸟们缓缓地从人的头顶飞过，绕地几圈后，就准确无误地落在了某一株留下来的谷穗旁，落下来的时候，还朝着人点了点头。鸟离人不过两三步的距离，但鸟知道人是不会伤害它们的，鸟知道人的善意。就连风也被感染了，就在鸟与人围着一株谷穗相互对望时，风都静止不动了，只小心翼翼地凝视着这一份对望，只觉得人世在此时，只剩下了一份温情。

河流有些凉意了。河流跟稻子是一个鼻孔出气。当稻子一退出，河流也跟着不动了。先前汩汩流淌的水流，此时都把声音藏到了水草下，已经听不到任何声响。或许是它们觉得，它们跟稻子一样，在冬天到来之前，都累了，应该安静地歇下来，再不歇下来，就真的有些过头了，凡事一过头就都不好。水草之下，漂浮着一个竹做的鱼篓，往前几步，再仔细看，又发现了一个鱼篓，我数了一下，共有十几个，显然有人来过了。可究竟是什么人呢？我突然就有些激动。往河里放鱼篓，是很多年前的事情了。很多年前，几乎所有的人家都有几个鱼篓，但后来就没有了。现在，它们竟然又出现了，它们是否也携带着对往昔时光的怀念呢？

树林变得空了。随着树叶落下来，光秃秃的枝条纷纷暴露出来。树枝上那个鸟巢也看得见了。只不知这个暴露的鸟巢还有鸟住吗？如果还有，在即将到来的漫漫冬日，它们又将用什么来抵御寒冷？抑或鸟们早已迁徙而去，但明年春天它们回来，又还住在此地吗？又或许等它们明年春天回来时，此巢穴还是去年的巢穴吗？总之是有些悲凉的感觉。

壹 草木季节

不过还好，萧瑟之中，也有一些草木正在开花，心中一阵暖意流淌。

譬如火炭母。就在河岸之上，一丛杂草枯去的同时，火炭母正灼灼盛开。花朵虽然细小，却很是耀眼，甚至会让人恍然觉得那是一场早雪落了下来——虽然由颜色想起的是雪，可实际上在村民看来，那随着花朵蔓延甚至涌动的，却是一颗颗温暖的火种——一方面因为以"火炭"为其名，另一方面又因其盛开于田野变得萧瑟之时，村民总将其跟火种联系在一起，甚至还以"母"称之，虽然天气越来越寒冷，但有了火炭母的存在，便觉得心上始终有火燃着。一朵朵平常的花，就这样温暖了无数的村民，以至于有人家每陷于困顿之际，就会以火炭母自我安慰，然后咬咬牙，日子便挨过去了，及至柳暗花明。记得我母亲还特地在我们家后檐地坎边栽了一簇火炭母，其意亦是时常提醒她与我们兄弟姊妹，告诫我们时时均要埋下那一颗火种，万不能沉沦枯败。如今想来，一株草木上的情意与希望，原也是最柔软也最坚毅的人世之珍，必得让人爱之惜之。

鬼针草亦是在霜降时节开花。只是跟火炭母比起来，其生命力似乎更要旺盛些。火炭母虽然被比喻为火种，却很少见其身影（或许因为少，所以愈见珍贵），而鬼针草却遍地都是，无论在路旁，还是河岸上，一路上都能见其身影。虽然多，却不好看。那花朵既无丰盈之姿，又缺玲珑之态，虽然也正是生命的花季，可却像早过了年华似的，总之了无风韵。当然，这也只是从外表留下的印象。其实这鬼针草，实在是有着人不可貌相的内秀。原因是鬼针草能治疟疾。我奶奶说过，那一年村里村外疟疾大流行，死了不少人，后来还是鬼针草帮助人们挡住了疟疾的魔爪。如今医药发达，凡患疟疾者再也不需要借助鬼针草之力，可是它在人们心里，仍然不失一株药草的价值。又因其有救命之恩，在村民看来，它是一株能恫吓鬼魂的草木，所以任其四处生长，从未有除掉之意，甚至每看见鬼针草时，竟然还觉得对自己有庇护之意。记得那时每到冬天，当一切农事完成，便有邻村放电影以庆贺，若是有小孩吵着要跟去观看，做父母的便摘下一株鬼针草让其握在手里，据说这样能让鬼魂不敢近身。如今这一切都已经不可信，但不得不承认，曾经的这一举止，实在也要算人世的质朴有真意，所以也总是不能忘。

较之于火炭母和鬼针草，野棉花要好看得多，并且其花朵呈红色，就更见喜气和暖气。有了"棉花"之名，尽管当不得棉花之用，可是在村民眼里，也总有柔情荡漾其上。加之我的村子没有种植棉花，而家家户户又都离不开棉花，就有村民爱屋及乌地把对棉花所有美好的情愫全都转移到这一株株野棉花上，甚至索性将其当作棉花一样看待了。偏偏这野棉花盛开恰巧赶着了寒冷之时，村民愈发感受到了来自它的温暖。只可惜的是，随着土地征拨，原来的地块被改变，从前四处盛开的野棉花不复存在，想要再看到从前绵延不绝的景致，只是一种奢望。我亦只是在一座古墓之前发现了一株，一株共有三枝，三枝共有九朵，仿佛经手剪裁过似的。然而这些或许都无关紧要，紧要的是，在变得寒冷的霜降时节，能目睹几朵红绽开在那荒草深深的古墓之旁，也总觉得有一股暖意流淌似的，心中的那一份孤独与凌乱，似乎亦正慢慢融化。

而这样的融化还在继续。就好比一支曲子，既起了头，就必得要继续弹奏下去。这不，从古墓绕过去，我就看见了那棵柿子树，树上挂着红红的柿子。这样熟透的颜色，应该就是霜降时节最温暖也最吸引人的颜色了。或许也正是这样的难得，所以不仅仅是我，从古至今，这柿子，一直都是人们歌之吟之的对象，如皮日休就有诗云："客省萧条柿叶红，楼台如画倚霜空。铜池数滴桂上雨，金铎一声松杪风。"又如刘克庄亦有诗云："客子家山亦此峰，可堪投宿听疏钟。旋沽村酒开霜柿，欲访禅扉隔暮松。"在霜降时节，这柿子一定是人们眼中不可或缺的风景，并一定是人们心上的某种慰藉。

而我必得再要说一说眼前的这棵柿子树。柿子树原是村里两个年老的夫妇所栽。夫妇俩无儿无女，也因为无儿无女，他们便傍着这古墓筑屋而居（至于这古墓跟他们有无关系，就不得而知了）。说是"筑屋"，其实那屋子不过是临时搭起的一个简易棚子，如今随着夫妇俩去世，早已不着一丝痕迹。唯有这棵柿子树，还能让人想到夫妇俩的一些过往。但又有什么意义呢？季节更替之中，村民生生死死，来来去去，已经是熟视无睹的日常。更何况他们亦总是无故事，生不足观，死更不足观，就像此时那些风中的落叶，转瞬之间便没入尘土，终究不剩一丝痕迹。那么由此去看，一棵红红的柿子树，由那流淌的暖意，复又变得寒凉了。

暮色已起，田野越来越空寂。刚才安静无比的鸟雀，突然受惊了似的，胡乱地飞上飞下，一边飞一边发出恐惧的叫声。风也有点大了，吹得树叶像风轮一般快速旋转，稍后又纷纷落下来。枝头上的那四只柚子，仿佛也动了一动，似乎要跌落下来的样子。雾霭显得更加湿重。细雨亦更急了，雨落下来，泥块之上，草叶之间似有一层晶莹的颜色，仿佛霜的影子一般。说不定就在明天早晨，第一场霜就真的要来到了。

立冬记

小区的拐角处有一棵银杏。立冬的前几日，树叶就陆陆续续地落下来。落了又停，停了又落，仿佛在歇脚。到了立冬的早晨，叶子已经全部落尽。时间卡得一分不多、一秒不剩——我相信它是要告诉人们：立冬了。

太阳也没有忘记立冬的时刻。霜降时节，几乎每天都落着细雨，天气也总是雾蒙蒙的，可是立冬一到，太阳就准时准点出来，天地一片清明澄净。就像阳春三月里的明媚灿烂，直让人觉得时光倒流，仿佛季节的那一双手，总有翻云覆雨的魔力，可以朝为寒来，暮为暑往。

好比故事的一开始就有些奇诡。一方面是山寒水瘦，另一方面是春光万里。就像一段年华或是情感的两面，让人觉得世事的不可捉摸，也觉得世事在人面前的游刃有余。而我终于是待不住了，抬头看了看光秃秃的树枝与明亮的太阳形成的反差，双脚忍不住就往外走了，总觉得在外面，一直有一些东西在诱惑自己——我是想进一步看看立冬的景象，是怎样在此时的大地上进行的！

除了刚才那棵，小区外面还栽了两长排银杏。以前路两边栽的是白杨树，也不知是何原因，现在全换成了银杏树。这两排银杏树跟小区那一棵有些不同，它们的叶子总在不停地往下落，人从下面走过，还陷在纷纷的落叶里。这让我有些疑惑，也有些叹息。同样的树种，同样的环境，景致却迥然不同。这也让我想起在秋分时节，我看见大树脚那一簇飞蛾花趴在藤上了无生气，可是在三十步之外的狮子山，却又有飞蛾花正开得如火如荼。其时正有斜阳残照，总觉得生命彼此的差异，用这样一个意象去描述最为恰当不过。

沿着九头坡脚，我来到了黄泥地。黄泥地以前共有百余亩的地块，现在一部分用来修建了民政局办公用房，一部分早在此之前，就征拨做了焦炭厂，只是后来厂子很快倒闭。虽然倒闭了，可是地块仍然被其占着，只是从那坍塌了的围墙看进去，能看见有荒芜的野草正在那里生长和蔓延。这样一来，黄泥地只剩下了靠近山这边的不多的一个三角地带。但有幸的是，这里不属于征拨范围，得以保持了原貌。我觉得无比惊喜。自从立春以来，我就快要走遍原村里的每一寸土地了，像这样保持原貌，甚至极有可能永远保持下去的地块，还是第一次遇到。通过这剩下的地块，我仿佛又回到了乡村的从前，虽然明知乡村从前的一切都已经不在，但总觉得那双脚似乎踩在了从前的土地上，那些从前的时光，也总有一丝能寻得到的足迹似的，让人总有一种踏实感。

地里正盛开着大片的野木姜花。记得从前村子里，春天和冬天各有一场盛大的花事。春天时是油菜花，冬天时是木姜花。说它们盛大，如果仅从气势上看，油菜花倒也算得上名副其实。木姜花颜色并不耀眼，有些名不副实，但两者都与养蜂人有关，就将两者并列在了一起。从前，村里油菜花和木姜花开时，就会有养蜂人来到村里。养蜂人都是异乡人，一年四季总是随着花朵奔走。这样的人生在村民看来，总是神秘而且美好。

如今所剩地块面积不多，花事也落寞了。但也还有蜜蜂在木姜花上忙碌，可也只看见了不多的几只，似乎还只是象征性的样子。并且还不知这几只蜜蜂究竟是谁养的，它们是就近而来，还是从远处来，是否也感到了这人世的变化呢？有那么一刻，我还恍惚觉得蜜蜂们跟我一样，同是来到黄泥地寻找从前的村子，我们同样都是失去故乡的人，虽然我们不一定要回到从前的故乡生活，可是作为故乡，它始终是念兹在兹的存在，我们总渴望沿着某一条路径往回走；虽然回去了未必就会觉得心安，可是那一份情感始终牵引着我们……

黄泥地还有一口水井。这口水井的奇异处就在于即使夏天山洪暴涨，村里所有水流都变得浑浊，它仍然保持着清澈的模样。所以每到此时，虽然离村子远了点，可是村民总要来此挑水。于是，那一只只高矮不一的水桶，那一串深深浅浅的脚印，那一路的欢歌笑语，那一路的家长里短，就都一起指向黄泥地。自从征地拆迁后，村里四处都有挖掘机一直在挖山掘土，最后就将原来的一些水源给破坏，直至消失，不知落入了大地的某处。黄泥地的这口水井，便是这样消失的其中的一口井，只看得见先前水流漫过的一些模糊的痕迹，那干涸的样子，就像某个遗址，人立于那里，已经是凭吊般的伫立了。

水井不存，水井边却开了一地的蓼花。一朵朵粉红的花朵，在那荒芜里尤其显眼，也仿佛是时间有意留下的提醒，提醒你对一口消失的水井乃至消失的一切去回忆。这不，在古人那里，以蓼花为线索回想从前，伤情此时的也颇有人在。如元人张翥一番描绘蓼花之后，就忍不住叹息："不见当年，秦淮花月，竹西歌吹。但此时此处，丛丛满眼，伴离人醉。"又如宋人卢祖皋亦有这样的句子："蓼花繁，桐叶下。寂寂梦回凉夜。"还有，"衣上泪。谁堪寄。一寸妾心千里。"一朵蓼花的身后，是彼时盛年锦时的寂寂落照，更是此时满目的离离之情。而我，此时此地，一朵蓼花在我眼里，也一定是那寂寂地落于心上的关于村子以及一切过往的离情之歌了。

从黄泥地回来，我还遇到了另一条河流，仔细辨认后，觉得应该是先前的母珠河，只是上游被新建的火车站和坝陵大道压住了，下游也被坝陵大道压住了，就只有这一段约半里地的河面暂时还露在外面，一条河流可以说全变了模样。河道越来越狭窄，少有人迹，那些荒草一年年地、铺天盖地地压向河面，有的河段，已经看不见流水的影子。可我却看见了好些鸟雀，如麻雀、点水雀，它们仿佛是在觅食，又仿佛是在散步，当然也极有可能是在思考——思考一条河流的来去以及自身命运。还有一只白鹭。我有很多年没有在村里的任何一条河流上看见任何一只白鹭了。白鹭失踪已经很久。现在它突然出现了，它还会再一次失踪吗？也或许它至少可以多居留一段时间的，只是这立冬的河流，一日比一日更是寒凉了，而这只白鹭，是否也会因为这寒凉而提前离开呢？

一只白鹭，似乎亦蕴含了莫名的乡愁。

河流上的醉鱼草却不知悲欢、不知生死地继续绽放着。先是枝叶，便是前所未有的茂盛。尽管周围的草木都无可奈何地凋谢了，可是醉鱼草就像没有任何限制似的，越来越充满生机的样子。其次是一朵朵紫色的花瓣，紧紧贴在枝头，又仿佛高高举起似的，极容易就让人想起某一种悲壮，似要尽自己的一己之力拽住一条河流不要远走似的。但我想它也一定是悲剧的，因为此时，那些鱼儿均已经睡去，即使它能让鱼为之迷醉，恐怕也无济于事了。好在，我也终于没有看见任何一个村民，再用了这醉鱼草去迷醉鱼儿。于是觉得，此时这醉鱼草的存在，倒也像极了一个梦，恍惚的，美好的，或许都只存在那梦里，让一条河流，暂时忘记了来自时间与岁月的一切改变。

河流上归来，我就一直蛰居在家，这样便到了立冬第九日。太阳突然就没了，细雨复又降落下来，虽然亦未看见第一场霜爬上草木，可是天气是真的寒冷了，风也越来越紧，门前可见的草木，其叶子落下的速度，越来越快。一轮残月，总是忽明忽暗地，像要揭示什么，又像什么也无须揭示，一切仿佛玄幻邈远，又仿佛洞彻如明。我知道，季节这双魔爪，又将我们带到了另一面……

小雪的梦境

被霜改变的，不仅仅是颜色。我近距离观察了一下，菜叶因为有霜，显得更加内敛深沉，似乎所有的心事都被藏了一层；三角梅先前重重叠叠的叶子，现在被彻底覆平了，就像一颗了无轮廓的心，缓缓地在那地坎上一览无余地呈现；柔弱的百花草，直接被霜压倒在了地上，仿佛一切的故事再没有重新起头的可能，等等。由此可以推断，草木内在的秩序，都因为霜而发生了变化。

芦苇也被霜催开了花朵。

还在秋天的时候，我就曾经沿着河岸，想要寻觅一枝或是更多的芦苇花。从前读《诗经·秦风·蒹葭》，受了"蒹葭苍苍，白露为霜"这一意象的诱惑，便觉得应该是在霜降时节，这河流两岸，便有芦苇花开放了。却不料到我村，芦苇花开，已经到了小雪时节。不过这更让人愉悦，因为此时，芦苇与霜，两样都到齐了，就好比那地老与天荒，都没有缺席；就好比那两只手，相携着从一生里走过。

现在，芦苇花就开在河的彼岸。虽然隔着一河之远，我还是能清晰地看到涂染其上的霜色。只是跟菜叶、三角梅、百花草上的略有些不同，现在太阳又升高了几竹竿长的距离，阳光的温度上升了些，所以霜复又转融为露水，一滴滴像珍珠般在芦苇花上摇曳——对了，那其实也是一枝枝芦苇在风中摇曳了，摇曳的时刻，就仿佛一个个翩翩起舞的伊人。这一刻的情景，倒让我突然为之一动——或许《诗经·秦风·蒹葭》里的"所谓伊人，在水一方"，就是由摇曳的芦苇而联想起的，或许在河之岸，在水中央原本就没有什么伊人。那伊人，不过是心上的一个梦境罢了。

河流变得更加瘦削了。只有浅浅的一层贴着地面流过，听不到任何喧响，仿佛随时都会销声匿迹。此岸跟芦苇相互对望的芦竹，也黯淡了下去。不仅仅是花朵变成了死灰的颜色，就连先前蓬勃的身子，也明显地被季节抽走了大量水分，只留下很少一部分供给它们苟延残喘。有生就有死，有荣就有枯，生死枯荣，原本自然之理，原本不用过多在意，更无须为之伤感。但现在，我竟然有些难过了。同是举着一个姓氏，同是居于一条河岸之上，一个花开正繁，一个凋零有时，这其中的反差，始终有些不忍目睹，甚至越是看着那繁华，越为那凋零哀之怨之，到最后就禁不住三步并作两步急速离开了。

选择穿过那两道长长的挖土机留下的车辙印，再选择穿过那片皇竹草。其实我也不知道为什么要选择从那车辙印的地方走过，又为什么要穿过那片皇竹草。但可以肯定，首先那两道长长的挖土机留下的车辙印，让我感觉到这块土地正在改变——它们就像某种外来的势力，一直要将先前的秩序打破、揉碎，并在此基础上建立起新的版图。其次是那皇竹草，虽然土地征拨了，可是后来因为资金短缺开发暂时停止，于是专门种了皇竹草来养牛。不

草木季节

过虽然茂盛，可给人的感觉却是荒芜的，只听见呼呼的风声从那里穿过，就像任何一阵穿过荒野的风声一样。尤其是那里总会有一只野猫箭一般突然蹿过去，又还有几只野鸽子总是在那上空胡乱地飞，于是荒芜就更显得沉重了。

现在我穿过了它们，来到了一片林地。

林地已经空了，只有鱼鳅串正在开花。按我的经验，这林地肯定不止一种花，并且那些花朵一定都曾经比鱼鳅串花还要艳丽，只是它们先凋谢了。说起这鱼鳅串，早在入秋时节，它们就开花了，只是始终夹杂在野蒿丛里，经过野蒿的一番缠绕后，那花朵就依附在其头上，仿佛失去自身一般。那时候我就有几分不喜，总瞧不上这样的无骨无气。但现在看来，我真是误解它们了。首先，它们虽然置身于众花之外，可是它们并没有自我放弃，一直到众花凋谢之时，仍然开放在小雪的门槛上；其次它们终于挣脱了那野蒿的束缚，现在高高地挺立于林地上了。花朵也全部撑开，一下子变得光彩照人，仿佛涅槃了一般，不得不让人青眼有加。

不过，林地终究是空寂的。林地里的楸树、椿树叶子早已落尽。鸟们也不见了踪影。只有泥土依然是鲜活的，泥土上新栽的白菜和青菜长了起来，透着盎然的生机。可见四季之中，无论寒暑，泥土始终迎来送往，从未有过颓废之情。于是就想，这天地之间，大地之上，幸而有这泥土，才让生命有了生生不息，万物有了人间的烟火气息。

出林地，我站在一块只剩下一个角落的田里。看了几眼后，惊喜地发现这块田原是父亲承包的，从承包到被征拨，前后有三十多年的时间，它一直是我们家赖以生存的最主要的田块（它有一亩还要多，是我们家面积最大的田块）。惊喜之后，又觉得有些失落，因为我突然想起了一块田的来去，还有我们一家的来去。应该说，前后三十多年，父亲的一生均在这一块田里走过。到我，也有二十余年的时间在这里走过，还可以这样概括——父亲的一生落在了这里，我的大约半生的时间也落在了这里，这里有着我们一家两代的命运遗迹。如果说这一块田可以作为父亲和我的故乡的地理标志，也是站得住脚的。但现在，它只剩下了一小截，其余的都被挖土机掘起的土块所覆盖了，以至于我无数次从那土块前走过，竟然没有发现它。

在田坎上的一块石头上坐下，突然发现在那土堆之间，竟然开辟出了一条小径，从外面难以辨别，从里面看出去倒是清晰可见。小径一直通向这剩下的田块，我怀疑它正是父亲所开辟的，也许父亲时常会来到这里，也像我想想一块田的从前，想想自己的一生，还有他的儿子留在田里的故事，还有一个村子的命运。无论是得到安慰还是引发忧伤，倒都是一种踏实。而这样想的时候，我又还想起了我的女儿。我女儿的生日恰是小雪之日，在此之前，我也曾带她来看过这块田，看过一年一季生长的秧苗。可是她对此毫无兴趣，我猜想这一定是她没有将这里当作故乡的缘故。而实际上，女儿应该是一个没有故乡的人，女儿出生在县城的一间出租屋，后来又随我四处迁移，然后童年就过去了，少年时离开县城到黔西南读初中、高中，现在又远走上海读大学，以后去往何方更不得而知。对父亲而言，至少还有我可以继续他的怀念；对我而言，女儿却不可能再继续替我怀念了，一块田，终将在女儿越走越远的背影里，从根本上与我们这个家断掉所有的联系。那么在这个小雪节气，在女儿的生日，我无意间对这块田的闯入，或许便是做那最后的告别吧！

壹 草木季节

山茶花也开了。关于这山茶花，记得在惊蛰时节，我就遇到它了，只不过那时候是目睹它的零落。只知道它是在冬天开花，却不知具体是在小雪时节开花。现在看到了它开花，内心似乎感觉到了一种圆满。就好比目睹了某种事物的一生，从出生到死亡，这一生的过程，全都呈现在了眼底。又似乎揭开了某种事物的秘密，死亡只是一个模糊的背影，而出生则是一个清晰的原样，让你彻底看见了它的真相。

加之这山茶花，原本就是雅物一件。众花之中，据说按名气排座次，它可以挤进前十。这就很了不起。要知道世间之花，就像芸芸众生一般，更多的只是被风尘所湮没，更多的只是默默地生，默默地死。能从那风尘中别开一面，得人赏识，实为大幸。而这山茶花，便是那大幸之其一，所以不能不引人羡慕。也因了一份羡慕，世间对之趋之若鹜者，可谓数不胜数。不妨列举两例：

似有浓妆出绛纱，行光一道映朝霞。

飘香送艳春多少，犹如真红耐久花。

——唐·白居易《十一月山茶》

青女行霜下晓空，山茶独殿众花丛。

不知户外千林缟，且看盘中一本红。

——南宋·刘克庄《山茶》

为之趋之若鹜者，亦都是不俗之人。雅人雅语，合在一处，自是人间清绝之音，一切尘埃之辈所不可追寻之物。

看罢山茶花归来，太阳已经落山，只听见空中"簌簌"地响，像风声，像雨声，又像雪的声音。抬头往上寻觅，却又什么都看不见，什么都在半空中消失了。但我更倾向于那是雪的声音。《月令七十二候集解》有云："雨下而为寒气所薄，故凝而为雪。"我想，既到了小雪时节，那么离一场雪的到来，应该不远了吧。

壹草木季节

大雪的想象

原以为一定会落雪的，可是没有。一点迹象都没有。

我对雪的想象倒是从未停止。《月令七十二候集解》云："大者，盛也。至此而雪盛也。"尤其是夜里，总想着第二日一旦推开门，便会看见大雪堵在门口的情景。可是大雪的日子一日日数过去，想象终究还只是想象。

还是有阳光，只是很稀薄了。颜色倒还是如往日一般温暖，可实际上已经变得寒凉。黄昏时看那一团夕阳停在山顶，懒懒散散地无精打采，一瞬间还觉得像一只行将归于寂灭的蝴蝶，其鼓动的翅膀有气无力，时间即刻跌入另一个页面。于是确信，虽然雪还没来，可是季节，终究变得萧瑟了。

果然，不过两日，阳光就绝迹了。冷雨复来，只是跟秋日的雨又有明显不同。秋日的雨，虽然也冷，可是依然舒缓，甚至能给人以诗意的想象。大雪的雨，落到空中，就被冻住了。包括行走在路上的那张脸，感觉到有雨扑面而来时，也一下子绷紧了，实际上也是被冻住了。那些草木，先是看不见有雨落过的痕迹，等上一会，却突然发现它们也被冻住了，那紧缩的身子，瞬间让你明白，那冻雨，已经无处不在，并彻底改变了季节的秩序。

突然间发现那堵围墙空了。从春到夏再到秋，记得每次从那里走过，围墙上都被繁茂的草木遮得严严实实，以至于看不见围墙内的一丝一毫。那时还恍惚觉得是围墙太高的缘故。可是在这大雪时节，随着严严实实的草木枯去，才看见这围墙不过半腰高，也才突然明白这人世制造的错觉无处不在。觉得有趣的同时，也常常因为错觉导致的误判而懊恼。

路旁的花朵也在最后枯去。譬如牵牛花，从夏日里一路走来，它们一直都盛开着，它们先后经历了夏日的暴雨、寒凉的秋风、冬日的严霜，可是都没有改变丝毫；还有三角梅，虽然有的早已凋谢，可是还有的也一直坚持到现在。此两种花，在我村要算花期最长、生命力最旺盛持久的了。但现在，当大雪来临，它们仍然免不了凋谢的命运。它们突然从眼前消失的时候，一种深深的落寞也涌上了心头。

菊花在此时开始隐身。山岭上的野菊花，在两场冻雨之后就不见了，只留下一些空枝，并且那空枝亦显得有些难以辨认，在失去花朵之后，一下子没有了明显标志，或者说一下子失去了自我，泯然于寻常的草木之中。

满天星亦在此时忙着凋谢。记得第一次发现三角梅盛开时，满天星也盛开了。只是相比之下，三角梅总是从高处一直往低处铺排下来，那铺天盖地的气势，总是先声夺人，让人不得不为之注目。而满天星始终处于低处，除了人们有意培植用来作为花台的点缀外，很少见其身影，也就不被人重视。但另一方面，虽然是对其忽略了，毕竟是见过了，心里也始终一直记着。加之"满天

117

星"这名字，总让人想起那满天熠熠生辉、照耀人间的星星，始终有一种放不下的情愫荡漾。只是没想到，当我终于想要写写它们，它们却凋谢了，那些关于满天星的想象，也终于无迹可寻。倒只是为这季节，再添了几许哀色似的。

棕叶虽不开花，可枯去的痕迹较之于花朵有过之而无不及。先前青绿的叶子现在变成了黄色，并齐刷刷地往下倒垂下来，紧紧地贴着树身，密密麻麻的，让人透不过气来。加之冻雨不断地扑打，到最后就还有了荒寒的感觉；加之棕叶紧靠着的那几户人家，早已经搬迁而去，那几间瓦屋也快坍塌早没了人的气息，于是那一缕荒寒又平添了几许沉重。

不过，也还有常绿的草木，让大雪节气泛着活力。譬如一棵枇杷树。它就在路边，当然它从前并不在路边的，只是后来新修了这条路，就转到路边来了。我一直想，它总算幸运的，先前没有路从它身边经过时，虽然它总是四季常青，可终究没有谁看见，也算是寂寞开无主。现在，它有幸被人们发现——在众花枯去的大雪时节，除了仍然拥有青枝绿叶外，还开着花，就好比逆生长，让人忍不住为之赞叹和羡慕。

在网上查枇杷树，结果令人惊讶。网上云："枇杷树在草木之中，独得四时之气，历经四季，初秋感阴气而发花，冬至花落果成，春末夏初果熟。"一个"独"字，足以让此生欣然；再加上那历经四季的步履，其生命的长度、厚度，已经让芸芸草木不可望其项背。

当然，其余如松树等常青树之类，也各自有生命的可观之处。可是较之于枇杷树，除了千篇一律常绿的枝叶外，却没有波澜可以供人遐想。但话又说回来，在这大雪时节，它们毕竟亦跟枇杷树一起，为这萧瑟的大地注入了活力。这不，一抬眼，便可看见远处的山坡上只剩下松树，唯有它留在纸面上似的，其余的草木则已经沉入了纸下。两者形成一条明显的分割线，一面是生的颜色，一面是死的面容，在生死交替之间，总因为那生的颜色涌起一种不绝的希望。

梅花倒是给予人喜气，一朵朵红色的花朵争先恐后地开着。如果从其颜值来看，我以为它可以跟春天里的玉兰花相媲美，均可以视为倾国倾城、回眸一笑百媚生那种。但如果从名气上看，则又是玉兰花所不可比的。这从世人少有吟咏玉兰花而争先恐后礼赞梅花可见一斑。那么就再列举几首梅花诗吧。譬如唐人齐己的"万木冻欲折，孤根暖独回。前村深雪里，昨夜一枝开"。又譬如宋人陆游的"幽谷那堪更北枝，年年自分著花迟。高标逸韵君知否？正在层冰积雪时"，等等。梅花之诗，可谓千古相传，将一朵花之名气，高高托举。只可惜此时无雪，使得这梅花有了几分落寞，也少了几分韵致。

雪依然没有来。眼看大雪节气就要过半了，还是看不见雪的影子。倒是气温一日比一日低，父亲的柴火已经烧得很旺了——这又要再一次说到父亲。季节之中，除了草木之外，我以为父亲还像一架旧时的钟表，一分一秒所走动的，均是旧时农历的节奏。父亲如今就在老屋里烧柴火，其实老屋都被征拨了，只是还没有拆除。其实我也在村子的新安置点修建了新房，只是父亲住不惯那钢筋水泥结构的房子，即使母亲已搬过去居住，并且所有的家具都搬过去了，他还是坚持一个人留在老屋。

我知道父亲喜欢看着一根根柴火被点燃的时刻，仿佛那些从前的日子还在那里跳跃似的。逝去的往事总有些凄凉的感觉，但它却最是温暖人心的一些景象。包括我在内，当我跟父亲在火塘边坐下来，我也感到了温馨，仿佛从前在村里经历的，也都一下子回到了眼前，虽然明知这其间隔了许多物是人非，但以父亲和火塘作为媒介，一切就都透出昔日的温馨了。

父亲又往火塘里添了几根柴火，我们的话题又回到村里的人与事，譬如有谁刚刚去世了，又譬如有谁家新娶了媳妇，谁家的姑娘成亲了，又有谁家的媳妇跑了另嫁人了等。其实不仅仅是现在，从前每一次跟父亲坐在火塘边，这些都是我和父亲必谈的话题，在父亲看来，我虽然离开了村子，但我毕竟是在村里出生的人，一日作为村里人，一生就是村里人，就不能不了解村里的人和事，就像那些生生死死的草木，跟泥土永远无法撇清关系。

夜很静，风声很响。风吹过窗外空空的树枝，偶尔还听到某根枝条被吹断的声音。一只夜鸟不停地啼鸣，声音先是落在某根树枝上，后来落在老屋的房顶上，再后来又落在去老屋不远的那堵老墙上，最后就消失了。只是我和父亲，始终都不知道那是什么鸟，更不知道它的内心是喜悦还是忧伤。但无疑的是，我们彼此都听到了它的啼鸣，又同时提起它，很显然，在这个太雪节气的夜里，一只鸟同时触动了我们。那么就抄抄诗吧，因为有一首诗，我觉得用在此时恰到好处。诗云：

> 山中知我老，雪里见僧清。
> 物色添幽意，年华近俗情。
> 树遥风共晚，岸窄水初生。
> 一榻茶烟熟，更闻寒雀声。
>
> ——宋·韩淲《初二日大雪访杰上人》

冬至的烟火

　　地上的落叶已成了腐叶，很快就要沉入泥土。路上少有人迹，天气已经很冷，气温从大雪时节的十几度跌下来，贴着零度的边沿滑行，如果没有要紧事，人就躲在屋里不出来了。几乎听不到鸟声，也还有很多鸟留在了冬日，可是它们一定是躲在巢穴里不敢出来。一切都因寒冷而显得安静，一切也都因安静而显得荒芜。

　　数九的日子开始了。因为一个"数"字，一下子让这日子有了特别的意味，总觉得那日子的长度是双重的，既有漫长的难熬，亦有看得到的期待。人坐在火塘边，似乎便可以看见那不断掰着指头的样子，有几分安静，也有几分焦虑。总之日子在这里竟然就多了种氛围，跟以往有了明显不同。

　　这样的氛围在古人那里，就更特别。据说古人是寻了"庭前垂柳珍重待春风"九字，制成"九九消寒贴"置于案前，一字九画（风字繁体为九画），九九八十一画，自冬至日起，每日一画，一直数到八十一日，恰是冬去春来的交接点。这倒引出了另一个话题——古人似乎总比我们优雅，亦比我们活得更有精神。寻常一

121

个寒冷的季节，竟然让他们过出了诗意，也过出了光芒。

当然，优雅与否，精神与否，似乎也没必要较真，也不一定非要找出其中缘由。倒是无论古人还是我们，都可以证明冬至一定又是季节的某个转折点。时间到了冬至，事物的改变，一定又迎来了新的刻度。

譬如突然就下雪了。还在小雪时节，我就开始等待一场雪。又经过大雪时节，我的等待都有些急迫了。可是这雪，它其实是早有安排的，它只等冬至到了，才落下地来。不慌不忙，也不紧不慢，除了按计划行事外，更有人生的淡定与从容。

雪之于我的村子，越来越是稀罕之物。即使是一场小雪的到来，也足够让人们欢呼雀跃。慌忙跑出家门，照例想要堆个雪人取乐的孩子自不必说；就连大人也顾不了寒冷，纷纷走出屋子，并向着落雪纷纷的田野走去，想要置身于那一片雪花之下；就连那些久病卧床的老人，也总要抬头瞅瞅窗外，嘴里念叨着雪并想要看看雪的样子……我自然是这其中的一个。

雪下得很认真。虽然不大，但看得出它已经尽力了，从远山一直下到眼前，雪想要努力将它们覆盖。雪下得也很安静。雪下来的时候，所有的事物都敛起了声息，仿佛接受洗礼一般。落尽叶子的树木自不必说；就连那些常青的树木、竹林，也看不出有任何动静；就连土地里正生长的豌豆、蚕豆、白菜、青菜、大蒜、小葱这些柔弱的植物，当雪落在它们的身上，亦没有半点慌乱。一切似乎都在安静地接受神意，然后默默自度似的。

雪落之后，有几种植物意外地凸显出来。

譬如观音草。观音草就在墙角。此时，它们正抖去身上的积雪，伸直了身子。虽然已经冬至了，可它们仍然一身青绿，并显眼夺目。只是直到此时，我都还不识得它们，还将其误认作兰草。及至妻子跟了来，在她的指点下，才知这是观音草，也才知它一直都为妻子所珍视。原来，它们是隔壁的老婆婆专门送给妻子的。那时老婆婆经常会提了一些重物从门前经过，妻子看她年迈体衰，便经常帮她提，老婆婆感念于妻子的帮助，便移了这一株观音草送给妻子，并说此草能治疗某种疾病，是株救命草，嘱妻子仔细守护云云。如今老婆婆逝去多年，妻子却还没忘记此事。我突然就有些心动。我想一株观音草，便是妻子与老婆婆彼此种下的善缘。一面之后，那个人去了，但那缘，却在心上年年生长、岁岁繁茂。

而一株观音草，选择在落雪之时出现，它是想要告诉我什么吗？

还有枸骨。枸骨其实早在秋天就已经结果，只因果子微小，加之树叶又茂盛，更因秋日里还有众多草木将其挡住，就没有注意到它。现在，随着众多草木选择退场，随着雪将其枝叶压住，那些红红的果子才有机会占据人的视线。于是就有几分安慰，想这天地造物，其实还真是公平有致，你在春夏明媚，我可以在秋冬芬芳；你推开的是一道门，我打开的可以是一扇窗。总之都可以物有所用，各自有光。

枸骨有刺，就连鸟儿也不敢轻易落于其上，所以又称"鸟不宿"。似乎从一开始，那荒寂的命运便已注定。好在还有文字可以温暖其身，如《本草图经》就不嫌其有刺，将其记载了下来："木体白似骨，故以名。"《诗经·小雅·南山有台》更是以其入诗："南山有枸，北山有楰"，使得一株枸骨，在那南山之上，顿有如沐春风，引人入胜之境。

八角莲亦是冬至时节最惹眼的草木之一。八角莲是父亲栽培的。俗语云："识得八角莲，能与老蛇眠。"意思是八角莲是治疗蛇咬的良药，只要识得八角莲，就不再惧怕老蛇。或许越是有用的东西越显得稀缺吧，总之在村子的山野之间，很难发现八角莲的踪迹，所以当看见这一株八角莲的时候，真是觉得珍奇无比。尤其是此时，父亲栽培在老屋院子里的其他草木都已枯萎，加之老屋厢房的一角也坍塌了，这始终泛着青绿的八角莲，就更引人注目。

不过，我终究又有失落涌上了心头。因为几乎在第一时间，我又将一株八角莲的命运跟村子以及老屋的命运联系在一起了。我知道离拆除老屋的时间已经不多，而一个村子的彻底消失，亦将是以老屋的拆除为标志的，所以此时的这一株八角莲，就有点像留守到最后的那个背影。所以再仔细看的时候，就觉得那落下来的雪，那在雪中摇曳的叶子，竟然都是一些情与愁，竟然都是一些告别和怀念似的。

出老屋，我还特地去瓦厂看了看。其实我一直都想去瓦厂看看，只是先前通往瓦厂的路，被河流阻断，后来河流断流之后又被荒草阻断，所以迟迟没有成行。现在，我亦是绕了路过去，中途亦是荒草覆路，只剩下勉强可以落脚的一条小道可以通行。自从征地拆迁，村里很多道路都被荒草淹没，仿佛要将所有的旧迹通通湮没似的。

瓦厂原是村民制作泥瓦的地方，也因此而得名。瓦厂的泥，跟其他地块上的泥有所不同。其他地块上的泥，只可以生长庄稼。而瓦厂的泥，除了可以生长庄稼外，由于泥质特殊，还可以用来制成泥瓦，用来盖房。在钢筋水泥还未出现之前，村里人家的房屋，都是用这泥瓦来盖顶，还可以说，正是这些泥瓦，撑起了村子的人生岁月。所以瓦厂这个地方，还有着特别的意蕴，总觉得像村人的庇护所一样。只是后来，跟其他事物一样，瓦厂也不可避免地走向了消亡。可在我心里，始终忘不了一块瓦，忘不了一座瓦房，总觉得在那里就有自己所有的过去，亦有村子所有的过去。

雪虽然还像刚才一样小，可分明紧了些。极目看去，刚才那些凸出来的草木，又有一部分被雪覆盖了。于是决定回屋去，只是这一次在绕了几条道后，人已经立于修好的另一条大道上了，等回到屋里时，实际上等于绕了村子一圈。

小区门前的那株红梅也开花了。

我倒是比古人幸运多了。古人尚需踏雪至野地寻梅，才能一堵其真容。而我不需走出去，只在门口，便可看见梅花朵朵。

红梅共有五枝，去年开了一枝，其余四枝不知为何没开。彼时我还沿着那枝条仔细搜寻，想看出端倪，却茫茫然无迹可觅。还以为它们已经死去，记得还对着它们叹息了一番。不料今年却都开了，就像约好了似的，曾经那孤独的一枝，也被拥在了那热闹的中间。

记得冬至第四日，那时还没有下雪。花朵也刚刚冒出来，紧紧裹成一个圆点，看上去还缺少几分精神。现在，应该是第六日，或是第七日吧，雪下来，花朵也随之展开，虽然还不是很耀眼，可那眉眼之间，已有遮不住的灼人的艳色。于是就想，这梅花与雪，无论季节怎样阻隔，终究要实现那最后的牵手。而世间痴若这梅花与雪者，或许亦是这季节变化中动人的风景。

突然就想起了那个名叫林逋的古人。此人以梅为妻以鹤为子的故事世人皆知，也因此赢得了无数声名。只是我总觉得在那一份热闹之上，优雅是优雅了，精神亦是精神了，甚至连带着也成了

壹 草木季节

动人的一幕，可里里外外均是俗世的孤独与寂寞。如果换成我，我倒甘愿做个俗人，做个俗世烟火的受益者，倒也畅快得多。

但世间有些事，真可以让自己选择吗？

小寒图

"小"字和"寒"字，合在一起，仿佛一纸山瘠水瘦图，却又还不至于有"千山鸟飞绝，万径人踪灭"般的孤寂与沉重。正如《月令七十二候集解》的注解："十二月节，月初寒尚小，故云。月半则大矣。"当然，此注解还有伏笔，即小寒过去，大寒到来，季节应当又是另一番景象。

小寒节气，已是三九连着四九的冷冻之时，可气温也还留有余地，并没有到将人逼到火炉边不敢起来的地步。更何况冬至的雪，下了一阵后就销声匿迹了。不像从前，从小雪、大雪、冬至一直到小寒，再到大寒时节，雪总是一直下个不停。往往第一场雪还没站稳，第二场雪脚跟脚又落了下来，一个脚印跟着一个脚印撵，同时也把那寒冷层层推进，层层叠加。现在是，偶尔还能看见天空有亮光闪过，总觉得是阳光的影子，连带着也觉得那地底已有阳气开始酝酿。人也有了出门走一走的冲动。

对了，是该上山一趟了。自从回到村里，就只有这山上未曾去过。山名大坡，全是耕地，只是此时那耕地只剩了靠近村子的一半，另一半在山的高处，因为道途遥远而被村民丢弃了。这又是村子命运的一种表现，旧年的事物，一些东西保存了下来，另一些东西则消失了，幸与不幸，便在那分界之间。

剩下的这一边，亦像往年一样栽满油菜。油菜已经长到三四寸高，青绿的身子在几滴雨水的映衬下，汁液饱满欲滴。可是也有萧然的感觉。原因是那油菜就栽在一块块的旧屋基里。旧屋基的历史应该比村子还要古老。或者说，早在村子建立之前，就有村子从此消失了。从前跟父母从这些旧屋基前上山去耕种，总会想象这些人家曾经在此生活的场景，一份人世无常的叹息一直在心里生长。秋天从山上背了一箩筐玉米，下到旧屋基时人就累了，就要将玉米放在某家的旧屋檐下休息，便又想起人世的迷离无定，并总会感慨一番。

旧屋基里还有坟墓，坟墓很老，由此可知屋基就更老了。只是我真的想知道，曾经在旧屋基里生活的该是怎样的一个村子，村子里该是怎样的一些人，他们后来消失了，是因为寻找到更为美好的居所，还是因为自然灾害，甚至是瘟疫或是兵祸，总之就像握住一缕空荡荡的风一样，那种时间和命运的虚无感总是在一个个的旧屋基里散发。也总是想，曾经村子的土地之上，究竟还发生了怎样或欢喜或忧伤的故事。一些人走了，另一些人来了；一些人来了，另一些人又走了。那些来来去去，让一块土地的经纬，总是缥缈苍茫。

还未上山，先被一片树林挡住了去路。树林里长满了各种野草，只是秋天过后，就都枯了下去。但也因为枯了下去，显得更加苍劲，一排排枯黄的颜色，以碾压的态势，直接将每一个空间紧紧遮住。曾经的路径都被遮没，寻不到半点人迹。倒是我的突然闯入惊动了树林里的鸟雀，一只只像爆豆子一般突然炸开，从东树飞到西树，从北枝飞到南枝，找不到方向的样子。再仔细看去，原来是一群麻雀。这倒又让我吃了一惊。在我的印象里，麻雀最是喜欢人间烟火的，总是栖身于人家的山墙洞里，有的直接就住进了某个屋檐下燕子丢弃的巢穴，也总是成群结队地落在人家场院里，甚至就像人的邻居一样，彼此日出日落，看着各自的生活。而眼前的这一群麻雀，显然远离了人间烟火，只独自在深山经历春夏秋冬。

扒开草丛，越过缠绕的荆棘，却先到了川洞。川洞是村里的绝地。说是绝地，是因为行路至此，一条路便坠落成一个深洞，直塌塌陷下去五六百米，并且洞里很开阔，一去便是好几里，只是四周均被岩石铁桶般围住，没有半条出口。不过，这似乎并不是我所在意的。我在意的是，从前每到此地，心都免不了惶惶然。那时想，路总是连着路的，一条路没了，另一条路也新出现了，路对人而言，该是永无穷期的。而现在，路到川洞，是真的没了。

也罢，且不要再去计较这路的有无。有与无，都是客观的存在和际遇。有路就继续走下去，无路就折转身，都可以算得上身心的一份安泰。那么就真的折转身，绕过另一块旧屋基，直接往山顶去走走吧。山顶有寺，名腾龙寺。山并不见得高大雄奇，寺名却取得极有气势，仿佛万方菩提，全都归于那一缕气脉似的。寺庙已经不存，就连从前的残砖断瓦，也快要消失殆尽。寺门前有两只石狮子，一只被砸断了头，另一只躲过一劫，却也被掀翻倒在草丛中，失去了往日气势。但一朝为寺，则寺庙永存。并且在村民心里，那香火亦仿佛被点燃一如从前似的。谁家有人生病了，用药的同时，也到腾龙寺拜拜。虽然只能朝空拜了，心里的神仍

草木季节

然还在。虽然病照样拜不好，可拜一拜，心里便得到了安慰。也因此，腾龙寺总是被人放在心上，并成了乡村日常不可分割的一部分。到我，跟腾龙寺也还有些缘分。听母亲说，我小时因为多病一直不会说话，直到五岁那年，母亲带着我在这里种玉米，一个村民不断逗我说话，在他的诱导下，我终于说出了平生第一句话。村民倒不以为然。只是母亲当即就跪了下去，并认定一定是腾龙寺的神灵保佑，才没让我成为哑巴。

跟腾龙寺并排而居的，还有一户人家，到现在还能看见那破壁烂檐，仿佛曾经生活的气息正从那里一点点渗透出来。已经不知道这是怎样的一户人家了，他们的姓氏，他们的生平，已经无法寻觅。唯有作为腾龙寺的邻居，让人印象深刻。一边是俗世，一边是神祇，两者毗邻而居，总有点相互渗透的意味，似乎两者之间，就像生活与精神两兄弟，原也不分彼此，相互有情。只是如今这一切都已过去，除了荒寒的草木，以及一地遗址，一切都已过去。包括村子，包括村人在此留下的印迹，都成了过去。

有冻雨落了下来。现在，冻雨数不清落了多少场。只知道自从大雪时节起，冻雨就没有停歇过。冻雨落在远处近处的草木上，那山瘠水瘦的样子，就又往孤寂与沉重靠近了一步，那山那水也更加空落，就连远处可见的高楼和道路，也都空落了。有那么一刻，就连刚才被我惊动的那些麻雀，也都一起止住了声音，山上显得空空荡荡。而我，是不是该下山了呢？

下山时，发现一路上都长满了鹅儿肠。鹅儿肠在此时依然一身青绿，仿佛这小寒时节跟它们并无什么特别的联系，小寒不断地往人间降下寒凉，鹅儿肠却在人间散发着蓬勃的生机，正是彼此互不干涉，也互不相欠。鹅儿肠细细的、弱弱的，却密密麻麻地生长，总要占据相当宽的位置方才罢手。也总是结群而居，从不以单株示人。仔细一想，这不就是一切弱小者向来的生存智慧吗？也正是这样，才让它们在充满竞争的大地之上终有露头的一日。这不，就在此时，在远山近水都显得空空荡荡之际，它们却探出了青绿的身子，也不等春风荡漾，就让人们嗅到了春的气息，看到了春的希望。

而真要说起这鹅儿肠，它竟然跟腾龙寺一样，亦是我生命不可忘却的故事之一。在我读小学四年级的时候，我患了某种怪病，全身浮肿无力，跑了多家医院也查不出病因。后来父亲四处寻找偏方，其中就有用这鹅儿肠煎了鸡蛋（当然也不知是否就是这一偏方治好了我的病）服用，但从那时起，一株鹅儿肠，除了它所赋予的生命寓意外，我对它又多了几分情谊，总觉得自己之后能在世上行走，也有它的一份功劳；有时还觉得在自己的身体里，就有一株或是无数株鹅儿肠正在那里生长，年复一年，绿了又枯，枯了又绿，一年年，让我心生对草木的感激与感恩。

壹 草木季节

大寒帖

河洛成冰候，关山欲雪天。

寒灯随远梦，残历卷流年。

——宋·宋庠《大寒夜坐有感》

在读一首大寒诗的时候，雪就落下来了。一落下来，就以摧枯拉朽的气势，将所有露在外面的草木都覆盖了，一下子，所有的山头、田野全变白了，不见鸟雀与人迹，那份孤寂与沉重，让人印象格外深刻。

当然这指的是气候，是人与鸟雀在一场大雪里肉体对于寒冷的逃遁。如果要说及精神，其实寒冷的背后，蕴藏的是生机，以及喜悦。一方面因为村子的确已经有很多年没有下这样的大雪了，正是物以稀为贵；另一方面当大雪落下来，如"瑞雪兆丰年"之类的祈祷与期待就会在雪中如种子般种下去，直到来年，会让村人内心的梦被照亮。

当然，这个梦也仅仅存在于年老的人心里了。年轻的，远在土地还未征拨之前，对于土地和庄稼的梦境，早就淡了；加之土地征拨后，简直就跟所有的梦一样飘逝得无影无踪。这个梦，就跟本身已经年老的人一样，只是一种残存，甚至让人怀疑，只需这场大雪一覆盖，就彻底不见了。

父亲便是那梦境残留的少数几个。还在夜间的时候，他就一次次抬起头来往窗外望去，他说他听到了雪粒的响声，还大胆地判断，说明天早上推开门时，一定会看见那些久违的拥向门槛的大雪。我看到了父亲的喜悦，以及他内心始终不曾远去的梦。而实际上早从春天开始，当土地和庄稼的话题一次次被提上桌面，又从桌面消失的时候，那个梦始终就缠绕着我。而我也终于明白，有些梦，一旦生起，将会绵延不息，就如一点点划过的铿然有声。

除了土地和庄稼的话题，大寒时节连接的，还有诸多贴着人世行走的气息。

譬如大寒第七日，农历腊月二十四日。父亲一大早起来就忙着祭灶。当然，如果仅仅是祭灶，亦可以说没有什么可述的事情。关键是我的生日也恰是此日，在父亲看来，这几乎要算得上奇事，总觉得我命里该有灶王爷的庇护，一生应该不会缺吃。也因此，每年此日祭灶，父亲比任何人都要显得虔敬。在父亲看来，灶王爷已然不是那种远距离的神，而像自家亲戚一样，有着跟外人不一样的亲近。一直到后来，家家户户都用电磁炉烧水煮饭时，父亲依然要在此日祭灶，一方面对灶王爷行礼，另一方面是对我的祝福。现在，父亲已经是七十多岁的老人，可是他亦还把对我的祝福，真真切切地摆在那里，仿佛那里便是他人世的全部。

祭灶之后，便是大年到来的日子。

在我村，除冬月外，其他月份均有节日，正月里有元宵节，二月吃油团，三月清明上坟，四月开秧门，五月端午吃粽子，六月祈祷谷物丰收，七月半鬼节，八月十五过中秋，九月举行开镰仪式，十月初一供奉牛王菩萨。总之逢节必过，节节相连，使得那寻常日子亦有了人世的亮色，内心方寸之间，还有种种情感流露，如清明上坟怀念逝去的亲人，如供奉牛王菩萨以表达对牛与土地的敬意，等等。但无论是哪个节气，都没有大年隆重。大年一到，平常事物一下子显得严肃起来，村庄内外，人心之上，似乎立即就有某种仪式驻入。一切的氛围，都只是郑重，只是宣告某个最重要时刻的莅临。

离除夕还有几天，就有爆竹不断地被点燃，在雪地中炸响。"爆竹声中一岁除，春风送暖入屠苏。"时间之中，爆竹已然是新年与春风的代名词，所有人都知道其中的寓意，总觉得在那爆竹声里，其实便是人世某种新的愿景。尽管在那愿景里也还有艰难，可毕竟一只脚已经跨在了新的时间里，走下去或许就真的看得见那愿景上的春暖花开了。

村子的大年，于我的印象却最是五味杂陈。记得小时便常听父母说"大人怕过年，娃娃想过年"。只此一句，便有了感叹与哀婉。因为每到大年，无论大户小家，都得做一些物质上的准备，尤其是一餐年夜饭，必得要七盘八碗，尽量丰富。但几乎所有人家都很贫穷，过年亦如过关卡一般，总是逼仄艰难。但另一方面，即使砸锅卖铁，也万万不能忽略这个仪式，毕竟大年较之于一般节日，最是重中之重的事情。即使是那些孤寡老人，亦要积攒钱物买肉买米，以待除夕。一句"叫花子也有个三十夜"，实在是说出了过年在人世的不可忽略的分量。此外，又还有除夕夜的相聚，更是那人世分量上的重要筹码。真实的情形是，到了除夕夜，如果一家人中，有某个还在外面，必定要等其回来一起吃年夜饭。我小时每看到有父母焦急地等待儿子的，有妻子焦急地等待丈夫的，有孩子焦急地等待父母的，便会觉得过年真是人世最重要的事情；甚至功名利禄之类的，比如书生忙着进京赶考，官员忙着千里迢迢赴任，也比不上这过年的骨肉团聚。而最有悬念的是：一方面是家里焦急地等待，另一方面却是因为天涯路远迟迟难归，直到年夜饭都端上桌子了，眼看那个人不可能及时回来了，那个人却又风尘仆仆、披着一身霜雪进来了。我小时每听到这样的故事，都会忍不住激动，总觉得这个场景，就像游子远归，千里万里，始终藏着人世最动情的一幕。人世在这里，就好比质朴与温暖的春花春月。

今年的年夜饭，我们家的饭桌上却永远少了一个人——我的二叔。就在大寒到来之时，瘫痪了五年之久的二叔终于没有熬过这一场降落的大雪。于二叔而言，这或许是他期待已久的事情。因为在他瘫痪的日子里，尽管已经说不出话，可是他一直都会用手指着远处专门埋葬死者的九头坡和八大，然后露出从容的笑。我们都清楚那是他对死亡的无意甚至渴求。可是我却感到了沉重。二叔的死亡，让我再一次想起了我们在村里走过的时间，以及时间所给予我的彷徨感。在以前，当我跟父亲还有二叔一起安葬我的爷爷奶奶时，总觉得在死亡之间，还有父亲和二叔作为屏障为我挡着，但现在随着我和兄弟们亲手将二叔安葬，我仿佛看见那道屏障已然倒塌，而我和兄弟们也终于手无寸铁地被推到了死亡的跟前。我知道季节之中，时间已经悄无声息地改变了人世的某种结构，而我们终将在那被改变的结构之中一点点地走失，就像季节本身，在前脚跨出去的时候，身后便已经是白茫茫落了一片。

而我必得要说一说茅草这株植物。因为在二叔死去的时候，便是以茅草做了那最后的道具。我甚至固执地认为，正是它安慰或将永久安慰二叔的魂灵，让二叔安息于那大地深处。

或许真是有意，当大雪一次次落下来，当众多的草木都退居到各自的角落里时，一株株茅草却突显了出来。还在春天，当我去看望爷爷的坟时，就看见那些茅草蓬蓬勃勃地从山脚一直长到山顶，爷爷的坟也被茅草所遮没。只不过那时候茅草却是嫩绿的，虽然也有汹汹然吞噬土地的感觉，可毕竟身子正是嫩绿之时，加之人在春风里，所以也总是给予人可爱和欣喜。甚至用《诗经·卫风·硕人》里的"手如柔荑，肤如凝脂"来比喻亦不为过。但现在，那嫩绿的身子早变得苍黄不堪，就像一把把立起的刀剑，让人忍不住凛然生怕。一种时间的消逝与荒颓感，在催生不可避免的离情，在风雪中蔓延……

我们扒开一地的茅草，再清理出一块空地，再挖出墓穴，看见一根根茅草根就裹挟在那泥土里。我们就用这裹挟了茅草根的泥土盖住了二叔的棺木。村民说无须再另寻草木来植在坟头，只需立春之后，春风一起，二叔的坟头自会有郁郁葱葱的茅草快速长出来——哦，对了，大寒之后，春风便要来临了。春风一来，大地上的孤寂与沉重，便会被覆盖了；大地之上，必又要再一次春暖花开了。

世俗山河

贰

泥土浴

一

在我的村里，人们总是敬奉三样东西：一是神祇，二是祖宗，三是土地。其中神祇看不见摸不着，祖宗看得见够不着，只有土地，既看得见也摸得着，所以对于土地，除了具有仙界的肃穆庄严外，更有人世的烟火气息。

爷爷引我拜过神祇和祖宗后，就让我拜土地。在我们家的神龛上，土地神位于最下面。爷爷说这并不是土地神的位置低，而是因为地生五谷，五谷养人，别的神祇，以及祖宗，全都是靠土地养活，所以土地神位于神龛下面，就是要让我们记住，我们都是生长在土地上的一株植物，土地就是我们的根，我们的双脚离不开土地。

我跪在土地神的面前，爷爷将他取回的一捧泥土，抛撒在我的身子之上，为我洗"泥土浴"，意即从此跟泥土结缘，并将一生接受泥土的滋润。在我们村，人一生要洗两次"泥土浴"，一次是成

世俗山河

年时，一次是死亡的时候，当就要被埋葬的那一刻，亦要往其棺材上抛撒泥土，意即生命回归土地，并从此得到安慰。无论生死，都离不开土地，土地始终以母性的仁慈，庇佑和抚慰我们。

泥土抛撒完毕后，爷爷无比欣喜地说我就像一株已经下种的庄稼，从此生长在土地上了。当然，后来我也还会想，当我以及我们开始在土地上生长时，我们其实也在等着土地下一次对我们的收割。我们的生命，就这样在土地上轮回，并从此就有了岁月，有了人世。

祭祀完毕后，春天就到了。

雨水落下来。雨不大，只是湿湿的、细细的，雾一般浮在土地上。土地湿湿的，隐隐约约还能看得见草木涌动的样子。爷爷趁机把我带到了地坝里。这是一块即将用来栽苞谷的土地，爷爷说要在落雨时节翻地，让雨水渗透进泥土内部，才能长出茂盛的庄稼。爷爷一边说话的时候，一边就掘起了一块泥土，再经锄头轻轻一碰，一堆细碎柔润的泥土就铺展在那里了。爷爷称这样的泥土为"乳泥"。其时我并不知道"乳泥"的意思，只是后来读书识字后才知道这其实是个比喻，其意是这些泥土就像母亲的乳汁一样，是生命最初的营养。而我便有些感动，有事无事都会捧起一捧捧"乳泥"，并一遍遍地摩挲它们。甚至是，我总会看见有一层莹莹的生命之光，正沿着那些"乳泥"的缝隙在手上荡漾……

布谷鸟也叫了，"栽早苞谷——栽早苞谷——"，一声紧似一声，一声接一声落在我的头顶。我抬了抬头，根本看不到任何一只鸟影，可在我抬头时，那声音分明又继续从我的头顶落下来，"栽早苞谷——栽早苞谷——"，爷爷显然已经明白了我的心思，让我不要再看了。爷爷说春天雨水落下来，布谷鸟就来了，一来就催人们栽早苞谷；春天结束后，它就不见了，从来没有人知道它来自哪里，又到哪里去，因此又被人们称为"神鸟"。作为"神鸟"，人肯定只能听到它的声音不能看到它的身影……我似懂非懂，可布谷鸟的出现，连同"泥土浴"与"乳泥"一起，让我对土地的认识，从一开始就充满了神秘庄重的色彩；从一开始，我就不得不以一个朝拜者的姿态，匍匐在土地上。

二

我看见了地坝里的庄稼。如果再确切一点说，我看见了从地坝里长出来的苞谷林。看见它们的时候，我就坐在苞谷地里。我还记得，春天落雨时，我刚刚坐在这里，在爷爷把那些泥土一块块掘起来并使之成为"乳泥"后，我就一直坐在这里，直到春天结束，直到夏天开始，我都坐在这里，可我并没有看到苞谷林往上长的样子啊，它们究竟是什么时候往上长的呢？它们一定是趁我抬头仰望蓝天白云时，或者是趁我看着飞过苞谷地上空的鸟儿时偷偷地长高的吧。正在我想着一株株不小心就长高了的苞谷时，爷爷又开口说话了："庄稼就像人一样，一不小心就长高了，一不小心就长大了，还一不小心就老去了！"爷爷的话吓了我一跳。尽管爷爷也一直跟我待在苞谷地里，可是他都在忙着给苞谷锄草，从春天开始，到夏天结束，到现在秋风起了，爷爷都在忙着给苞谷锄草，我原以为爷爷并没有管我，直到现在，我才知道爷爷一边忙着给苞谷锄草，一边也在紧紧地注意着我，甚至是，包括我内心所想，都没逃脱他的眼睛！

141

我忍不住看了看爷爷。爷爷正弯下腰去，锄掉了一簇又长起来了的草，那簇草正缠住某株苞谷的根部，企图缠上腰身，现在它们被爷爷一锄头就给除掉了。在苞谷地里，爷爷始终紧紧盯住不断长起来的草，每一根草在他眼里就是一个敌人，每一根草的出现，就要引起他的一场"厮杀"。我也常常会看见"厮杀"累了的爷爷，偶尔就扶着锄头站起来，然后用衣袖擦拭额头的汗水；可不同的是，现在，当我看着爷爷弯下去的腰时，当我还在为他的话吓了一跳时，尤其是他的关于庄稼跟人的比喻还一字一句敲打在我心上时，我分明看到他的背已有了佝偻的迹象——是的，我不得不说，多年之后，当我再一次想起土地之上的那些生死，我可以确定我就是在这一瞬间第一次觉得爷爷已经老了，就像他自己说的，他就像一株庄稼一样，在一不小心的时候就老了！而当一不小心就发现爷爷老了，不知为何，我突然就有了些忧伤，一下子就从苞谷地里站了起来，我怔怔地看着并喊道："爷爷！"然后又接着喊道："爷爷！"可是当爷爷回过头问我有什么事时，我却一句话也回答不出，只继续怔怔地看着他——我是在担心爷爷像一株老去的庄稼最后死去吗？我想这样的心理一定是有的，只是我说不出，或许也不愿说出而已！爷爷却一边擦拭额头的汗水，一边安静地看着我，一边还从脸上露出了笑容——爷爷也觉察到了我此刻对于生死的领悟了吗？不知道。但我可以进一步确定，从那一刻起，关于土地与生命之间的紧密联系，就真的像个鲜明的印记，从此烙在我心里了。

　　只是后来，我却觉得这其实更像爷爷的一场预谋。因为多年后当我再次想起一个人跟一株庄稼的比喻时，才明白我对于生死的领悟，一直都是爷爷亲手导演的，从为我举行"泥土浴"开始，从让我仔细摩挲一捧"乳泥"开始，从我对一只布谷鸟的认识开始，到在苞谷林里跟一簇簇草的"厮杀"，其实都是爷爷在有意地引着我走向一块土地的深处，并让我在那里看见关于生与死的课题。但这是不是有些沉重了呢？对一个孩子而言，这沉重的课题，是不是来得早了点？

三

毫无疑问，爷爷希望我在土地上长成一株茂盛的庄稼。

可是我真的能长成一株茂盛的庄稼吗？

在村里，一个人在土地上的命运，除了从长辈那里获得对土地的认识外，还取决于一个人是否具有强健的体魄。我虽然很早就从爷爷那里懂得了土地之于人的意义，可是我却不属于后者。我先天体弱，骨瘦无力。无论如何使劲，我手中的锄头就是无法轻松地把土掘起来。想看个究竟的爷爷总是捧起我的双手，然后就不断地摇头，在长时间的沉默后兀自挤出一句话："拿不动锄头的手，如何在土地上生活呢？"然后又是长时间的沉默。我知道爷爷裹挟在那沉默里的失望。在爷爷的世界里，作为生长在土地之上的生命，如果不能做到像一株庄稼茁壮地生长，命运必将堪忧。作为他的孙子，他当然希望看到我能将一把锄头举重若轻，看到我生命的丰沛与圆融。可是爷爷知道，从他对土地的了解里，我这样的双手，终究无法跟土地实现水乳交融。

不过，爷爷显然是不愿意放弃的。当又一个春天落雨时，当布谷鸟又开始啼鸣时，爷爷又要把我喊到土地上。爷爷总希望我拿不动锄头的双手经过锻炼后能变得强健起来，也希望他所期待的那个梦境能在我的双手上成功逆转。可是我真的让爷爷失望了。无论怎样锻炼，我的双手依然柔弱，"他基本上等同于一个废人"，这是在无法改变现实之后，爷爷常常独自说出的话。我知道在爷爷的内心是百般地不愿放弃，可是他终究是真的失望了。

就连我自己也失望了。我其实也很渴望拥有一双强健的手，能像爷爷一样在土地上游刃有余。从爷爷为我洗"泥土浴"开始，我就知道我的生命只能植根于一块土地上了，甚至是，我跟一块土地，其实也建立了很深的感情，我也想让自己紧紧地贴着一块土地呼吸。可事实是，我只能失望了，我甚至最怕春天落雨时节，最怕听到那一声接一声的"栽早苞谷——栽早苞谷——"的啼鸣，那个时刻来临，总会让我感觉到生的渺茫与脆弱，感觉到那沉沉的失望，一点点激起我面对土地的无所适从。

只是我还会继续在一块苞谷地里坐下来。但这时我已经避开爷爷，只一个人悄悄地坐在这里。在始终举不动一把锄头的双手之上，我彻底地感到了来自一个生长在泥土上的生命的羞耻感。这样的羞耻感，即使面对最亲的爷爷，我亦觉得它始终像洪水猛兽一般，一直都在试图一口吞掉我。所以我总想避开爷爷，我怕看到来自他脸上的沉默以及沉默里对我的失望。我只想一个人看着秋风吹过苞谷林，不想在村里走动，只要一走动，就会看见所有能将一把锄头挥舞得得心应手的一双双手，像爷爷一样老了的，像我一样正在长起来的，甚至比我小的，几乎所有人，除我之外，都能在一把锄头上寻找到尊严与荣耀！可我没那样的尊严，也没那样的荣耀，就只一个人坐在苞谷地里，一个人看着苞谷往上长，一个人看着秋风将苞谷催熟，直至摧倒，然后一遍遍看着自己的自卑与孤独随秋风弥漫——很长一段时间，我都以这样的方式，看着自己在一块土地之上的逃避和沦落……

<h1 style="text-align:center">四</h1>

春天时，雨水依旧落下来；布谷鸟依然在我头顶像往年一样啼鸣"栽早苞谷——栽早苞谷——"；夏天过去了，秋天又到来了，苞谷地又完成了新的一次轮回。不管我是否能长成一株茂盛的庄稼，我都得要走到苞谷地去。一块苞谷地，终究是我无法逃避的宿命。不同的是，当我再一次走进苞谷地，刚一抬头，就看见了一个男人正吊在地坎上的那棵楸树上。人显然已经死去了，一截结实的棕绳紧紧勒住他的脖子，并牢牢地挂在某根枝丫上，尸体在空中悬着，荡来荡去……

他是村里的长贵大叔。就在昨天，就在苞谷地里，我遇到了他和他的妻子吵架。妻子让长贵大叔想办法弄一两升苞谷，说今天中午没饭吃了。长贵大叔说，这苞谷都刚刚开花，你让我到哪里想办法？于是夫妻俩就吵了起来，妻子骂长贵大叔没出息，长贵大叔说我只有这么勤劳了，可依然青黄不接，你叫我要有什么出息？到最后就越吵越凶了，长贵大叔也许是觉得委屈，也许是感到了绝望，就出手打了妻子。之后，妻子披头散发地跌坐在地上呜呜地哭，长贵大叔则木然地站在一旁一言不发，飘忽的目光却紧紧盯着苞谷地，也许是想要寻找到一株提前成熟的苞谷，也许希望经眼前的秋风一吹，苞谷们就成熟了……

可苞谷能说成熟就成熟吗？人虽然像一株庄稼一样，不经意间

世俗山河

就长高了，就长大了，就老去了，可这现实的生活，一些艰难的时间刻度，却总是慢悠悠地折磨着你，考验着你面对土地的耐心。我想长贵大叔便一定是没有经住这考验了，长贵大叔的上吊，一定就是因为昨天的吵架了。我还想长贵大叔的死一定就是因为揭不开锅了，一定就是因为一株还来不及成熟的苞谷了——还有什么比这死亡的原因更要脆弱呢？土地在这里，除了必须拥有拿得动锄头的一双手外，显然还有更让人觉得深刻的难以承载的某种重负。而土地上的生命，是否就像一阵风，当我们想要紧紧握住它，它却一晃就从指间溜走了？当我们觉得握不住它，就觉得那十指之间，终究无法承载这人世的重量了？

长贵大叔的墓地，就在苞谷地里，就在他吊死的楸树下。为长贵大叔洗"泥土浴"的恰好是我爷爷。爷爷显然是忧伤的。当初爷爷为我洗"泥土浴"，眼里看到的是一株正待生长并日渐茂盛的庄稼，人世在此时是耀眼的日月光华，所以他是欣喜的；而在长贵大叔这里，爷爷看到的则是一株已然死去的庄稼，所以他只能是忧伤的。这不，你看他紧紧地捧起一捧泥土，紧紧地盯着长贵大叔的棺材，一直好久，他的双手都停在空中一动不动，一阵阵的愁容，就像眼前四处吹拂的秋风，迅速爬满他的脸庞。一直好久，当楸树上传来一声乌鸦的啼鸣后，爷爷停在空中的双手才动了起来，那一捧泥土，才撒向了长贵大叔的棺材……

长贵大叔下葬后，我又去了苞谷地。我去苞谷地时，这一季苞谷已经成熟了，可是长贵大叔却看不到了，就连他吊死的那棵楸树也倒了，不知在何时被人砍掉了，也许是他妻子不愿看到这棵树所以将它砍了吧？散乱的枝叶弄得苞谷地一片狼藉，几只乌鸦落在那里，深一声浅一声地啼着，声音有些悲悲戚戚，似乎还停留在长贵大叔死亡的气息里。秋风则是真正的深透了，秋风吹过我的身子，似乎还有了一缕隐约的萧瑟。我突然也有些悲戚了，我再一次来到苞谷地，亦是跟这些乌鸦一样惦念着长贵大叔的死亡吗？我想一定是的。一株植物死亡了，不在了，可他留给土地的记忆，那些紧贴生命的情愫，注定要长久地落在我们的心里。

五

秋深了，甚至到了冬的边缘。

风越来越生硬，地坝里的苞谷秆已经被吹得东倒西歪，有的甚至折断了。先前一直在我头顶催着"栽早苞谷——栽早苞谷——"的那只布谷鸟早不见了踪影，作为土地上的"神鸟"，总是在来无影去无踪之间，给人以无限的神秘和念想。倒是乌鸦，越来越多了，先是几只，再又是十几只，再又到几十只，到最后就是黑压压的一片，数不清了。鸦群啼声杂乱，爷爷说那一定是它们对着土地发话了，那一定是乌鸦们在说着一株庄稼的来去与生死了。爷爷说出这些时，一阵猛烈的秋风又撞了过来，一株苞谷秆又折断了，紧接着又一株苞谷秆也跟着折断了，一株株苞谷秆都紧跟着折断了，四周纷纷传来断裂的声音。"是时候了"——到最后我就听到了爷爷自言自语的声音，那声音，随着秋风飘过，落在黑压压的鸦群上，就像某句偈语，又仿佛某种寓言，更像一语成谶，在说出来的瞬间，我相信在那一刻，我的爷爷，包括我自己，都一定是看到了某个即将降临的时间刻度，在那个刻度上，一定会有我们即将到来的告别，以及眷念。

风真的越来越硬了，不仅仅一株株苞谷秆被折断了，就连爷爷也站不稳了，就连爷爷也要借助一根拐棍的帮助，才能勉强在风中站稳了。他浑浊的目光，在风中只剩下了一片模糊的影，就连那影子，也快要看不见了。一块苞谷地的过往，都快要从眼里消失了。于是，他教给我的关于土地的全部课程，关于生与死的劫数，现在，他只能借助一群乌鸦最后一次对我说出了。只是我永远都不知道，当爷爷把所有想要对我说出的都说出后，他是否就可以感觉到心安了？尽管我始终没有如爷爷所愿长成一株茂盛的庄稼，可当他说出想要说出的全部时，他自己是否就有了一些安慰？

冬天很快也过去了，春天也在不知不觉中重新回来了，雨水也像往年一样如期来临，失踪许久的布谷鸟的叫声又在我头顶上响起了，"栽早苞谷——栽早苞谷——"，一声声依然还是从前的节奏，一声声似乎都在呼唤着新生的喜悦。可就在这样的充满新生的喜悦里，我的爷爷却去世了，一株植物，在生与死的交替之中，终于什么也看不见了。

安葬爷爷时，我固执地要由我为他洗"泥土浴"。跪在爷爷的棺材前，我仿佛看到了当初爷爷为我洗"泥土浴"的场景，想起了爷爷引着我走过土地的身影。现在，轮到我用泥土洗去爷爷一生的尘埃，用泥土永安他的肉身与灵魂了。我捧起一捧泥土，缓缓地抛撒向他的棺材；我再捧起一捧泥土，我又捧起一捧泥土，一直到泥土把棺材覆盖，一直到把爷爷彻底地安埋在泥土里……

从生到死，或许便是生命的轮回了？

从生到死，或许便是土地给予我们的启示了？

从生到死，或许便是我们逃无所逃的劫数了？

雨水还在不停地落下来，布谷鸟"栽早苞谷——栽早苞谷——"

的啼鸣声还在不停地从我头顶落下来，"真的是时候了——"从生到死，从死到生，生生死死，时间与季节，便是我们从最初到最后的全部的影子了。跪在爷爷的坟前，我知道，面对土地，无论我们是如何的感到沉重和忧伤，无论我们是为之游刃有余还是无能为力，一株庄稼，终究又要从那里长出来了……

世俗山河

疾病的暗语

一

十八岁，青春才刚刚开始，我却患病了。

我终日躺在床上。疾病像一些细小的虫子，在我的身体里不断蠕动，还能听到虫子对身体啃噬的声音。只有躺在床上，疼痛才会减轻一些。我睁着眼睛，一次次望着头顶上的瓦片。时间缓慢而悠长，像是一条曲折的通道。空气中总是浮着黏稠的草药味。一顶陈旧的砂罐，正耐心地接受炉火与药液的亲吻。从窗户里透进来的一缕阳光，落在我的脸上，我能感觉出一抹苍白和憔悴正爬过那里，我的内心充满了悲戚和忧伤。

屋子外面已经是春天了。母亲叫我出去走走。母亲说，去田野里走走，也许心情会舒畅些，心情一舒畅，疾病可能就会缓解了。我知道母亲一直想要帮助我。除了四处帮我寻找草药外，母亲还特别留意我的内心，她怕我想不开。

我后来果然到田野里去了。各种颜色的野花已经铺了一地，先前冰冻的河流已发出了汩汩流淌的声音。一只鹭鸶从河面上飞过，阳光把它模糊的影子，留在水面上。我能感觉得到它愉快的内心。只可惜我没有听到它的声音。一只鸟会有几种声音呢？一只鸟，是不是跟人一样，也有悲戚和忧伤的时候？

疾病带来的疼痛依然还在加剧。从肉体到内心，似乎并没有任何缓解的迹象。但我牢牢记住了母亲的叮嘱。再后来的每一年，我都会在春天到来时去田野里走走。我知道，春天的阳光和草木，连着一个母亲对儿子善良的祈愿。

春天是我内心温暖的原点。

二

我再一次凝望墙壁上挂着的时针。

这些年，村庄的夜显得分外寂静。除了漫无边际的夜色，像流水一样漫过村庄外，甚至听不到狗吠的声音。这些年，村庄也跟我的身体一样患上了疾病，村庄里的年轻人都外出打工了，很少感受到人的体温和嗅到人的气息。村庄也像一张虫噬剩下的叶片。村庄的夜因此显得寂寞而又漫长。

没有人会知道，一根时针成为我在夜里唯一的朋友。

很多时候，我都想对着时针说说话。说说话，乡村的夜或许会变得柔和且短一些。

这时候，我已接受过很多次治疗。医生们都一致告诉我，说我患的是一种慢性病，只能靠长久的治疗，甚至是一生的治疗。我明白这一结论对我的意义。有一段时间，我显得很消极。记得有一个晚上，我还将我珍藏的所有书籍和信件一并焚毁，然后独自跑向黑夜中的田野……那一夜母亲紧紧跟着我。母亲怕我有轻生的念头，也怕失去她深爱的儿子。

那一夜，看着母亲泪汪汪的双眼，我开始学会了克制自己。我不能做一个自私的人，不能再让母亲为我牵挂。

一个人躺在寂寞而又漫长的夜，时针滚动的过程，就是我内心的过程。时针像一只蜗牛，爬行的速度缓慢得可以忽略不计。在疾病蔓延的路上，我几乎没了时间概念。从春天到冬天，从白昼到黑夜，时针让我模糊了所有的方向和出口。有时候，我甚至觉得，自己就是一只被围困的蜗牛，时间与疾病，是我厚厚的壳。

再后来，我索性把钟表从墙壁上掏了下来，并将其锁进了箱子里。母亲为此觉得很奇怪。母亲又怎会知道一根时针带给我的沉重呢？

母亲却没有追根问底。或许在她的内心，也藏着一个我所不知晓的秘密。

每一个人都有自己的秘密。尽管那秘密，有时就连着两颗心。

三

十八岁的青春显得有些荒芜。

先是在内心，一些生命的萌动就像春天田野里的草木和花朵，呼呼地生长起来。尽管身体像一块染病的土壤，但我还是隐约感觉到生命的蓬勃生机，正从那片土壤里冒出细芽，经风一吹，那芽苞还长出了嫩叶，透着春天的气息。

接下来，我却只能在一个人的世界里黯然神伤。

我无暇顾及体内的一切躁动。阴冷的病魔总是躲在某个阴暗的角落，对着我不断消瘦的身体发出狰狞的笑。我能发觉，镜子中的我就像一棵秋天的草，在肃杀的秋风中一寸寸枯萎下去。

空气中依然飘着黏稠的草药味。我能清晰地分辨出谁是当归，谁是枸杞，谁是车前子……这些植物散发的芬芳，较好地锻炼了我的嗅觉功能。我开始写日记。我认真记下每一天服下的草药名，仔细比较每一种草药对身体的疗效。日复一日，从未停歇。我企图寻找到能修复我身体的最好的那一味药。那些时候，我俨然一个医生，把自己的身体作为医药的试验场。我根本来不及抓住那些从体内开始，一直蔓延到脸上、手上的青春。

青春仅剩下一个概念似的空壳。

母亲再次替我忧虑起来。迟迟不愈的疾病，已让母亲先我丧失了信心。母亲知道，一副千疮百孔的身子，足以毁掉我的青春，还有一生的幸福。

只是母亲并不死心。她总催我快点找一个姑娘结婚。母亲的理由很简单，她希望我能为她生下一个孙子，这样，即使我死于疾病，她也算有了新的安慰和希望。这次我拒绝了母亲。我不相信我会早早地死掉，在那些芬芳的植物中，我相信有一味草药，定能修复我的青春、我的痛。

就这样，十年的青春年华不经意地就从母亲的期盼中流了过去。一晃我已二十八岁。十年后我的身体，依然千疮百孔。

四

有一段时间，母亲替我去拜神。

在药石无功的情况下，母亲希望能借助神的力量，帮我治愈疾病。

当着我的面或是背着我，母亲都会一次次去恳求神保佑于我。村子附近凡供有神像的地方，母亲无一例外地都去为我祈祷过。

只是后来，母亲明显地憔悴了。在神前，母亲祈祷的双眼，就像一池狼藉的死水，早已没了半点涟漪。神并没能让母亲的心愿得到实现。后来母亲对我说，也许是村子附近的神都是小神，因为小，所以治不好我的病。如果有机会去大寺庙，一定要去拜拜，一定要求求大神对我的庇护。

我懂得母亲内心的悲和苦。

有一年，我去到黔东南的镇远古城。听说青龙洞内有一棵神奇的花树（已想不起名字），据说只要你用红毛线在上面绾一个结，并悄悄许下一个心愿，愿望就能实现。我一听之下极为兴奋，急急地就去寻到了那棵花树，按照母亲的叮嘱许下了平生第一个心愿。只可惜经年之后，我千疮百孔的身体并没有出现奇迹，但一个人绾在一棵花树上的心结，在有几分凄怨的同时，又散发着清澈的幽香，并且一直弥漫至今。又是若干年后，我一路向北，出北京城，穿过华北大平原，一直走到燕山脚下，我原本是去拜谒慕田峪长城的，不料却撞入了红螺寺。那是一个深秋时节，北方的天空已透出了冬的萧瑟，但红螺寺前的银杏还在冒着柔柔的嫩黄，寺庙里似乎隐藏着另一个小小的春天。这已经是我所遇到的最大和最奇异的寺庙了。那天，我再次在红螺女神面前许下了相同的心愿……

但是神真能保佑我恢复健康吗？

好在神能让母亲获得安慰。神是居住在母亲内心的一束亮光。

五

二十八岁，我千疮百孔的身体结出了果实——我有了女儿。

母亲为此兴奋不已。母亲认为，这一定是拜神所赐。

我也很高兴，并且欣慰。这样的喜事，从十八岁的那个春天开始，我一直暗暗期盼了整整十年。

只不过是，我把自己的期盼，筑成了内心隐秘的通道。跟母亲不一样，母亲可以公开说出她的希望，我却不能说出，因为我时刻都能听到那些虫子啃噬自己身体的声音。有一段时间，我甚至想过死亡，还不止一次梦到村里已故去多年的老人，我能清晰地看见他们被死神蹂躏的皱纹和白发……我深陷在时间的漩涡中不能自拔。整个梦境就像一次预谋，命运对我设置的一个陷阱，一个神秘的声音一直在不远处召唤我……醒来，在一身冷汗的同时，忍不住就想：我是不是快要死了？

我其实还是有些忧郁，甚至脆弱。

这是我内心的秘密，我不敢也不能告诉母亲。

死神却仅是在远处跟我开了个玩笑。死神并不敢靠近我（也许是我的坚强吓退了它）。女儿的到来，让我觉得新生命开始了。看

世俗山河

着她牙牙学语、蹒跚学步，看着她入幼儿园、进小学，我几乎忘记了体内的疾病。要不是那天，七岁的女儿偶然提起，我差点就忘记了我还带着一副千疮百孔的身体走路。那天，我再一次疲惫地躺在沙发上时，女儿摸摸我的头，然后就说："爸爸，你找点药吃嘛，一吃药，你的病就好了。"就在那天，我第一次泪流满面。女儿不但知道了她父亲的疾病，还懂得关心父亲，女儿算是长大了。

而我也突然明白，时间其实是专引人回头看的东西。一回头，时间就突兀地站在了你的面前。一回头，你就知道，有一些内心，以及人事，早已经改变。包括我的身体在内，在时间的行程里，也在悄悄地变坏，或者变好……

六

再后来，我读到了史铁生与他的地坛，也因此走进了写作之夜。

跟我一样，体内的虫子，也一直不停地啃噬着史铁生千疮百孔的身体。疼痛贯穿了他生命的行程，贯穿了他的地坛与写作之夜。在这一点上，我觉得我跟史铁生有着相似的遭遇。

只不同的是，史铁生的写作之夜始终有"老柏树飘漫均匀的脂香，有满地铺撒的杨树落叶浓厚的气味（《务虚笔记》）"，弥漫着生命的荒凉与萧疏，同时也荡漾着生命与思想的如火如炬的光芒。我的写作之夜，却只是一些普通的夜晚，一盏苍白的台灯，一些贫瘠的词语，就构成了我内心的全部。我没有史铁生的那一份深邃的清醒，时间的空白处落满狼藉的棋子，我分不清哪颗棋子属于我自己……

多年来，在每一个写作之夜，我都想去看看史铁生的地坛，想看看那些落叶一样的生命以及内心。总想着对史铁生而言，地坛其实就是一个梦，一个被时间也被内心珍藏的梦。梦是寂然无声息的，梦静静地搁放在那里。也因此，现在，在每一个写作之夜端坐，我已经不再忧伤。虽然我不能如史铁生一样洞悉生命向上的秘密，但黑暗早已隐藏了所有生命以及内心的落叶，我把我的每一个写作之夜，作为馈赠给母亲与女儿的礼物。尽管我的身体依然千疮百孔，但我还是看见了那些落在纸上的词语，正闪耀着从容与平静的光芒，一次次照亮我的身体，并就要开出美丽的花朵……

世俗山河

疼痛的青春

一

多年后我想，青春于我，并不曾有过，我只是年轻过，但年轻与青春是两码事。年轻是一件外衣，青春则是外衣底下明媚灿烂的表情。对我而言，年轻甚至仅是一种摆设，青春则是置身其上的废墟。

事实是，正当我年轻时，青春却匆匆地走掉，青春仅仅跟我打了个照面，就被疾病所淹没。疾病宛若一条毒蛇，缠住了我年轻的身体，枝头的花朵被毒液浸湿，直至一点点霉烂，在风中。一条毒蛇与一朵花，就像罪恶与美丽的宿怨。

就像没接到通知的风暴，一直到疾病来临，你才会从满地狼藉的残枝败叶以及某只虫子的尸首里蓦然回头——那时是春天，春花勃发，阳光如洗，大地明媚温暖，虫鸣自地底喷薄而出，新生的热度充盈四野。某天夜里，我觉察到了身体的异样，到医院检查，说是很多内脏出了问题——理由就这么简单，事物的转向仅需一个微小的岔口。由此，春天急转而下，一边是如火如荼的阳光与花朵，一边是我身体里阴湿低矮的天空。斑驳之下，深藏的时间之手如奇如诡，直至多年，仍余悸不息。

起初，我认为不过是青春跟我开了个小小玩笑，兜个圈子后，会再次跟我热情相拥。只没想到，疾病一经住进我的身体，就没考虑撤离，很多年，它始终住在那里，喋喋不休并且恣肆妄为，就像一个恶魔，搅得我不得安宁。

二

青春究竟该是怎样的情形呢？或者像一河泛滥的春水，来势汹汹，碧波深处，是才上眉头、却上心头、无计可消除的忧郁；或者是遍野的草木和花朵，一夜间便绿色盈目，纷乱一如决堤的心事；或者是一袭月色之下，后花园深处，羞羞答答、遮遮掩掩的一声轻唤，一片清幽中，宛如古典遗落的两三句唱词；再或者裸露如恣肆的阳光，一片暖意，无遮无拦……

不过，这些对我而言，仅仅是一种想象。更多时候，青春在我身上，就像一方小小的墓冢——寂静，像正待枯萎的季节；像一曲游移的音乐，心魂散失，不着边际。

疾病来袭的时候，我正临近师范毕业。那时候，同学们三天两头忙着聚会，我却只能一个人躺在寝室里。疾病所呈现的症状，还在一日日加剧。我能感觉到身体里的那条毒蛇，正一寸寸爬过，一点点吞噬我的肉与骨头，我像一朵冷风中的花朵，一点点凋谢。一个人躺在床上，呆呆地望着低矮的白色蚊帐——就像一个置身

159

沉沉黑夜的灵魂，我多么渴望能有一首优美的音乐，一步步将我引出墓园，在那些阳光灿烂的青草地上，肉体出动，心灵飞扬。

从春天一直到夏末，一直到最后毕业，整整两个季节，我都把自己独自锁在寝室里，企图尘封自己。同学们都觉得诧异，他们并不知道其间的缘由，只是对于一段刚刚起步却已华发丛生的青春疑惑重重——那时候，我还没有暴露或是承认疾病的勇气，在我看来，疾病是与卑怯，甚至与羞辱联系在一起的，在一份脆弱的自尊里，我不想让我的内心一览无余。

只是我一直没有弄明白：自我的掩饰是否真是通向慰藉的路？这个问题我想了很多年，但每一次，都宛若问向风中的某个蛛网，在风一样飘荡的影子里，我企图知道的答案，早已在摇晃不定的风中无影无踪。

三

毕业不久，我很快就听到了同学们结婚的消息，不是一个，而是两个、三个……就像次第绽开的花朵，一朵接一朵，不到两三年光景，除我之外，都纷纷开放了。再看看自己，身体的疼痛始终没有好转的迹象，就像沉沉黑夜，将一朵正待开放的花朵紧紧遮蔽。在这样的对比下，一个个消息就像一只只不可抗拒的手，把我的寂寞越拉越长。

偏偏这时候，在一树浓烈的樱桃花下，在一堆人群里，村里一个老者缓缓地开口了，他说一个人的一生就像季节一样，该开花时就要开花，该结果时就要结果。他的语气不紧不慢，双目深邃，神色凝重，就像一个陷入沉思的智者，一点点切开人与生命的秘密。我就在那瞬间被深深击中。我突然想，我是不是也到了爱情的季节呢？

像是一声魔咒，很快，我就爱上了一个漂亮的姑娘。

可惜这仅是我的单相思。爱上她，却不敢告诉她，迟迟不愈的疾病让我觉得自卑。后来悄悄告诉了一个朋友，不料朋友第一句话就说："你别做梦了，那种漂亮的姑娘，是你我能念想的吗？"他不仅否定了我，还顺带否定了自己。记得那时候我跟他正行走在一个高高的山岗上，落日像一团红晕，就要从远山跌落下去；脚下的悬崖和峭壁间，盘旋着一只飞鹰，它独自在那里，像一片静止的云；它独自在那里，或许已有了很多年；我猜想它一定也是孤独的，它独自在那里，或许是要向风和时间呈现某种心事。正如一个穷途之人，在寂寞的岁月里，独自面对一隅花开花落。

此后，这件事成了秘密。在这一点上，我非常感谢那个朋友，能替人保守秘密的人，似乎不是很多，但他做到了。有很长一段时间，我甚至觉得他是在替我留着最是脆弱的一份面子。

四

曾经好几年，舅舅是唯一来看望我的朋友。

舅舅仅大我几岁，年龄的相近，一定程度上消弭了辈分的距离。舅舅来看我的时候，他已退伍好几年，但一直闲着。由于家庭贫困，舅舅一直没有恋爱。没有恋爱的舅舅，跟我一样的孤独与忧伤。

舅舅来看我时，我们就会摆出一盘棋子，紧闭门窗，然后是没日没夜地厮杀。我们几乎不说话，就像两个杀红了眼的对手，在宛如废墟的战场上不断放逐自己。这样的状态一直持续了好几年，好几年里，花开花谢之间，只有我跟舅舅两个人，在一张棋盘上消磨彼此的青春——多年后蓦然想起这一幕时，我突然为之惊诧，继而还有些战栗——这样的放逐，不就是另一种自我的杀戮吗？

　　直到有一天，直到我还没有来得及跟舅舅说起我们的青春的时候，舅舅突然就患了脑膜炎，并因为无钱医治而死亡。我无语，我黯然，我悲伤。我始终在想，在舅舅跟我一起放逐自己的那些日子，他是否曾经想过青春的话题。也或许，他其实一直在等待，只是故意地掩饰而已。现在，他的青春是真的凋谢了，一直到最后，他都没有品尝过爱情的味道，他会为此而遗憾吗？比起我，他的孤独与忧伤，或许更加痛苦和无奈。

　　舅舅去世后，我突然感到了恐慌。生命的脆弱，青春在年华流逝中的渐行渐远，让我总觉得有一种无助的漂流感——我多么希望我也能像别人一样幸运，获得粲然的绽放，但我能如愿吗？

　　答案显然是渺茫的。因为我知道，我身体的疼痛，还在不断地变本加厉，那个该死的恶魔，依然紧紧拽住我的双手。我甚至能分辨出它拽着我一点点往黑暗中下坠的感觉……

五

　　又一个春天来了，那些曾经走失的事物，眨眼间又回到了原来的位置：草木、花朵、鸣虫，甚至是清香的泥土，再一次唤醒生命熟稔的情节——消失与永恒，倏忽与长久，熟稔与陌生，在轮回中界限消弭，仅剩下温暖的光，充盈内心。

我也不例外。几乎每个春天，我都盼望着身体里走失的部分能够回来，每一次，我都能从中感受到时间和心底最柔软的部分；但每一次，我更多的是触摸到了苍凉——身体的疼痛并没有因为春天的来临就此停歇，乃至后来，春天在我眼里，就像泛滥的洪水，一种被淹没的感觉，几近窒息。

我不止一次想，我疼痛的身体，恐怕已无法承载一份爱情的重量了。

我几乎不出门，只是经常一个人到山野里去，有时候还会在某块岩石上长久地坐下来，然后默默地看向遥远的天空，看那风云流转、色聚色散；甚至看一只蚂蚁爬过一朵花枝，看风吹花屑、纷扬如蝶——它们均是美好而惬意的，我想，只有我是不幸和忧伤的。尤其是春天，在那些泛滥的颜色里，我还会认为，在每一棵草根和每一朵花上，一定都居住着一些神灵——有时我甚至想，也许一棵草根和一朵花就是从前的自己，在那里，她们是否能窥见我现实的苦难并赐福于我呢?

我多少显得有点虚幻，就像一抹流云漂浮的过程，远远的，像一些不着边际的梦呓。

六

虽然如此，我还是一年比一年急迫地想要结婚了。

自从舅舅死后，不仅是我慌了，就连母亲也慌了。母亲总担心我会跟舅舅一样，说不准在某天就突然死去了。母亲希望我能给她留下个孙子，我也希望我能在这个人世上留下自己生命的延续。

更何况，随着时间的流逝，我身边的那些姑娘，跟我同龄的姑娘，都纷纷嫁了人；我身边的那些男孩，跟我同龄的男孩，也都纷纷有了自己的妻子。就像季节中的花朵与果实，该收获的都收获了；就像那个在一树樱桃花下的智者所说的，仿佛谶语般的预言。举目四顾间，只剩下我一人，在青春的残枝上，被时间遗忘了似的。

到了二十八岁，我终于结了婚。不管怎样，总算给青春画上了一个句号。

只是让我耿耿于怀的是，直到我结了婚，我都不承认我有过青春，青春于我而言，就像一笔糊涂账，疾病、肉体的疼痛与潜藏的希望夹杂其中，就像一些说不清道不明的事情。而当你正在为之疑惑的时候，时间一晃，你就像流水中的一枚落叶，被裹挟而去了。

像模像样的村庄

一个村庄就该像村庄的样子。

田是田，地是地，田里是稻谷，地里是玉米、高粱和大豆；河流是河流，山野是山野，河流里流水叮咚，山野里绿草连天；鱼虾与流水齐舞，牛羊与青草共一色。远处近处，万籁俱寂，天地清澈，流云从容，万物一起入画，笔墨深处，分明有一首诗倾泻而出，摇曳其间的，是纯净质朴的心灵。

一切都没有遮蔽，房子像房子的样子，植物像植物的样子，牲畜像牲畜的样子，鸟儿像鸟儿的样子，奔走或睡眠，欢愉或低泣，静立或随风舞蹈，一切都像模像样，底色清晰，泾渭分明。包括人，也活得整齐有序，头顶的太阳和月亮，一直循规蹈矩，升起来和落下去，没有一丝杂乱。

尤其是道路，那模样特别让人亲切。每一家房前屋后都有道路，每一条道路都相互交接，一条条道路，在村里随意蜿蜒伸缩，无拘无束。一条条道路，就像一群活蹦乱跳的孩子，从东家串到西家，再从西家串回东家，热热闹闹，心无芥蒂，即使在隐蔽的山野和荒草间，也有人们的脚印在那里成群结队，满目温润；一条条道路，就像一个村子的经络，贯通人与人、人与泥土草木的气息，东南西北，上下左右，一条路绕回来，整个村子，所有的人事，就入了你的心，入了你的情。

就连狗们，也互相认识，并相互串门，像走亲戚似的。你家的狗，一不留神就跑到了我家屋檐下；我家的狗，也可以到你家门口一待就是一天。这样的结果是，一个村子的狗与人，也都熟识了。即使是晚上，你从黑暗中归来，不论从谁家门前经过，狗们都不会咬你。相反，它们还会摇着尾，前脚蹭上你的肩头，就像欢迎自家人——我一直以为这是一个无比美好的仪式，一个村庄的亲密无间，在这个细节里显现，让你感受到那漾开的温馨。

像模像样的村庄，是不设围墙的。每家的门窗都相互敞着，甚至是谁家吃什么菜，谁家有客来了，谁家孩子又挨打了，夫妻又吵架了……日子中的所有琐事，都在别人的眼里明摆着——不用设防，也无须设防，就像阴晴圆缺，下雨了，刮风了，出太阳了，一切都挂在那里，一目了然。这里的门，也是无须上锁的，主人在不在家不要紧，家里的东西是不会丢的。所谓门，在这里，它更像一句无形无声的神谕，一旦立在那儿，人的脚步就变得严肃和畏惧起来。它不像后来的那些防盗门，即便是铁质之身，也挡不住心生邪念的一双贼眼。

在这样的村庄里，泥土最是生动的一群。就连天空与大地，植物与河流，虫鸣与鸟啼，都是泥土的颜色。或深黄、或暗红、或一片墨黑；或如光润的肌肤，或如皱纹丛生的岁月。一群群的泥土，从村里一直走向村外，步态始终优雅，不急不缓，每一步，流水和青草的气息，一丝丝从脚底往上蔓延，像温暖的火焰，贯穿身体与心灵。庄稼从泥土里长出来，骨骼在泥土里拔节芬芳，每一个人都扎根其间，风吹不去，雨洗不尽，即使身在千里，最后故去，灵魂依旧，深情不灭。

没有泥土的村庄，不是真正的村庄。泥土之上，是心的属地。记得有一年，在城里的水泥地上，我看见一头老牛，奋力往一段斜坡爬去；斜坡光滑如玉，老牛四蹄仿佛悬在空中，一次，又一次，始终无法抓牢，最后跌倒下去，并向后迅速滑落下来，沉重的身体在斜坡上留下一道浑浊的印痕……到最后，老牛一声呜咽，像一个临终老人的叹息——哀婉、幽怨，向着过去的时光与年华。这个场景一直让我记了多年，多年里总会想起一抔泥土，以及村庄的样子。我总是想，在一头老牛的世界里，当村庄不在，泥土远遁，往事深埋，深爱不存，心和身体也就一点点冷去，那些走失的部分，那些不死的记忆，像陈年的风雨，满目苍黄，萧疏如凉。

像模像样的村庄，它是质朴的，更是缓慢的。就像村口的那汪旧泉水，时光之中，它停驻那里已然千年。它是安静的，仿佛置身处变不惊的世外。春花开了，秋月逝去，一直到白雪覆盖村庄，岑寂之中，它始终步履悠然，一点点地滴落下来，一滴滴地落在人们心上。在这样的时间里，庄稼是人们心上的一轮太阳，不论风雨，不分白昼，永不凋谢。一粒种子从泥土里长出来，它便享受了孩子般的礼遇——风雨之中，总有一颗母爱铸成的心，为之惦记，为之挂怀。一个农人，当他（或她）把一株庄稼揽进怀里，他（或她）一定就柔情加身了，甚至嗅到了自己身体的某种气息。可以说，一株庄稼就是一个农人前世的自己，它身上的每一寸茎秆和每一滴汁液，都与自己心手相连。庄稼之上，必定有这样一群人，熟悉时令，精于犁耙，在泥土和植物中运筹帷幄，他们俨然构成了乡村的图腾，指点心灵，也引领道路。

没有庄稼的村庄，就像失去精血的肉体，季节瞬间坍塌与零落。田不像田，地不像地，不见稻谷、玉米、高粱和大豆的踪影，荒草却汹涌而至，满目沮丧。秩序也开始纷乱，先前纵横交错的小道深埋其下，河流的明媚沉沦深陷，蝴蝶与蜻蜓，云彩与花朵，飞翔之间，尽是荒芜。这个时候，一个村庄，从某种意义上来说，它就已经不复存在了。我一直以为这是最不堪的事件，一切都不可避免地成灰入尘；而一颗心，当所有的时间成为从前，一切就都难以为继了；而曾经的运筹帷幄，也终于沦落成顾影自怜，再就剩下几声无迹可觅的叹息。

在像模像样的村庄里，生活与日子就是足踩大地的简单与踏实。每一个人的生活之需，只一把斧子、一些柴火、一些粮食、一些果蔬、一间安静的小屋和一匹马、一条狗，没有招摇的欲求。安稳的心永远是一首最朴素的诗，最能搁放平凡的肉身。在像模像样的村庄里，永远没有背叛，即使肉身出走，灵魂与精神也在此根深叶茂、不离不弃。即使时间如水逝去，怀想与眷念依旧如磐石，纹丝不动，生生不息。

像模像样的村庄，它还是神性的，无论是一棵草、一朵花、一块石头、一株庄稼、一个洞穴，它们都心静如月，扎根世俗又远离世俗，它们就像一些安静的灵魂，排斥喧嚣、拒绝浮尘；它们心怀美好，每一个词句与梦呓，都心存善念，面目温和；它们在那里，一个梦就可以地老天荒；它们一次次抑制人的本性，还以神的光芒与明亮。

一个像模像样的村庄，它必定是温馨的，可以烛照肉身，泽被心灵。就像一缕炊烟，始终喂养并滋润我们的肠胃。从小到大，每一个晨昏，我们都从那里获取食物和水，然后像一株庄稼一样成长，经历四季；醒来和入睡，一缕炊烟，它始终面带微笑，岁月静好。

哦，对了，我所说的像模像样的村庄，它正是以一缕炊烟为标志的，炊烟一直是贴在村子上的重要标签。炊烟升起来，从茅草或瓦片的空隙里逶迤出来，从树枝上蜿蜒而去，仿佛某种精神的昭示。日子与生活却如泥土和草根般沉落于地。一缕炊烟之下，往往是白昼了，黑夜了；秋来了，冬去了……一切标志都清晰起来，一切秩序都整齐起来。一缕炊烟，就是村庄上空的标志，只一望，所有的秘密就都显山露水了。

而我一定要补充的是，关于炊烟，关于村庄，在它们之下，必定有一个母亲，从初作少妇，一直到两鬓染霜，她始终不离不弃，以灶房为伴，以孩子为念。到最后，时间如草枯了，孩子像鸟儿飞远了，她始终还在那里，凝望着炊烟的方向，眼里说不清是喜悦还是忧伤。在一缕炊烟的背影里，一个母亲的一生，就这样如丝如缕地挂在村庄的心上，挥不去，抹不掉。而一个村庄，也因为有了母亲，从此成为生命与灵魂的栖息地——最初的，也是最后的皈依之所。在这一生，只要你心跳不止，就会有一个方向，长久地引你仰望——像一种高度，即使倾其一生，村庄消失，情缘耗尽，依然无法跨越和丈量，就像那些不受时光局限的事物，在时光中长生久传。

贰 世俗山河

孤独的乡村老人

在我的村里，对一个老人的界定，并不单纯以年龄为标志，只要子女结了婚，有了孙子，你就成了老人。从村里走过，一个悄然的变化是，人们不再直呼你的名字，而是"某某他爷，某某他奶，你到哪去……"而你也乐于享受这称谓。一应一答，那流年，就风吹水动了；那隐约的怅惘，也涟漪般浮上来。

紧接着，你还发现，孙子们就像出林的笋子，见风长一般，用不了多时，就高高耸立起来。不知不觉中，你的腰身也着魔似的迅速弯了下去，头发与胡子，一夜间染上霜色，于是你终于成了名副其实的老人。再从村里走过，你突然就觉得，时间是真的快了些，就像孙子们翻跟斗的瞬间，稍不留神就把你甩在了身后。

一旦成了老人，你的另一扇生活之门就静静开启了。家里的一切大小事不再由你做主，你不再为柴米油盐操心，也不用下地干活。唯一可做的，就是待在家里，子女们都说你是一把锁，替他们守住家门。你一个人坐在那里，有时候，你觉得自己其实更像门口安睡的大黄狗，一个乡村老人与一只看家狗，或许有点殊途同归。太阳一截截爬上来，又一截截落下去的过程，你总觉得有一些虫子，正不断吞噬自己的内心，那过程有点缓慢，也有点迅疾。时间制造的景象，像一潭浑水，早没了明暗的界限。

而你，也就像一堵即将消失的黑白的墙，或者一张失掉颜色的纸。

在某个屋檐下，你往往是一个人蹲在那里，夏日的阳光像层次分明的留白，知了的声音被风拉长，又缩短，最后无声无息，仿佛失踪的音符。你的目光投向远方，却呆滞无比，往事在阳光下一点点泛滥，一杆烟斗或一根拐杖，像盛放岁月的容器，但没有谁看得见、摸得着，时间有点不着边际，没人从此经过，子女和孙子们都很忙，无暇顾及你的内心；没有谁，会在意那心上，只留下了一个人的残席与剩宴。

村里的老人大多是孤独的。一般情况下，当子女们结婚后，老人们就要搬离老屋，临时搭起一间小屋，独自生活，直至死亡。这几乎成了一种风俗，标志着老人在时间中的"让位"，不用任何仪式，也无需任何仪式，从此屋到彼屋，人生更替就已经完成。此后，老人们的生命，也就多了份忽略与遗忘。

在这样的小屋，儿子是很少来的，媳妇是很少来的，女儿女婿也是很少来的。最多是，三五个孙子，为着一碗油炒饭与一颗糖果的诱惑，到这里来，愿望得到满足后，又像鸟儿一样飞走了。再后来，要不了几年，孙子们真的就像鸟儿飞走了，飞到了各自的枝头，有的甚至飞到了远方，远得只能遥望和猜想。孙子们飞离后，苍老很快爬满小屋，孤独迅速聚集。直到有一天，人死了，小屋也拆掉了，一个老人的一生，最终以一片废墟的形式，零落在记忆之外。

不过，在我的乡村，每一个老人的孤独，却是各自不同的，就像一幅乡村生命的百态图，引人沉思和叹息，直到多年后，你仍然走不出那伫立内心的忧郁。

我就记得有一对姓郑的老夫妇，他们原本不是村里人，是新中国成立后搬过来的。至于从哪里来，一直是个谜，也没谁去追究。他们来时还很年轻，到我有了记忆时，却很老了。据说他们有个女儿，住在上海。上海是什么地方呢？他们说上海是很大很远的城市，在那里能吃上香喷喷的肉食和糖果。这一直让村人羡慕不已。我们一帮小孩，则年年月月盼望他们女儿的到来。那时我们每天都想看看城里人的样子。在我们想来，城里人跟农村人应该是不同的，从衣服到眼睛到鼻子，城里人肯定都是新奇和异样的。只是我们终于失望了，一直到老夫妇死去，那个女孩都没来过。

关于老夫妇以及他们的女儿，一直像个梦，被时间安放在我的身体里。记得到了某年冬天，老夫妇中女的先死了，村人问男的："你女儿该来了吧？"男的说："已经打电报过去，过几天就来了。"男的似乎还到村口眺望过，人们也相信一定能看到他女儿了，只是一直到出殡，到最后，愿望终没达成。再后来，有好几次，都说他女儿就要回村把他接走了，人们也看到了他为离开所做的准备，但结果照旧。到最后，男的也死了，村民将其埋葬。老夫妇的女儿，就成了永远的秘密。关于他们，若干年后，我突然怀疑其中或许隐藏着一个深深的谎言。我想，或许他们原本就没女儿，有的仅是深植内心的渴望与孤独。也终于明白，孤独一定是有多种形式的，在一句谎言的背后，那孤独，是希望，也是刀子，像暖暖的光，也像冷冷的冰，让一颗心，在时间里不知所终。

在村里，除姓郑的老夫妇外，其他老人，都知根知底。他们的孤独，就像一潭清澈的秋水，一览无余。他们就那么敞着、裸露着。他们的孤独，跟姓郑的老夫妇截然不同，更多是来自生活中鸡毛蒜皮的小事，琐碎，抬不上桌面，却顽强并真实地存在着。

他们有儿有女，孙子成群，却跟儿子媳妇处不好，儿子媳妇对他们成见不断。在村里，经常听到这样的故事——某家儿媳先是买了双鞋给婆婆，因家务事闹翻后，媳妇按着婆婆的脚强行脱掉了鞋；某家儿媳先是给婆婆买了套衣服，一阵吵闹后，婆婆把衣服抱到村口的千年古树下，又是哭诉，又是烧香，又是磕头，又是诅咒；还有某家儿子媳妇虐待公公婆婆，老人们就说养儿养女是报应……到最后，老人们就很少说话了，不管谁对谁错（也没人评判谁对谁错），总之你就看见了一个个老人，在时间中沉默了，就像一头老牛，独自卧在夕阳下咀嚼，几十年的光阴，终于只剩下一个人在齿上的回味。

当然，村中老人，也还有别样的孤独。较之于以上老人，他们内心是沉实的，也更让人遐想的；他们或许还是冷静的，也更能打动心灵并让你愿意去诉说的；他们就像一朵开放在时间里的花，无论是肉体还是心灵，即使多年后，仍让你牵挂。

印象最深的是一个叶姓老人，身体硬朗，乐观开朗，即使在吃不饱饭的年月，脸上的微笑仍然像春天的花朵时时绽放。但我还是发现了隐藏其下的孤独，一直多年，那孤独，在一脸微笑的遮蔽下，总是引人怅然。

老人参加过中国远征军，去过缅甸，队伍打散后，只身回到村里。跟他一起上战场的，还有他弟弟，但一去之后，彼此再没音信。他的孤独，从此而生。后来的每个月圆之夜，他都要在圆梦花上绾下一个又一个的结，据说此举能让梦想成真。他不断地绾结，祈祷弟弟平安在世，直到他离世。而我，则看到了一群经年不息的孤独，在一簇圆梦花上奔驰，像一条跨越千山万水的河流……

再后来，乡村老人的孤独，一下子来了个急转弯。一下子，你似乎从一只看家的老黄狗，忽而变成了一头至死不休的老牛。自九十年代，村里的年轻人就都出门了，即使是孩子，只要稍稍有了点劳力，就纷纷外出打工了，就像一种义无反顾的奔赴。老人们一下子都疑惑并无所适从了，他们不明白土地究竟出了啥问题，为什么突然就留不住人了？开春了（春天还是要来的），土地哪能丢荒呢？于是，老人们似乎又回到了从前，带上孙子，扛起犁耙，重新回到土地上。只是土地也不是先前的面容了。在春天的深处，那些佝偻的身子，让土地显得有形无神，离开年轻人怀抱的土地，就像失血的一张脸。而老人们也真的老了，他们已经无力进入土地的深处。他们此时的身影，更像村庄跌落的一声叹息，或者就像春天掉下的一滴浊泪，一下子，时间与面容，都面目全非了。于是，孤独就像春天遍野的草木，覆盖所有老人的心。于是，老人们就一次次对着远方怀想："儿子媳妇们究竟何时才回来啊？"

谁知道呢？又会有谁，顾及他们的孤独？在乡村，知道这些答案的，或许只有风了。而风又是什么东西呢？我想，或许只有时间知道了。而时间，它原本就是一个永不为人知的秘密呵。

稻子上的乡村时光

　　我总会梦见一株稻子：它就长在乡村的怀抱里，头顶是斑斓的星空，四周蛙声如鼓，一条汩汩的小河在身边不知今夕何夕地流淌，泥土和风不断亲吻它的肌肤，就像情人之间的爱抚，亦像一份地老天荒的相守。

　　很多个夜晚，我都会跟着父亲，枕着这样的一株稻子入眠。夜是寂静的，寂静得我能听到天籁般的窃窃私语——石头、野草、虫子，它们就像精灵，不断从地底探出头来，温柔地对着稻子低语。我天真地想，作为一株稻子，它是幸福的，一株稻子，近似众生朝拜的神祇。

　　在这样的梦境里，我恍惚也是一株稻子了。至少，我觉得在我的身体里，有一株稻子，正在那里生长拔节。

　　一株稻子，当它从泥土中探出头来，我们的牵挂，就在那里放着了。

　　几乎每天，我们都要朝着一株稻子跑：看看稻子是不是又长高了；田水是深了或是浅了；太阳和风雨，是跟稻子亲近或变脸了。

世俗山河

我们总怕稻子们遭受任何委屈，每天都要跑上很多次，比起热恋中的男女，我们对一株稻子的难舍，有过之而无不及。

那时候，一株稻子，它所牵动的，是一个乡村的所有神经。

所有的村人，每天都在围着稻子转，直到稻花香了又香，那转圈的人仍然乐此不疲。只是他们并不会觉察，转着转着就有人老了，时光也悄无声息地走远了。一株稻子，它所见证的，是生命与时光相互消耗的过程。

在这样的消耗中，我一不小心也跟着长成了大人，并一次又一次目送很多人随稻子而逝，其中就有我的爷爷、奶奶，他们从一株稻子的身旁转过去，就不见了。我们所能看见的，只有一株株稻子，年复一年地长在乡村的土地上。

一个人呱呱坠地了，稻香就通过母乳，进入他或她的身体，仿佛在前世，一缕稻香就在那里等着他或她了。继而，他或她开始稻里来，稻里去，到最后，他或她自己也长成了一株稻子，恍惚之间，竟然分不清是稻子住进了自己的身体，还是自己住进了稻子的身体。

或许还可以这样说，在乡村，每个人的前生都是一株稻子，每一株稻子的前生，也都是我们自己。

在这样的背景下，如果你不将自己视为一株稻子，如果你不能在一株稻子上安身立命，你就一定会遭到人们的鄙视。村人们都会骂你不务正业，说你是败家子。譬如那些游手好闲的，譬如那些偷鸡摸狗的，因为无法安心于一株稻子之上，所以往往名列其中。

这样的人，到最后还会被乡村所抛弃。一个最明显的例子是：他们因为姑娘们觉得不可靠，所以总有娶不到妻子的，他们先是满不在乎，到最后就慌了神，就后悔，但终于无可挽回了；偶尔有娶妻的，也因为对一株稻子的认识的分歧，夫妻间不断地争吵、打架，直到离异……

到此，一株稻子在乡村的位置，越发显得不可替代了。

我的父亲就不止一次指着一株稻子训诫我。在父亲心中，一株稻子的生活，就是我一生的生活。从下种、插秧，一直到收割，每一个程序，父亲都忘不了要带上我，他不能让我做一个不懂稻子的人。

从布谷鸟开始啼鸣的春季，直到金黄布满田野的秋日，几乎每个早晨，我都会被父亲催促着从床上一骨碌爬下来，有时来不及洗脸，带上必要的农具就往田里跑。我也曾因此对父亲怀着深深的不满，但多年后才发现，父亲之所以逮着我不放，其实正是缘于对我的担心，他怕我不小心成了被乡村抛弃的人。

不独父亲如此，几乎所有的乡村父亲，都怀着这样一份担心。

在一份担心下，你往往就会看到，一个孩子，当他刚刚长到犁耙一样高，父亲们就迫不及待地指导他学习耕种了。如果那孩子一开始就学得像模像样，做父亲的就会喜笑颜开，一逢人就夸奖孩子，除了自豪外，还有几分显摆的味道；反之，如果孩子学得不好，做父亲的脸上便免不了愁云遍布，越看孩子越觉得没劲，有的甚至还会叹息，总觉得养了个没出息的娃……

一株稻子上的梦，从一开始，就紧紧地系着一个乡村的阴晴圆缺。

在乡村，作为一个懂得稻子的人，是备受尊崇的。

譬如什么时候下种最好，什么样的泥需要什么样的肥，泥土要翻到什么深度最为适合，什么深度的水最适合稻子生长，什么颜色的稻子一定是患了什么病，等等。如果你能说出这些，在乡村，

世俗山河

你就是一个了不起的人了。

这样的人在乡村起着举足轻重的作用。不论是谁家有红白喜事，都必定要请他出面主持。譬如老人过世了，新房落成了，儿子娶媳妇了，女儿嫁人了，甚至是谁家婆媳吵架了，邻里之间扯皮了，都必定要请他出面。在村人们看来，一个懂得稻子的人，也一定是懂得人间道理的，更是值得信服的。

一株稻子，延伸到生活中，就成了乡村某种精神的写照。

很多年，父亲总是以这样的人为榜样来教育我，希望我长大后也能跟他们一样。我也曾为之努力过，尤其是，在每一个星空斑斓的夜晚，当我跟着父亲枕着一株稻子入梦时，还梦到自己就是端居其上的王……只可惜我终究让父亲失望了，尽管我也曾为之努力过多年，但我始终没能成为村人尊崇的对象，在一株稻子之上，我一直是个微不足道的人。

入夏了，一株稻子就在乡村的田野里摇曳起来。

此时，太阳一天比一天更催人了，加之几阵风后，一株株稻子，就迅速长高起来。父亲说，这时候只要你留心，就能听到它们拔节的声音；父亲还说，稻子的声音是夏季里最动听的音乐，能听到这歌声的人，一定是有福气的庄稼人。为着这句话，很多年我都觉得诧异：父亲只是一个朴实的庄稼人，却能将一株稻子赋予诗意，这算不算一种奇异的风景呢？

风吹来，层层翻卷的稻浪，以及铺天盖地的窸窸窣窣的声音，仿佛一层柔柔的水流漫过身体，我能清晰地感觉到那一份滋润，似乎春雨润物，细腻而晶莹；似乎有一层绒绒的光，在那里充盈、扩散，再充盈，再扩散……

每一次从稻田边走过，我都会为之心生喜悦。有时候，我还会学着父亲蹲下来，一遍遍抚摸每一株稻子——那时候，我是多么想做一个有福气的庄稼人啊，但每一次，我都没能听到父亲所说的声音！而在渴望走近一株稻子的路上，我是否曾因为这一距离而心生失落呢？不知道。

一个确切的答案是：我就此记住了夏日里的一株株稻子，它们铺满了乡村的田野，绿色从每一个角落争先恐后涌出来，装饰了每一双眼睛。每个人，都喜欢与之对视，每一块稻田旁边，都会有一个父亲或是孩子的身影晃动，每一株稻子都迎接过亲切的目光，每一株稻子都是热闹的，每一株稻子更是神秘的。很多年我总是在想，一株稻子，当它在夏日里摇曳时，是不是就告诉了我们什么？

究竟告诉了什么呢？这个问题困扰了我很多年，很多年我都没有想明白。

在乡村，一株稻子，貌似简单，却是最难解读的时光与事物。

也是在夏天，当太阳一日烈过一日，稻田里的水就一点点干枯了，就连河流里的水，也逐渐消失，仅剩下细细的浅浅的一层，宛若游丝。为了及时给稻子补充水分，为了抢夺有限的水源，村人之间的争执，不可避免地就发生了，有的甚至还发生了打斗，原本和睦亲近的关系，因为一株稻子而发生了改变。

我永远都会记得那个童年的河滩，那个被太阳晒得无比干涸并紧张无比的河滩。那时候，我正望着我家某块被晒得焦黄的稻子而无所适从，突然就听到了河滩上因为争水打架的消息。我跑到那里时，打架的姓王的两兄弟已经头破血流，双双倒在河滩上，痛苦地呻吟；两兄弟的子女也互相撕扯着，骂声、哭声不绝于耳，村人们穿梭其间忙着劝架，就像一群纷乱的鸟群……而尤其让我无法释怀的是，经此后，两兄弟成了路人，直到他们死去，他们的子女都没有和解。一株稻子引发的仇恨，竟然如此固执，如此经久不息。

还有我的堂三叔，也是在某个夏日，独自到某个深洞里抽水给稻子补充水分，结果一氧化碳中毒死亡。把他从深洞里捞出来时，他白发苍苍的母亲一边哭着一边狠狠地抽打他的耳光，她颤巍巍的身子在风中不断摇晃，她那一份撕心裂肺的疼痛，一直让我难忘。还有一个在村里广为流传的故事：说的是某年某个秋夜，村里的伍大爷爷用火药枪打死了某个偷窃他家稻谷的人，却不料此人竟然是他亲哥哥……还说此后，伍大爷爷变得沉默寡言起来，再后来就疯了。每到夜晚，疯了的伍大爷爷总要跑到某块稻田边哭泣。这个故事就像一个梦魇，总会在不经意间将我击中，让我沉重，让我思索……

我不止一次想：作为一株稻子，在乡村那些生生死死的情愫里，它究竟隐喻了什么？

现在的乡村，一株稻子，却已归于平静，并还有些落寞了。

我的父亲，他已无力再种下很多稻子。他逐渐苍老的身体，已无法像往昔一样承载稻子的重量。但他每年都坚持要种下一些，每年我也都要回村去，跟着父亲在多年前的水田里一起插秧，一起看望田水，一起收割稻子。只是那情景，早已没有最初的那般温馨与诗意了，最初美丽的梦境——那些如鼓的蛙声，石头、野草、虫子的低语，早已不复存在。父亲不会知道，当我在一片撂荒的田野里，看见他种下的那些少数的绿色，就会涌起无限的荒凉——我始终觉得父亲就像一个最后的留守者，在一株稻子走远的背影里，我看见的，似乎是那最后的时光……

不过，我还是会陪着父亲，因为我深知，在父亲心里，一株稻子，它不单是一株可以活命的草木，更是一株传世的粮食。一株稻子对他而言，正如我心目中最初的神祇。所以我一定会陪着父亲，直到他彻底老去，直到一株稻子彻底消失在乡村的视野之外，直到整个乡村彻底消失在人们的记忆中。

世俗山河

月光忆

一

一切都归于静寂。月亮慢慢往上挪着，步态优雅，静如远离风尘的女子。想那女子，该是活在前朝，或者一首诗里，古典的，幽怨的，顾盼生辉，宛若花容。月光则如花屑，落英缤纷，落在我家院子里。院子很小，也很旧，若即若离的青石板一脸斑驳。月光落在上面，恍若陈年的双目，更像逝去的时光与心事。这一直让我怀疑，月光似乎是赶从前过来的。在从前，月光早就苍老不堪了。

月光还有一个特点：冷而艳。即使夏天，月光落下来，院子里也仿佛堆满霜色，心亦是清凉的，亦如秋色，繁华褪尽，却深沉炫目。院子旁有一老墙，墙边有几棵椿树，椿树已经很老，没有谁愿意去惊扰它们，它们留在月光里的梦，像久远的歌，渺然无痕。树上一直是鸟雀的乐园，只不知鸟们是否也有梦。梦与生活，从未相离相弃。鸟跟人毗邻而居，就像相安无事的两家人。一院子的岁月，因此宁静生香。

老墙根下，还栽着七八种花草。大约是水竹、牡丹、月季、仙人掌、红玫瑰、夜来香之类，都是些俗烂的植物。只是月光落下来，却也疏影横斜、暗香浮动。时能过，境能迁，紧贴心灵的诗意却不会变。再加上后来读了点书，就觉得在这样的夜里，院子里也该有一把前朝的藤椅，藤椅上坐着一个长须飘飘的老祖父，他一手抚弄长须，一手展开线装的书页，一边慢腾腾地教孙子背诵一首诗，诗也必定是古人描写月光的句子，这样的匹配，温润如玉，紧贴心灵。但我家的院子没有这样的藤椅，也没这样的老祖父。我的祖父虽然进过私塾，也能熟背《三字经》《百家姓》，但就是一字不识。月光落下来，他只是抢起一杆长长的烟斗，在院子里留下一袭长影，然后时不时说上几句无关紧要的话，一晃后就消失了。

从这个院子里消失的，还有我的奶奶。奶奶不到六十岁，头发就已经一片银白。那时候，我常会看见奶奶从月光下走过，她银白的头发，在月光下凌乱不堪，就像暗地生出的一片枯草。印象中，她跟爷爷一样，当她从院子里走出去，又走回来，就不在了。月光洒落的路上，在竹林那边，一闪身，她就被月色吞没了，仿佛狐仙与聊斋的画境，目乱心悸。月色或许还是魔术师手中的幕布，展开的瞬间，院子里的风景，早已物是人非。

二

月亮升起来，整个村子就入梦了。我想月亮一定是梦的使者，

世俗山河

从开始到最后，月亮都长着梦的翅膀。此时，炊烟早已歇下；最后一声鸟啼，悄无声息地躲进了巢穴；山们褪去白日里的沸腾，冷峻无比；泥土和石头，表情松弛下来；远处的树林，幽森如城堡，城堡静谧得比梦还要深远；倒是纺织娘和蟋蟀这班虫子，粉墨登场，一声复一声，高低起伏，为月起舞。一颗心的世界，突然迷离起来。

这样的夜，一颗心与一轮月亮，是贴得最近的事物。

你站在月色里，静静地看着远方，远方有什么东西呢？你不知道。但你还是要看，有几分固执，还有点义无反顾。月光就像某根琴弦，不经意地拨动你的情思。据说在月圆之夜，每一只青蛙都会立起身子，面月而立，双目噙泪……而你是否就是这样的一只青蛙呢？你分明知道，一轮圆月，就是一只青蛙的诗歌与宗教。

山野无遮无拦，月光一泻千里。

一切都在隐退。山峰、河流、沟壑、树木、庄稼，甚至匍匐在地的泥土，都隐去了自己的轮廓。月光就像若干年后发明的一滴涂改液，把一切粗糙的、突兀的都消除，只剩一地美好，供你想象。想象是一种诗意——呈现和消弭的过程，一颗心，必将充盈一个夜晚，甚至一生的季节。

这样的月夜，我是否也曾心潮起伏呢？不记得了。只记得有一条河流，的确到我的梦里来过，那个梦，趁我不设防时，早已随一抹月色潜入我的心魂。

那个夜晚，月光皎洁，一片岑寂，白天飞过的蝴蝶与蜻蜓，躲进了花朵和草根下；点水雀仅在水面上留下一个幻影；一河清清亮亮的水，在月光下微微起伏，像一个女子轻微的喘息；两岸的艾蒿、狗尾草和蒲公英，一片朦胧，深情摇曳。我一边想着，一边走着，突然就看见了河岸上坐着的一个背影。背影模糊、苍老，像贴在月光上的一张旧纸。还没回过神，他站起来转身就面对着我了。

我很快认出了他，是村里的幺公。先前，幺公并非村里人，无妻、无儿、无女，孤身一人，靠赶鸭为生。有一年，他赶着鸭群来到河流上，就看上了这里，从此就停了下来。对河流的了解，没谁比得过他。哪里的水深些，哪里的水浅些，哪里的鱼儿多些，哪里的螃蟹多些，甚至哪里有一块或滚圆、或尖削的石头，他都一清二楚。终年在河流里来来去去，河水因季节的变化而变化，比如或凉了，或暖了，或深秋了，或开春了，往往是他首先知道。他甚至成了村子感知二十四节气的"天气预报"。

我有点不知所措。因为村里已经疯传他就要离开村子，被他侄儿接去养老了。我觉得该跟他说点什么，但什么也没说。他分明也想跟我说点什么，但什么也没说……只可惜，若干年后，我才读懂了这是一个老人与一条河流的告别。而那场景，从此就像一个无法安静的梦，让我回想一个月夜埋藏的真相。

三

入秋了，月亮一夜比一夜圆。从春到夏，再到秋，月亮一直追赶着季节的脚步。只是月亮不动声色，花开花落，去留之间，面无表情。只有到了秋天，你才会惊觉一轮月亮的变化。这时候，云是淡的，天是高的，大地与河流是低的，一切事物都为月亮腾出了位置，将月亮推上主角。就像春花一样，在季节深处粲然开放。

入秋的月亮，最圆，也最干净，就像一个饱满的女子，深情凝

贰 世俗山河

眸。如果说春夏的月亮是个清纯少女，那么一轮秋月，则像做了母亲的少妇，更加风姿绰约。这时候，庄稼渐趋饱满，玉米、稻子、大豆、高粱、南瓜……一切植物都充盈起来，月光照着它们，一层晶莹祥和的光无边无际；植物们则表情丰富、面目生动。这时候，清凉的月色底下，一下子热闹起来。纺织娘和蟋蟀，已不是先前的浅吟低唱，一声高过一声，多了几分酣畅；蛙声抓紧最后的机会，凭空热烈了许多，像一席夜宴的高潮。更关键的是，人们也纷纷赶到月光下。据说在秋月之夜，庇护庄稼的神灵会四处走动，只要你撞上，就会有好运气，秋后必定五谷丰登。远远看去，人影晃动，喊叫声、呼哨声、欢笑声遍布山野。一轮秋月，也因此烙上人世的气息，从此不再是一个人的清幽与寂寞。

从村子往南，约五里路，有座月亮山。山长相普通，并无特别。从肉眼判断，它与诗意并不沾边。它为什么会拥有这个名字呢？我曾经很想知道这其中的答案，但每一次都不了了之。月亮山在我心中，依然神秘。

月亮山的半腰上，有一间石头垒起的小屋，屋里住着一个老人。老人亦是孤独之身，据说没结过婚，为啥不结婚，一直是个谜。老人从来不进村，即使哪家有红白喜事，也请不动他。老人常年住在月亮山，喂有几十只羊，羊们清一色的白，白得像一地月光。记得某个秋夜，怀着好奇，我们几个小孩子趁着秋夜撞神的机会悄悄爬进了老人的小屋。在那里，明月高悬，秋风劲吹，羊群席地而卧，众声消隐，一双双幽蓝的眼睛鬼魅般忽闪忽闪着，仿佛遗落尘世的精灵，更像一群神祇，遥向天堂。屋里没燃灯，不见老人。就在我们四处搜寻时，一串声音银瓶般破裂——是箫音，有点幽怨，却清澈如水、一尘不染……那个秋夜，老人始终没有出现。但我想，他一定发现了我们，他不偏不倚准时响起的箫声，一定是有意而为。但他究竟是何用意呢？一管长箫，对几个仓皇冒失的孩子而言，毕竟难解如秘密。

很多年没到月亮山了，住在那里的老人，肯定已随他的羊群走远。远走的背后，忧伤一定如月光生生不息。但回想时，竟发现自己没有一丝的疼痛，只觉得在一轮秋月的照耀下，那个人更像一个遥远的传说——鼓捣思念，却又毫不动情……以至于我总疑心自己刚做了个梦，总疑心那个人是否存在过。

四

记忆中，还有一轮明月，一直落在我家西窗上。

西窗开在灶房上，没有玻璃，只有几根钢条。月光通过窗子，没有阻拦，率意而为。月光落在上面，一般是深夜四点左右。这时候，月亮快走完了它一夜的行程，随时都会跌入山谷。也或许是将要别离的缘故，此时的月光特别清凉，月光落下来，就像酝酿经年的泪，点点滴滴都能让你怦然心动。从西窗抬头看上去，恰好就能看见博多岭上那几座坟茔，幽森如注，使月光多了几许凄迷，让人怯怯的、惘惘的。

每天此时，我都要准时起床，而母亲早已在西窗下为我做好了早餐，吃过后我要到六里外的镇上读初中。此时的村子，没一点声息，寂静如墓冢，除了母亲与我，一切都还在梦乡。一直好几年，母亲始终陪着我；一直到我学会做早餐了，母亲仍然陪着我。母亲的影子，就这样留在了西窗的月光下。

从我家过去二里路的尾纳冲，我有一个同学，已经忘了名字，只记得姓吴。因为要多走路，他比我起得更早。往往我还没吃完早餐，他就摸到我家院子了。那几年，能把孩子送进学校的，上邻下寨没几家，能到镇上读初中的，更是少之又少。因此，我跟吴同学一度感到幸运，并多次在月光下谈及此事，还谈起我们的梦和理想——考取中专或师范，端上铁饭碗，离农门而去……至今想来，那样的场景，美好而凄凉。我们学习都很用功。只是很遗憾，未及初中毕业，吴同学就因病死去。他的死，是我平生少数几次近距离所感知的死亡事件——突然、悄然，让人猝不及防，就像从黑暗中蓦地伸出一只手，把你拽着，还往黑暗中坠落……吴同学死后，我惊恐到了极点。一个人在月光下行走时，总觉得有一只黑手，随时都会朝我伸来。有时突然回头，惨白月光下的地面，一片岑寂，宛若空谷，忍不住就毛发竖立、一身冷汗……顿觉人生的脆弱和不确定，惶惑不已。

　　好在我终于走通了月光下的那条路。十五岁那年的秋天，我考取了师范。为了搭早班车去学校报到，母亲最后一次在月落西窗时为我做早餐。这一次，母亲还把我送到村口。当我走出老远，回过头，早起的风中，月光朦胧，树影婆娑，母亲的身影如千年的一子石头，一动不动，深情遥望，唤起了我的第一次热泪。

　　后来时光荏苒，母亲在月光中一年年老去，我也在一年年的月光中不断靠近母亲，总想陪她多说些话或多待些时间。近四十岁时，一个月圆之夜，在城里的某个阳台上，我还突然想起了月光下跟我一起上学的吴同学，怅然若失之际，就很想去看看他的母亲。我想，作为一个母亲，她不仅仅希望看到孩子从月光中走出去，她更希望看到的，是一个从月光中走回来的孩子……

乡村意象

瓦　屋

瓦是用泥巴烧成的，泥巴硬化后，就成了瓦，也算是脱胎换骨的一种。

瓦有红瓦和青瓦两种。出炉后，火候有所欠缺的，为红瓦；火候到位的，为青瓦。红瓦易碎，青瓦坚硬，就好比人生，好与坏、黑与白，往往只在一步之遥。

瓦又分底瓦和面瓦，底瓦盖在椽条上，面瓦盖在相邻的两排底瓦上，有沟有垄，一排排的，就像庄稼地一般。乡村一切，均以庄稼为图腾，盖房亦不例外。

庄稼之上，便是生命的律动。瓦屋一旦盖成，日子就从那瓦上开始生长了。雨落下来，瓦挡住；雨从瓦沟里淌下来，淌到屋檐下，然后一滴滴的，永远扯不断，就像夜更一样悠远绵长，从三更到五更，那时间，沙漏一般，似乎永远等不来更残漏尽，天明此时。秋日午后，阴雨绵绵之际，人坐在瓦屋下，抬头瞅瞅那檐

世俗山河

下水滴，又抬头瞅瞅屋檐过去远处的庄稼，心难免会有些愁郁，可那日子，似乎就更像日子的样子了——缓慢、难熬，可也总算有些牵挂在心上。有牵挂，日子就算贴着心也贴着情慢慢往前走了。

夏日暴风雨，风骤雨狂，瓦屋便漏雨了。一般是，屋外大雨，屋内小雨。瓦屋生来就这样子，人也没有办法，只好搬出桶啊盆啊锅啊之类的接那漏下来的雨，屋外噼噼啪啪，屋里叮叮当当。境况也就显得窘迫了些，内心的焦虑也在一点点被拉长，总担心停不下来的暴风雨给村子带来灾难。在灾难面前，人的腰杆总难挺直，甚至一不留神就被压垮了。好在暴风雨总要过去，太阳也重新出来了，抬了楼梯，上房拾掇拾掇被风吹乱的瓦，日子似乎又被打理了一遍，连同那被暴风雨卷起褶皱了的心，也似乎被抚平了。

冬天落雪。落雪亦有压垮瓦屋的时候，可白的雪落在青的瓦上，总是诗意。尤其只是点点小雪，或是雪残之时，那一青一白、一深一浅，似乎还就是某种韵律一般，人世的一份远意似乎总是若隐若现，引人遐思。如果有一缕炊烟恰在此时从瓦缝间升起来，一直穿过一青一白、一深一浅，就还有了神迹的感觉，人世叠加到一定程度，或许便有神祇的目光照耀。

可是有一天，在不经意间，瓦屋就老了。就像一个人，在吹了几阵风，淋了几场雨后，不知不觉就老了。

老了的瓦屋，不仅仅是瓦片上落了一片青苍的颜色，连墙头上也有一簇、两簇、三簇的茅草长了出来，连人用过的桌子椅子的颜色也在时间中暗淡了下去，连人也在那暗淡中变得无助而苍茫，一切都约好似的，仿佛那纷飞的落叶，在接到时间的指令后，就一起从枝头落下。

落下了，人世从此就拐了个弯。

可是瓦屋还在。在瓦屋里死去的人的气息还在，在瓦屋里正在老去的人还在苦苦地守着一份残剩的日子，离开了瓦屋远走他乡的人也还在梦里继续回到瓦屋。即使有一天，瓦屋终于坍塌，拆除了，成了一片废墟，可一间曾经的瓦屋，却分明还在原来的地方，让人魂牵梦绕。

一间瓦屋，它注定是要活在时间和灵魂的深处。

谷 垛

稻谷收完，剩下稻草，一把把捆好，再一把把堆成小山似的，便是谷垛了。

秋已经很深。人声消隐，风冷，河流的声息细微，谷垛却在此时凸显出来，一堆堆谷垛，像时间剩下的残骸，使得田野一下子迷离起来。

田也被新犁出来，一块田，种了稻子种小麦，也不知种了多少季，一季复一季，也不知从此走过了多少人。一堆堆谷垛，就站在这里，看着一块田不断轮回，看着时间一截截地脱落，又一截截地链接上去。断裂和缝合之间，或许便是一块田以及谷垛本身的命运。

一只鸟落在新犁的田里，田里先前遗留的稻粒，已被新泥覆盖了。一块田对于一只鸟的世界，变化为何如此迅速呢？昨天都还没翻犁的田，昨天都还看得见的稻粒，今天就都换了个模样。鸟不得不有些惶恐了，惶恐的鸟不得不飞到谷垛上，或许也只有这一堆谷垛，看得见这只鸟的昨天和今天。但这只鸟，也只是在谷垛上停了停，然后就飞走，就消失了，看得见或是看不见，或许都没了意义。

秋风起，不，秋风从早就起了的，只是现在较之以前有些迅疾。迅疾的秋风吹在谷垛上，谷垛分明也觉得有些萧瑟。谷垛望着一只鸟消失的方向，似乎明白了什么。或许谷垛也想消失了，在一些特别的时间节点上，消失或许并不是一件不易放弃的事。

"哞——哞——哞哞——哞——"一声，两声，三声，四声，不，其实仅仅是一声，只是那声音似乎被秋风卡住了，似乎秋风要把那声音，掐断在风里。可那声音还是发了出来，只是忧伤却是肯定的，一头牛，当它跟一堆谷垛同时在田野里凸显出来，它或许也跟着彷徨了。

或许一头牛，还跟一堆谷垛互相怜惜？

一头牛，一堆谷垛，其实都是田野里剩下的事物。

月亮爬上来了。月亮一上来，谷垛就只剩下了一个影子。影子落在月亮里，就像一个梦，把那田野，也变成了梦的世界。一切都朦胧无比，就连生与死，似乎都朦胧无比了。

可似乎总是有人，就醒在那生死里。

这不，就有一只笛子，响在谷垛之间，一声声的音符，仿佛人世清凉的旋律，一点点落在月色里，最后就像流水，淌开了，及至把月亮、谷垛以及人心淹没，把一切都淹没。

究竟是谁呢？其实是谁都不重要。

重要的是，后来的某天，这朦胧的梦，已经无从感受。

一块块田，都被征拨，不见了；一堆堆谷垛，也都不见了；一只鸟一头牛也都不见了；甚至是，连秋风也被那些从稻田里长起来的高楼给挡住，挡住了它们就不想再来了；就只有月亮依旧在那里落下来，可落下来似乎也看不见了，在那些高楼的灯光之下，月亮似乎也被遮住，先前朦胧的梦，终于无迹可觅。

一堆谷垛，真的如梦如影了。

池　塘

一子池塘，不需要很大，几十平方米，加上半人高的水，就够了。大了，过了，就不是池塘了。各种事物，都有它既定的尺度。

池塘是天然形成的。几十年的雨水冲击，泥巴被刮走，形成一个坑，坑里再积了水，一个池塘就诞生了。池塘应该是为村庄而生的，有村子就必定要有池塘。不多不少的几个池塘，分散在村子四周，恰好把村子围在中间，也围在高处。如果说村子是月亮，那么池塘亦好比众星拱月，不仅美，也还有几分神秘的气息。

池塘边上往往有一棵树，或者一片竹林。树是古树，只剩下半截。其余的都死了，只在那半截身子里，留着几片从前的绿叶，提醒人们树还在做某种坚持。竹林是散乱的，一棵棵绵竹从不同的地方生起来，绕了池塘大半圈，你的根挤着我，我的枝叶碰着你，挤挤挨挨总是无序。可正是这样的散和乱，使得一片竹林，似乎充满了自然的活力，也使得一个池塘，在它们的映照下，有了几分生趣。

池塘上还有荷，不多，就几枝，却恰到好处。夏日雨水落在上面，形成圆形的雨滴，在荷叶上翻了翻身子，最后落进池塘里，荡起几圈涟漪。晴日里，还会有几只蜻蜓，立在那里，引得荷叶

193

上下摇动，说它如诗如梦，倒真是有几分贴切。秋日荷枯，就像几抹瘦黄，斜在水面上，恰巧水面仍然如春日一般清澈，所以更有精神，并且这精神是深入到骨子里去的，是历经岁月之后的简洁与明媚。

再下去，雪就落下来。雪落在池塘上，很快看不见了，可荷叶也跟着看不见了，荷叶显然被雪吞没了。池水当然也不再清澈，池水显然被雪给揉皱了。一只水鸟，也看出了池塘的心事，跟着安静下来。要是换在平时，水鸟一定会在池塘上空翻飞的，可是现在，它就只停在一块石头上，安静地看着池塘。在池塘被揉皱的目光里，它就只安静地跟其保持对望——这是懂得，更是默契。人世到一定时候，这便是必然。

池塘里的人世精神，落到村里，便是一个个可以看得见的日常。

池塘边的春草生起来，也还有那两只一直躲在水草深处的鸳鸯，也趁着第一缕阳光游了出来。疑惑的瞬间，春天再一次到了，且不管时日已经逝去了多少，但生活肯定要再一次启程。磨磨镰刀收拾收拾背篓，是该上山看看土地，该收拾收拾土地准备新一轮播种了。一孑池塘，让人看到的，是季节亦是时间的脚步。

夏日来了，田地里的庄稼都在趁着季节猛长，那就不管它了，就让它自己去长吧。人就只到池塘边看看荷，看看蜻蜓，再在那竹林里坐着，聊着，说一句家长里短，看一眼池塘芳华，虽然不一定有诗意，也不一定要有诗意，可那日子的一份踏实，就放在那池塘里，也放在了心上。

秋天了，荷枯的事情亦不要管它，就只把那收割了的葵花秆，一捆捆地用绳子扎紧，然后放进池塘里，泡软之后，再晒干，然后便可在未来的每一个夜里将其点燃照亮。一孑池塘，它其实还就是乡村生活的某个入口。

　　冬天了，冬天其实什么都可以不看，也没什么可看，一切事物都被落雪所覆盖。那么就想想一个池塘，想想一个池塘的春夏秋冬。当然也可以什么都不用想。但想或不想，池塘都在那里。

世俗山河

乡村手艺

乡村的父母，待孩子稍稍懂事，时常挂在嘴边以做训导的一句话就是："天干饿不死手艺人。"其意就是希望孩子们长大成人后均能学成一门手艺，这样便可保证一生衣食无忧。尽管父母们更希望孩子将来都能于诗书中实现富贵之梦，可同时亦觉得那梦毕竟遥远缥缈，相比之下，学成一门手艺，倒要现实得多，就好比一个仰望云端，一个俯视脚下，两者竟有云泥之别。

可真要成为手艺人，亦不是一件容易事。首先得有师承，其次也得自家孩子有此方面的资质，其三还得看机缘。总之一个人要成为手艺人，委实有太多的条件，凡缺一而不能水到渠成。所以能成功做到的，往往只有寥寥几人。而这几人，往往便如月亮星子一般，得到众人的仰慕。

手艺人之中排名靠前的，当数石木二匠。因为人生诸事，当数起房造屋最为重要。村人总把自己比喻成一只鸟，总说鸟儿去早来晚得有个窝，这窝即是不可或缺的一栋房屋。村人眼里心里的比喻，总是贴切生动，既不形而上，亦不高大上，只于平常事物中就地取材，却往往传神无比。眼里心里既贴着地面，所以对于起房造屋这样的人生大事所依赖的石木二匠，自然就成了手艺人之首。

石木二匠，或许同是起房造屋不可或缺之两翼的缘故，所以据说都师从鲁班。而又因时代越远，人事越觉神秘之因素，鲁班在后来已不仅仅是村人的授业恩师，而且是上升到了神祇的位置。可以佐证的例子有三：一是每家每户的神龛上均有鲁班先师的位置；二是立房上梁之日，必定要祭祀鲁班先师，除了对恩师授业的感念，更是祈求保佑立房上梁以及主家日后生活诸事顺利；三是还有更神奇的传说，据说世上留有一本《鲁班书》，该书已不是如何造房起屋的技艺之书，而是涉及法术方面，若是谁有幸学成，就能行常人所不能行之事，就好比那黎山老母，好比那樊梨花，一个人可以立起一栋房子，可以折下三根茅草做千里之外的杀人利器，可以让一锅豆腐再怎样添火亦无法煮熟。说得有鼻子有眼的，便是说某家某年起房造屋期间，总是好茶好饭招待匠人，后来房屋落成送走匠人时，因为杀鸡摆饭时未把全部鸡身奉上，由此怠慢了匠人，于是匠人便施法术算计主家，欲使主家行败落之运，可当匠人路上累了歇脚，打开包裹看时，未摆上饭桌的鸡肉全都齐齐整整地包在里面，于是匠人惭愧，复又急急返回主家重施法术以作弥补，云云。总之都是说石木二匠的神秘，说要对石木二匠行尊敬之礼。

可这些毕竟都只是传说，究竟世上有没有《鲁班书》，有没有懂得法术的石木二匠，我不得而知。只是对石木二匠的尊敬，确是亲眼所见。我父亲在三十几岁时起房造屋，每餐必以七盘八碗招待石木二匠，匠人们进餐时，我们兄弟姊妹一帮小孩必得远远

197

世俗山河

避之，生怕有莽撞言行得罪匠人，总要等匠人吃好喝好后才上桌吃饭。房屋落成后，还每人捉一只大红公鸡相送，此后路上逢着或是酒席上相遇，也总要殷勤问候，点火递烟，总之是把那一份尊敬，做到了表里如一，并且为时长久。我小时看到石木二匠享受这样的尊敬，总是羡慕，觉得如果一个人能成为石木二匠，便一定是人生最大的荣光。

除石木二匠外，铁匠亦是人们所向往的职业。因为做犁做耙，打制锄头镰刀等一应农具，均离不开铁匠。村人之中，总不会缺少那么一两个会说古书的，所以日常之间倒也听来了比如尉迟恭先是打铁后来成为唐朝开国名将的故事，所以在看那铁匠于火星四溅中却能安之若素地指挥那看似凌乱实则是行进有度的叮叮当当的铁锤时，往往还会恍惚，觉得那铁匠说不定就是能统率千军万马攻城略地的尉迟恭转世。再或者有可能就是那个乡间打铁的嵇康，那个留下千古美名的高洁之士。日常之需加上一份猎奇心理，使得一个铁匠铺几乎就成了村人闲来忙时都要光顾的地方，成了村里最热闹的所在。

农活忙时，必得要去铁匠铺购买农具。买好农具后，买主和铁匠之间至少亦要互相点上一支烟，并顺势说说农具和庄稼，说说立春和雨水，说说谷雨和夏至等节气，再才是扶犁下田之事，每天亦有三两个人来往于此。农闲时节，几乎一吃过饭，除持家主妇（那时候妇女们很少在公共场所露面）外，几乎所有大人孩子都往铁匠铺跑。也没有谁招呼，也没有谁强求谁，总之就那么约定俗成，就那样各自都把铁匠铺作为聚集的中心。也曾有人想在那里仿效杨露禅偷师学艺，梦想学成后自己亦开个铁匠铺让自家成为村人仰慕的对象，所以一边跟村人闲聊的同时一边就偷偷注意看那挥舞着的铁锤的节奏（据说打铁的主要秘诀就藏在那里）；也曾有人学古人下了拜师之礼，希望被收为关门徒弟，总之一个关于铁匠的梦，在不少人心中点燃。但自我七八岁记事起，十五岁外出读师范，我在乡村的七八年间，铁匠从未收过任何一个徒弟，亦未曾有人偷学成功。只是后来听说村里陶姓人家因为患病连续死了好几口人，就只剩下兄弟俩，铁匠因为同情其遭遇所以破例收了兄弟俩为徒，并希望他们以此手艺重振家业。

事情至此，我觉得铁匠铺应该是个很有故事的地方。在中国式的传奇和演义里，铁匠这样的行为往往被视为"侠义"精神，亦是民间所尊崇的"道"，蕴藏了对于善良美好的主流价值的认同。唯一觉得遗憾的是，待兄弟俩终于学成，时间已进入改革开放，农耕文明快速式微，打铁手艺已经无力承载一个家族的振兴，铁匠一腔心愿无奈落空。但铁匠之爱心，却已深入兄弟俩心魂，后来铁匠去世，兄弟俩终日跪守灵前执弟子之礼，其为人的忠贞与敬和孝一直传为佳话。

二十世纪七八十年代的乡村，骟猪匠虽然被视为"小儿科"，却也算得上手艺人，至少在村里行走，亦能混口饭吃。村人养猪，并不像今日之规模养殖，亦不是以赚钱为目的，只是觉得一日三餐剩下的残汤剩水倒掉可惜，于是买来一两只猪仔收捡，加上喂到年关，还可将其宰杀，除了可让年夜饭丰盛外，亦可制成香肠腊肉，平时有客人来，便取出招待，一方面彰显自己家底的殷实，另一方面也行了待客之道。还有宰杀年猪时，可以取出"猪尿泡"，将其洗净充气扎好口子后，一根线子拴着，当作今时那花花绿绿的气球，让孩子拉着满村高兴地跑，亦算是节日的乐趣之一。年猪被宰杀后，便要在正二月里急着买回一两只猪仔，俗称"接槽猪"，意即不能让猪槽空着的意思。直到现在，我都觉得这名字形象生动。我因此还信民间乡村的生活与智慧原本可以长出文学的枝叶，一举手一投足都可以看得见那文学的妙意。

买回"接槽猪"后，骟猪匠往往不请自来。正二月里便是他们走村串寨寻生意的季节。他们每人手里把一只铃铛摇得脆响，铃铛响起时，早有买回猪仔的人家守在他必经的路口等着了。取来一盆清水，再把那薄而锋利的刀片在磨刀石上擦拭几下，两脚踩紧被主家捉上来的猪仔，三下五除二就完成了手术，后来我上师范读到《庖丁解牛》一文，便总是想起这样的细节，总觉得他们都是那游刃有余之人。骟猪匠一边把骟好的猪仔放回圈里，一边就对着主家唱起祷词："对年对节三百斤！"祷词亦只此一句，旋律亦很随意，可主家听了却满心欢喜。于是除了付手术费外，总还要马上烧饭煮茶，热情挽留，如待贵客一般。

邻村沙包出过一个骟猪匠，姓张，有妻无子。每年我父亲买回"接槽猪"后，便是请他来帮忙。他跟我们家还有点亲戚关系，父母让我们叫他"叔外公"，他来帮忙是不要钱的。他手艺极好，经他骟过的猪仔一律都长得壮实，更没有被骟死的，这样的记录几乎完美地成就了他的声名。他不独帮我们家不要钱，上邻下寨凡请他帮忙的，亦不要钱。有要给钱的，他就推说上邻下寨一家亲，仿佛谁给钱就是把他当了外人。但他极好饮酒，而且每饮必醉，醉了却又不在别人家留宿，总要趁醉往自家赶，还要让人家把随身携带的葫芦灌满，然后拖着一个瘦长的身子，在山路上一路趔趄前行，要是手中有把摇扇，头上有个破帽，还真是个活脱脱的济公和尚。先前村人倒不觉得他饮酒过度，后来倒让村人烦了，宁可花钱请那些走村串寨的骟猪匠，也不再请他。或许是因为落窦，后来他很快死去，死时身边就只几样骟猪用的工具和一只酒葫芦。自他之后，上邻下寨再没有出过骟猪的，骟猪的手艺，也由此没落。

最难学的手艺当数"巫师"。我村"巫师"跟沈从文先生所描写的湘西之地的巫师大抵相似，沈先生说："因年龄、社会地位和其他分别，穷而年老的，易成为蛊婆，三十岁左右的，易成为巫，十六岁二十二三岁，美丽爱好性情内向而婚姻不遂的，易落洞致死。"总之都以神为对象，总之都是人神交织。可我村跟湘西一地又有所不同，我村只是把"巫师"视为一种手艺，而且这手艺并不像湘西之地的"蛊婆"之类的报复害人，只是借神之手替人行消灾致福之事。我村巫师，以性别分为两类，男性可学"道士先生"，即看风水之地和择安葬、起房造屋吉时之用，女性可学"魅拉婆"，即跳神、看病、算命等，两者恰好涵盖了民间乡村人生所需。前者学得端正堂皇，因为不论真假，不论是否具有神力，反正有书本可循，总算得上像模像样；后者则要诡异得多，往往是成年女性，据说大病一场后，人就突然"通灵"了，整日大唱大跳，唱的都是神鬼之词，跳的亦是巫舞，一直要请得在她之前就已成为魅拉婆的来对其行"安慰"之礼才安静下来，而由此之后，新的魅拉婆便诞生了。

道士先生掌管的是生死大事，所以最得人敬畏，所以以"先生"称之。凡有人去世，必得要请道士先生，所以道士先生亦算得上"吃百家饭、挣百家钱"的手艺人，因而想成为道士先生的亦不乏其人。可在我印象中，先是我村没有出过任何一个道士先生。邻村丰洞某姓人家有兄弟三人先后拜过师，最终却没能学成，只略略懂得在办法事时唱诵几卷经文。邻村沙包我母亲认的一门亲我喊舅舅的亦学过一些，亦能单独给人看地择日，只是人人都说他学艺不精，我亦多次听父亲说起对他手艺的不屑。也正因为这样的原因，道士先生的手艺在我看来，较之于其他手艺，更是深奥神秘。魅拉婆这一行当，做的都是些不正经事，譬如给人家跳神赶鬼祛病，譬如走村串寨去给人家抽签算命，好在亦相当有市场，亦能挣些小钱补贴家用，是很多成年妇女向往的职业之一。可是虽然向往，亦不是所有妇女都能学成的。因为要做一个魅拉婆，首先必得要很恰巧地患一场病，并且其主要靠唱功，还有跳起来时，必要披头散发，做成神鬼附身的样子，毫无美丽优雅可言，所以身体好的，唱功差的，脸皮薄又爱美的，往往吃不了这碗饭。

到我，父亲亦曾希望我能一艺在身，饱暖一生。只是经他把脉后，认为凡是乡村手艺，于我均不适合。做石木二匠、铁匠我缺乏力气；做骟猪匠在他看来是实实在在的"小儿科"，为其他艺人所不屑；做道士先生虽被人敬畏，可总是迷信，不是正经之事；倒只是那诗书之梦，虽然遥远缥缈，但终究是正途。因此，六岁那年，父亲便很郑重地把我送进了学校，之后无论生计如何艰难，他总咬紧牙关自己苦撑亦不把我喊回。如今仔细想来，我父亲在他那一代人中，确实有他的开明和独到之处，他的实事求是，他的站在泥地上却敢于对云端的仰望，对正途的希冀，其实是可以作为某种精神学习的。

生死有梦

　　古人说"镜花水月"，又说"画饼充饥"，说的好比梦境的恍惚迷离。我今写村人的生死，亦好比在那梦里驻足彷徨。

　　村人自视命贱，凡一出生，便会拿一命贱之物为其小名，如狗儿、猫儿，或者葫芦、斑鸠之类，凡是嘴里叫得出的，眼里看得见的，无论是动物植物或是没有生命的物件，均会成为村人的名字。在村人看来，人与物一样都只是低贱，也只有在那低贱里，才能像那些泥土上的事物容易养活，一个人的三魂七魄才会有人世的烟火味，日子也才会牢靠，并充盈丰沛。

　　只是热闹却是必需的。一个生命诞生了，不管是狗儿、猫儿，也不管是葫芦、斑鸠，庆祝的仪式总是要举行。一村的人，你家一升米，我家几个鸡蛋，关系走得比较近的，就买上一些婴孩的衣物之类，外加上十元五元的现金，主家则用村人所送东西换成一轮轮的流水席作为对村人的"还礼"，多的两三天，少的一天。一村人事情再忙也暂时搁下，只聚在那流水席上言笑晏晏，一起表示对那新生命的欢喜。

世俗山河

热闹一过，便意味着新到人世的婴孩已经在村里取得了合法地位。从此村里凑钱造桥修沟，族里清明上坟凑份子，都要把这个小孩的名字记在头上。新添了人头的人家整天也是春风扑面般的笑意盈盈，总觉得人世从此又多了份希望。多年不添人头的人家，为此还总是忧郁，人前人后郁郁寡欢，并始终觉得矮人一头，仿佛人世的喜乐，便都系在一个新的小小的生命之上。

到了读书年龄，不管大户小户，不论家里有钱没钱，照例都要把孩子送到学校读书。上学之时，也必得要给孩子取个正经书名。村里人总说桥归桥路归路，小名猫儿、狗儿、葫芦、斑鸠的虽然容易养活，可是到学堂里终究显得不正经，于是总得请个识得笔墨的先生到家来，甚至还要摆上七盘八碗以示郑重。先生亦知主家心思，便总是以"富""贵""贤""达"之类的词相赠，结果除了姓氏和字辈的区别外，满村均是"富贵贤达"，一个个名字底下暗藏的某种期待，就好比枝上梅花，一朵朵见证内心的春之粲然。

上辈人虽然很少有人进过学校，骨子里却一直有着耕读传家的意识。除了耕之外，如果一个人家还能有点诗书味，便往往被视为兴旺发达了。尤其是村里大户人家，或者是祖上曾有过几亩薄田，或者是祖上曾有过读书人，即使现在是败落了，常年也都要在门头与神龛上贴着"耕读传家久，诗书继世长"之类的对联。其时，我一个小孩，每次从这些对联下走过，抬头看见那大红纸上温润的字迹时，心里也总会有一种清仪与肃穆，总希望自己也能被那个梦所照耀。

我们李氏，跟村里其他姓氏比起来，无论是在村里的历史，还是祖上各辈的经历见识，虽算不上大户，亦总算得上有头有脸的人家。最有力的证据是村里所有的旱地，就是李氏的祖上亲自开垦出来的；李氏各辈之中，总有识得一些笔墨的人，据说在我曾祖那一辈，有曾祖能为人拟写契文并帮人打官司；到祖父那一辈，有堂房的大爷爷能唱诗书并写得一手清秀的毛笔正楷；到父亲这一辈，先是父亲外出进厂当工人，见过世面，并经常在大会上作发言，并且那发言便是他自己的原创，亦算是有些笔墨。后有我三叔当小学教师，亦习些诗文，虽是半途而废，但因了教师的身份，亦算是个文化人。再之后又有年纪稍小的堂叔也即堂房大爷爷的小儿子大学专科毕业，并当上了干部，虽不以诗文为长，却真正把所谓耕读和诗书之梦做成了主业。

这些所谓资历，或是文脉，虽也仅是最卑微贫贱的草根一族，却为李氏各辈积累了一定的诗书意识，到我父亲这里，还成了训导我们为人为生的根本。记得每年春节，当父亲把对联贴上门头与神龛时，便要为我们重复讲解那"耕读传家久，诗书继世长"的意蕴，嘱咐我们在学校里务必要认真学习。一个梦总被他年年讲，翻来覆去地讲。就好比他在日子中对泥土和庄稼的亲近，未曾有半分疏离。我们兄弟姊妹共五人，均出生于七八十年代。正是物质生活极度贫困之时，尽管如此，父亲还是咬紧牙关供我们完成了学业。除大姐贪玩不爱学习，初中毕业在家务农外（后来当了村支书，为一村之事跑出跑进），其余四个均职校毕业并有了正式工作。尤其是我，工作之外，还喜读书作文，并以此作为一生的主业，也因此获得了"作家"的称号，亦让父亲觉得脸上有光，并清晰地看到了他所期冀的那一份兴旺发达。

其他姓氏人家，虽亦有读书梦想，或因家贫中途辍学，或因孩子本人上学几年后发现自己并不喜读书所以放弃，总之很少能有人读书参加工作，至于如我一般以读书作文为一生陪伴的更没有。

潘姓人家到山东进厂一人，后来因为上工操作不当死在车间；再后来又陆续有人死在外出打工的路上，每次骨灰到时，总是举村叹息，均说到底还是读书参加工作才是安稳正宗之事，一份耕读之梦始终萦绕于心，亦使那心，隐隐有人世的希望和安慰如粒粒火星闪现。

然而梦想归梦想，更多的村人均只能在日出而作日落而息里讨生活。一个人出生了，中途辍学了，紧接着就长大成人，寄寓在"富贵贤达"里的梦想早已破碎，唯有泥土以及泥土之上的庄稼才能让人感到活着的踏实。又多年后，年老力衰，一个个的"富贵贤达"就都成了贫困户，村里的救济粮头上，一律都是"富贵贤达"，成为笑谈的同时，亦衬出那梦的无依无凭。一直到某天死去，那关于"富贵贤达"的梦想，依然如镜花水月、如画饼充饥一般遥远迷离。

古人说"浮云蔽白日"，在村里，"富贵贤达"真真好比那浮云遮蔽下的白日，只是恍惚混沌如一梦。包括我们兄弟姊妹，尤其是我自己，虽然有幸离开了泥土，因为诗书而获得了一份安稳的生活，可终究不富不贵也不贤达，并且也仅仅是以那诗书作为从物质到精神的慰藉。就像村人的生死有梦，亦只是真实，真实得就好比那日出日落，好比泥土庄稼在日子里不停地行走。

煤油灯

总有一盏灯，亮在乡村的夜里。

灯是煤油灯，在煤油灯之前，也有人家用桐油点灯，可桐油价钱太贵，除了需要时稍稍捻亮一下，然后便赶紧放熄了。到有煤油时，虽然价钱也照样贵，可跟桐油比起来，总要便宜些。于是，虽然也还节约，可点灯的时间，也就多了些。一盏煤油灯，就这样亮在了乡村的夜里。

制作煤油灯离不开墨水瓶，还有做灯芯的白纸。白纸好找，家家户户都要祭祀先祖，祭祀时必得要有一刀两刀的白纸，随便用剩的一点，都可以用得上。墨水瓶不好找，只能到有孩子读书的人家或是学校里去寻，虽然往往颇费周折，可总能找到。灯管则县城才有卖。记得我一个人到乡中学读书住校，为了制作一盏煤油灯，就专门走了几十里的山路去县城买了一根灯管，然后又走了几十里的山路回到学校。我是天不亮就上路，回到学校时，天早已黑了。一盏灯的到来，有时也还是多年后难忘的一段经历或是故事。

世俗山河

虽然点灯的时间多了些，可几乎每家每户都只用一盏灯。要到另一个房间拿东西，或是要到牛厩猪圈添送草料食物时，便提着灯盏走。当然，条件好的人家，有时也会有两三盏灯。还有一种情形是，如果谁家有未过门的媳妇来看门户，为了让对方觉得这家里日子还算殷实，即使是借，也要借来两三盏煤油灯，从灶房到堂屋到卧室，几乎每一间屋子都要点亮灯盏，仿佛日子的兴旺与人世的繁华就在那灯盏里被照亮似的。事后虽然心疼，可想想多烧了点煤油，却换来了一个儿媳妇，毕竟是一件值得的事情，于是心也就平稳了许多，甚至还有温馨弥漫了。

　　我们家却是很少点灯的。晴天入夜后，一般都会有月亮，靠着月光，母亲总能把饭煮熟，一家人也能在那朦胧的光里把饭吃完。至于之后的上床睡觉，则更不需要煤油灯了。月光总是透过窗户落下来，直接就落在了床上，睡下之后，还可以看见月亮就像一盏灯，正高悬在我们的头顶，仿佛要把生活的每一个角落都照亮。到冬天时，则只需把火塘里的柴火点燃，就可以照明了，即使父亲偶尔要翻翻书，只要把头尽量放低，把书靠近柴火，就能看得清那些字。没有月亮的晚上，我们也可以点燃一截先是在池塘里浸泡复又在太阳下晒干的葵花秆，照着我们在房前屋后去做一些白天来不及做的事情，或者就走走村串串户，参与村里人家的大行小事。当然，如果是暴风雨之夜，母亲就会点亮一盏煤油灯，一家人围着一盏灯相互壮胆，祈祷这暴风雨不要给村子造成灾难，并盼望着它快点过去。我知道母亲的心思。在暴风雨夜里点亮一盏灯，其实是为着驱走一份恐惧，母亲怕雷电吓着我们；甚至极有可能是，在看着一盏灯时，母亲内心的祈祷和盼望也在一点点地被照亮。母亲点灯的情形还有一种，就是家里来了远客后，一般母亲都要把灯一直点亮，直到客人上床歇下后才熄灭。当然也不是为了面子，而是母亲觉得，黑灯瞎火的并不是待客之道。尽管日子艰难，可艰难也只能自己压在心里吞在肚里，人世的礼仪该抬上桌面时也还是要抬上来的。还有就是，我到乡中学读书住校，母亲却叮嘱我不要怕浪费煤油，只要能多看书多做作业，即使浪费点煤油也无关紧要。各种情形综合在一起，让母亲的形象，在一盏煤油灯里逐渐明晰，也让我在多年之后，都还会想起那日子的艰难，以及一个母亲清仪的内心。

甚至是由母亲这里，我总还会想起诸如凿壁偷光和囊萤映雪之类的故事。或许没有经历过一盏煤油灯的人，总会怀疑这些故事的真实性。但我是真切地相信，从墙壁上一个洞孔传过来的光线，一只萤火虫身上的微光，一缕白雪之上的光芒，是真的会有人为之珍惜的，亦是可以照亮某个人生命行程的。当然，这或许是联想的有些远了，可我相信，在一盏灯的精神深处，它始终同出一源，都是人世底色的某种参照。

我就是这样的，在乡中学读书住校，虽然母亲嘱咐我可以不用节约煤油，可我还是把灯芯挑到最矮，只要能点得燃就行。那矮矮的光亮从灯管里冒出来，豆粒一般大小，照亮得了书，却无法照亮作业本，于是就不断地将灯盏在书和作业本之间来回移动。有时煤油没了，我就独自坐在离同学们不算远的地方，蹭从他们那边映照过来的余光看书或是做作业，好在总有那么几个同学是从城里来的，也不在乎那一盏两盏灯的煤油，甚至也还同情我们这些乡下的同学，所以总算在那煤油灯的光亮下顺利完成了初中三年的学业，还考取师范，跳出了农门。如果说正是一盏煤油灯，那点点微弱的光，改写了我的人生，其实亦是不为过的，并无任

贰 世俗山河

何夸大。

除了用墨水瓶来盛煤油外，也还有用盐水瓶的。有心的人家，瞅着在乡医院输液的机会，厚着脸皮跟医生要了个空盐水瓶，再到县城专门订制了个足够大和足够长的灯管，再搓了一截长长的灯芯，再又找来四块玻璃，制成一个四方形的瓶子，再把灯盏放进去，一盏大型的煤油灯就这样隆重地诞生了。灯虽然也还是煤油灯，可这灯盏，却已经不同于一般的灯盏了。为了区别于其他灯盏，人们还专门给它送了个名字——"四方灯"。四方灯制成后，也有人觉得多余，甚至觉得有些奢华了，还有个别人甚至怀疑这是在充摆门面，总之有人因为一份与众不同而有异议了。可当四方灯派上用场时，有异议的人却又满心羡慕和向往。四方灯不仅光亮大，而且安全，即使提着在屋外走，即使风大，也不会被吹熄。还有就是提着去给牛添加草料时，因为隔着玻璃，不会有把草料点燃的危险，而村里接连发生的好几起火灾，就是有人家在提了普通的煤油灯去给牛添加草料时，不小心就把牛厩楼上的稻草给点燃了，一直把整个村子都烧光了。一盏四方灯，就这样成了稀罕贵重的物品。

那时，村里时不时就会组织播放一两场电影。有时邻村也组织放电影。电影散场时，一般都是深夜了。乡村的夜一般都来得早，虽然只是晚上十点左右，却已算是深夜了。这个时候散场，不见亮了。在村里看电影的，因为路熟，距离也不远，不用提灯盏，摸索一阵后，总能回到家。在邻村看电影的，总要提着煤油灯去，但若是一般的灯盏，往往点亮走几步后，就被风吹熄了；再点亮走几步，还是被风吹熄了，到最后只听到呼呼的风声，而灯盏无论如何点不燃了，于是索性就不再点灯，只高一脚低一脚地摸索着往前走了。有的还因此跌倒，崴脚，走不动了。而再看那提了四方灯的，眼前那团光亮始终亮着，走路也像白天一样，慢慢地，也是稳稳地；提着四方灯的人还走到脚被崴了的人跟前，蹲下去，将其搀扶起来，一边扶着人往前走，一边就说，"咋不提盏四方灯呢?"那言语虽然有优越感，可崴了脚的人已不再觉得对方是显摆，只是恨不得自己立马也能拥有一盏四方灯。

可是能提四方灯看电影的人家并不多。一段山路走下来，至少要烧掉一个人两天的口粮。所以即使是羡慕和向往，也只能是对其保持遥望的姿势。但又有另一种不同的情形是，当正月一到，快要到元宵节时，村人们却开始凑份子制作四方灯了，至少也要制作二十盏。元宵节村里有唱戏的习惯，这戏就来自六百年前的江淮之地，是朱元璋调北征南时随军带来的，到最后就在这里落地生根了。虽然到最后也都只是一场普通的戏，可一想着跟皇帝有关，那日子就真的特别起劲。所以即使生活再艰难，在凑份子时，谁家也不甘愿落后，甚至还有主动多出的人家。二十盏左右的四方灯，前后左右地挂在戏台上，还扎了红红的灯笼来陪衬。那一份热闹，的确是平常日子不会有的。

唱完戏后，家家户户就在神龛上点燃一盏灯，以待元宵了。俗语有云："大年三十夜的火，正月十五的灯"，意即大年三十夜里，不论大家小户，务必要烧起一堆大火，而在正月十五里，则要点燃一盏灯。大年三十夜的火，寄予着来年炉火旺盛，生活红红火火的期盼；正月十五的灯，则跟香火和一段传说有关。一般是吃过元宵晚饭，再查看一下神龛上点燃了好几天的灯盏后，就又提上另一盏煤油灯，走到先祖的坟头上去点燃，据说这样一是能让先祖庇佑家族香火有继，二是能照亮先祖们回家的路。而这盏灯，自从人死之后，其实就点燃了。人死之后，最要紧的，就是在棺材下燃起一盏灯，灯火一直不准熄灭，名叫"长明灯"。为了确保灯一直亮着，还要专门委派两个未成年的男孩子及时替换添送煤油，还送其名为"香灯师"。此后每年元宵节晚上坟头点燃的煤油灯，都可以视为这盏灯的延续。而关于这回家的路，我最初以为仅仅是指从墓葬之地到村里的距离，后来才知道，这条路远比这要遥远得多，当然也沧桑得多。在村里老人的指点下，才知道这亮灯的背景跟唱戏差不多，说的是自从我们六百年前飘落这里，对江淮故地的回望却始终没有中断过，即使是死了，亦要在死者的坟头点燃一盏煤油灯，以期照亮亡灵回家的路……

一盏盏的灯在坟头上亮起来，它所照耀的，其实便是那灵魂之上的一缕乡愁了。但我又很是为此说而怀疑，尤其是当我站在高处看过去，看到白天看不见的坟墓，此时就都像另一个个星星点点的村子全部呈现在眼底时，那一抹迷离的生死界限就会让我觉得无限彷徨，就会想：在那灯火之间，是不是真的有一条路，能让我们穿越生死，一步步回到传说中灵魂的故地呢？故地迢遥，乡愁沉重，时间与岁月早已面目全非，一盏煤油灯，真的能背负如此沉重的使命吗？

还有，当我站在这里，当我还没来得及想清楚点亮在生与死之间的一盏灯时，煤油灯就已经被电灯取代了。神龛上和坟头上点燃的灯盏，也只是空有其形而无其实，灯罩里亮着的光源，虽然其光焰比以前明亮多了，可无论如何看，都少了人世的烟火气，就像纸花塑料花一样，终究没有那露水汤汤的感觉，所以终于觉得离人世是远了些；甚至是，先前那些由心所生的情愫，似乎也一下子遭到了质疑，那些曾经的，多年来一直让人温暖的，复又变得生涩和冷凝起来……

今夕复何夕，共此灯烛光。什么时候，我能再看到一盏煤油灯照亮在乡村的夜里呢？也许，再也看不到了；也许，我只能在记忆中看到了；也许，我真的只能把一盏煤油灯的影子，独自照亮在我心上了。就像一切已经逝去的不可能再来的时间与事物，我只能独自在心上，默默地，致以那遥远的祭奠了……

民间乡村

天地君亲师

民间乡村，家家户户必设神龛，神龛正中必贴上五个字："天地君亲师。"逢年过节，或是婚丧嫁娶，便焚香燃烛对其祷告，不仅仅是祷告的人需要面目肃净，即使在一旁的妻子孩童，也不能出声，仿佛乡村的礼乐大典，很容易让人想起人世精神的慎重与端庄。

我小时候每每看着父亲行那仪式，便会立身噤声，仿佛深渊薄冰在前。虽然懵懂，总觉得在那五个字里，必定藏有人世的崇敬，甚至觉得人世的秘密，或许也藏在那里，而自己关于人世最初的想象和憧憬，经后来确定也是从那里开始的。

那五个字，除了要居中外，一笔一画一定得用颜氏正楷，还必得要请一个从旧年的私塾里走出来的老先生执笔。老先生青衣善眉，挥毫运笔一如古风流转，也唯有这古意，才配得上那五个字里的肃穆——天地如神，君亲师如礼；在人世，似乎这便是准则，是皈依。

天地君亲师的旁边，是一行清秀的行楷："耕读传家久，诗书继世长。"比起那一笔一画的端正，这稍稍又有了几分人世的率性，从笔法到内容，似乎就像那清肃之地升起的一缕烟火，隐约地透出世俗的气息，并紧贴乡村的日常。

敬神知礼的同时，便是来自俗世的期待，直如荒寂野地的一朵菊，众木枯萎中，虽不敢说照亮了乡村的日子，却一定是温暖涌动的。尤其是多年后，当乡村日子照旧，耕读与诗书却如梦般始终缥缈难觅，这期待就越加显得质朴无比，宛若盛世繁华下的清守与坚持。

天地君亲师两旁，便是灶王菩萨和四海观音等一般神祇。众神分居两侧，宛如众星拱月，把那原本俗常的几个字，推上了至尊至崇的位置。而人世的尊卑友爱秩序，便在这最初的牌位里形成。只是让我觉得惊奇的是，天地君亲师原本只是庙堂上的思想，想不到在民间乡村，也会有如此热烈蓬勃的景象。

年节过去，婚丧嫁娶结束，天地君亲师依然高悬于神龛正中，而且在神龛上，除了一对永远摆放的香炉，必定不能搁置其他杂物，要保持从始至终的清洁。每隔三两日，父亲便要为之擦去尘埃，仿佛菩提树下的殷勤拂拭，其间的坚持与虔诚让人动容。四季之中，日子虽然忙碌，却不可以忘记一份崇敬和礼数。《论语》里有"慎终追远，民德归厚"及"不知礼，无以立也"的句子，仔细想想，或许在我的乡村，也有这样的文化自觉，一如流落民间的奇花异卉。而这算不算意外中的人世景致呢？因为在乡村，真实的情形必是：一方面是高悬天地君亲师的牌位，另一方面却是日出日落，锄禾担柴、渔樵闲话才是正经事，至于诗书之类的精神话题，总是远在日子之外的。

菩萨引

梵语上说，菩萨是觉悟的众生，又是使他人觉悟的有情。也就是说，凡已觉悟者，凡一切能使人觉悟者，一切有情，均是菩萨。

菩萨来到民间乡村后，似乎就有了点以讹传讹。先是《西游记》里手持净水瓶和杨柳枝的观世音形象被认作菩萨。再后来，一个洞穴、一块石头、一棵树、一朵花，只要其形稍有奇异处，都可以被视为菩萨之身。身形尚且幻化无常，自然更不敢奢望对那菩萨真意的理解了。

不过，这些似乎都不重要。重要的是，在民间乡村，菩萨只有一个最确切的定义：替人祛邪消灾的神。我小时候每每见到家家户户张贴的观世音画像，便会觉得有神秘自头顶流泻而下，直逼全身，每一个毛孔均觉得似有凉飕飕的冷风吹过，也总会觉得，这仙界与地上俗世是不同的两个世界。

再经过那些被视为菩萨的洞穴、石头以及一树一花时，内心总是惧怕，眼睛丝毫不敢斜视它们，只紧紧盯着脚下的路，甚至恨不得生出一双翅膀快速飞过去，总觉得唯有这样才不会得罪菩萨。这样的心理又是一种奇异。按理，菩萨既然是祛邪消灾的神，就必定是好神，对人应该可亲。但我小时候每当路遇菩萨，都要惊慌失措，总觉得会有一只手从那里伸出来，将我拽走似的。我也终于明白，仙界与地上俗世，即使内心各自觉得亲，也各有各的排斥和拒绝。

凡村里人生病或是有了三灾八难时，必定要来拜菩萨。拜菩萨时，张贴的观世音画像便不再起作用，必得要到观音洞或观音庙去拜真身，去时必定要扯上一丈二尺的红布，以及足够的香蜡纸烛。如果不灵验，那就改到洞穴石头或是一树一花之前，民间乡村普遍相信药医有缘人，说不定观世音不能解决的问题，山野小菩萨却能解决。这反映到人世道理上来，便是大有大的威仪，小有小的妙处，关键还得看一个"缘"字，这样的大小此理，便是世间万物固有的秩序。

　　我小时候对菩萨的又敬又畏，仔细究来，缘于我的曾外祖母。印象中曾外祖母始终独居于一隅，远远地避着曾外祖父。曾外祖父来寻她，她也不理，却也不另嫁。没有人告诉我这其中的原因，但我想在曾外祖父那里，一定是有让曾外祖母伤透了心的地方，而且这一伤心，便是她全部的人世。而曾外祖母一生留给我的印象，便是她一个人在屋子里供起的一尊又一尊的菩萨塑像。曾外祖母终其一生都没有离开过这些菩萨，一直到死，她才放下。

　　还有一点可以确信的是：小时候我总会看见不断有人前去跪在那些菩萨塑像前，曾外祖母则安静地坐在一边，一边敲打木鱼，一边替跪着的人念经祷告，但至于菩萨是否真的显灵，人们的愿望是否最终达成，我不知道。只记得去的人始终络绎不绝，连我也曾经随母亲去接受过曾外祖母的祷告。曾外祖母清修的世界，也在这来来往往的人群里有了小小的热闹。后来曾外祖母去世，那些菩萨还在，便由她的儿媳继承了她的衣钵。只是我再没去看过那些菩萨，因为我觉得在曾外祖母与她儿媳衣钵传承的这一点上，始终有人世的奇诡甚至滑稽在里面。

土地菩萨

民间乡村的菩萨，虽然分类较多，却要数土地菩萨最受人待见。

一方面，人食五谷杂粮而生，五谷杂粮又依赖土地滋润，土地菩萨在村人心中，就好比衣食父母，一份人子的敬意切切地在那里生长传播。另一方面，又因土地菩萨心性随和，每每并不需要花冠垂旒和璎珞霞帔之类，最多是一块石质之身，并且很随便地用笔墨勾出那鼻眼眉毛，便可以领受神意了。正是这紧贴日常的气息，使得土地菩萨成为最贴心贴意的神灵。

再者，土地菩萨一般不选择地点，即使如荒野小径，也不嫌弃那四周疯长的杂草，总是安之若素地居住于此。而最为人称道的是，土地菩萨还不讲究居室的宏伟庄严，即使只是几块勉强能遮挡风雨的瓦片，也可以安顿此身。最后便是土地菩萨数量众多，要不了三里五里的距离，便能重复看见其身影，一尊尊的土地菩萨，几乎遍布乡村内外。正如遍地丛生的草木一样，那种亲切感却是别的菩萨无法做到的。

我小时候记住的土地菩萨，就有五六个，分居在村子的东南西北。每一个都极为简陋，就像一个个衣衫褴褛的村人。不过，简陋并不意味着就没有庄严，就像寻常人家，日子虽然过得艰难，内心却万万不能落魄，一种自我的圆满和修持，就像瓦檐上的炊烟，必定不能缺失。这不，仅仅从小小庙门上那一副红红的对联，便可以看见这精神的挺括与别异。对联是这样写的："有心为善，虽善不赏；无心为恶，虽恶不罚。"虽不够劲道，但一笔一画，字体饱满，颇见风骨。我小时候不大懂得这些字的意思，直到后来在《聊斋志异》中读到原句时，忍不住就惊诧起来，我真想不到在民间乡村，竟然也会有书斋深处的潇洒风流。

祭祀土地菩萨，不需特地选择日子，在村人心中，土地菩萨就跟脚底下的土地一样，无处不在，无时不在。土地菩萨不像那些高高在上的神灵，他一直就在那低处，就在人们的视线所及范围内，就在每一次日出日落上，就在每一棵禾苗拔节生长的过程里，就在每一餐饮食和每一次睡梦中，在其随时随地对人们的注视里，人们也可以随时随地对其表示敬意。至于祭祀之物，也不用特别讲究，甚至可以不用，只需烧点不多的香纸，内心便可以获得安宁通畅。

我小时候看到母亲很随意地向土地菩萨祭祀时，还心有疑问，总觉得这样是怠慢了菩萨，但当我看到如母亲一样随意祭祀的人很多时，那担心也就消失了。又多年后在《聊斋志异》中还读到"有花有酒春常在，无烛无灯夜自明"之句，遂突然有一种人世透彻和洞明之感，始觉无论是土地菩萨，还是寻常村人，彼此都从容与放达，彼此都不计较，而民间的乡村世界，也因此丰饶和摇曳起来。

指路碑

民间乡村，凡岔路口，均会看见一块块小小的石碑，上面标明此去东南西北的路，并还会贴上一些鸡毛、涂上鸡血和朱砂，借此驱邪避祟。也由于当时的涂抹很是用力，虽经风雨剥蚀，那些印记依然长留不灭。仔细一看，便知是某一孩童，于某年某月某日为路人立下的指路碑，祈望借此善事，消除灾痛云云。

这便是民间乡村的指路碑，也是民间乡村人世精神的一景。

立指路碑时，必得要请一个巫师，由巫师在前面带路，父母相携抱着孩子，跟着巫师的唱词，绕着即将立起的指路碑转三圈，三圈之后，再燃上一串鞭炮，才能将指路碑郑重立起。立起后，就摆出早准备好的一桌饭菜，再燃起一炷香，所有人便一边看着那香灰一点点脱落，一边焦急地等待。等待什么呢？原来，在民间乡村，凡爱生病的小孩，必定要为其找一个"保爷"，找"保爷"时，最好的标准是按着小孩的属相去找，比如小孩是属龙的，则一定要找到夫妇双方都是属龙的，其寓意是大龙如父母，小龙如孩子，庇护自然生成、天衣无缝；又一种认为，如果小孩是属虎的，则要找的那对夫妇，必定一个要属牛，一个要属兔，恰好将虎围在中间，上下结合的庇护，如铜墙铁壁，外邪无法入侵，从而保住孩子的平安健康。能恰巧找到的，便被认为有缘分，互相之间从此如亲戚般来往走动。但毕竟这样的缘分只在少数，更多的孩子在寻保爷时，只好退而求其次地借助立指路碑，在一炷香的过程里，如果有谁第一个从此路过，那这个人必定就是孩子命里的保爷，如果恰好是个中年人，便认作干爹或是干妈，如果路过的是年高的老人，便认作干爷爷或是干奶奶，再如果是小孩，则认作干哥哥或是干弟弟，总之称呼可以视实际情况而定，但必须选定第一个从此路过的人作保爷，这是规矩，也是缘分。

我小时也立过一块指路碑。我一出生，便体弱多病，好几次都差点死去。民间乡村原本迷信，我的父母也陷在其中不能自拔，虽然担心我早早被鬼魂收走，却不带我去看医生（当然也有可能是没有看医生的条件），只是去找了算命先生为我测算。据算命先生说，我之所以多灾多难，是因为我前生是个和尚，不但犯了清规戒律，还故意给人指错路，所以必要为我立一块指路碑并寻找一个保爷，方能化解这一罪孽。

于是，父母谨遵算命先生的指示，在某岔路口为我立了一块指路碑，并如愿为我寻找到了保爷。之后，据母亲说，我的身体一年比一年好，我一直认定这不过都是巧合，只是母亲始终觉得，我的身体之所以能够好转，完全是靠了一块指路碑的庇护。这不，母亲又是购买猪肉又是购买红布，又是焚香又是烧纸地对着一块指路碑表示隆重的谢意，除了一份迷信外，民间乡村里的有情有义和知恩图报，在此可见一斑。

直到我长大，那指路碑都还在，包括我的名字，还能在那斑驳的石纹和风雨里看出。每次割草放牛或是野玩路过，虽不去跪拜，却也双目含情，总觉得那小小石碑，便是自己的身体似的，便是自己留在那山野岔路上的魂魄。再后来，大约在我四十岁的某天，乡村拆迁，我亲眼看见属于我的那块小小的指路碑被一个庞大的挖机掘起来，然后快速地被掩埋于厚厚的土堆之下……其时，真有一种岁月苍茫、人世如梦的慨叹，并且确切地认为，民间乡村的人世精神，至此肯定到了一个岔路口。

村　路

　　仔细想想，这一生走过很多路，始终走不出的，还是村里的路。

　　那时候，屋子没有围墙，没有院落，前后左右就敞露在阳光和风雨下，每一个方向就是通往田野、山坡以及远方的一条路，一条条路就像一株老树底下伸出的根须，在地底下蜿蜒交错，仿佛灵魂和生命的密码，指引着人们的生活。

　　我就出生在这样的一间屋子里。许多年后往回看，觉得这样的比喻还真是贴切的，屋前屋后的路每天早晨都从这棵树的根部向着各个方向出发，傍晚，又从各个方向汇聚回来。一家人的生活，一个村子的日常，均在这一来一去的路上。假如真的能将此绘成一幅图案，一个乡村生活的内部结构，一定能清晰地看见。甚至时代变迁的足音，以及个体生命的悲喜，也能从这里一眼一眉、毫厘不差地呈现出来。

　　村子最出名的路，是往北那一条。往北是九头坡，是村子最大的墓葬之地。从村子到九头坡，大约三里的沙子路。一个人死了，吹吹打打的，就被抬往九头坡去了。还活着的，也知道终有一天，也要吹吹打打地被抬上去。甚至一个刚出生的人，只要一看到往北的小路，就会让人联想起后来的某天，被吹吹打打抬上九头坡的场景。又还有某个患病了的人，在执意拒绝医药后，就会说："人终究要上九头坡，有什么可怕的呢？"还会有人开玩笑，说某天晚上梦见自己在九头坡修建了一间房屋，又宽大又舒适，死后定能埋块风水宝地。几句话把死亡说得轻盈无比，就像说着刚刚落下来的阳光，或者开在眼前的花朵。一条连着生死的路，就像村人生命的履历，从起点到终点，简单明快，没有丝毫沉重的影子。

到九头坡脚，便接上了一条马路，从乡场和中学那边过来，直接往东而去，一直通往县城。马路虽然也是用沙子铺的，只能容一辆车经过，也算得上简陋，但因为总会有汽车经过，跟其他阡陌比起来，终究气派了许多。马路延伸到水碾坡后，就不见了，被邻村关坟的一座山坡挡住。每一次，我都会在这里停下脚步。若没事，一般我不会随意跨过别人的地界。这也是乡村潜在的一种秩序，边界这边的一朵蒲公英，是我的；边界那边的一簇车前草，当然是别人的，不能乱采摘。不属于自己的，就不能有非分之想。但我还是会抬头看看挡在前面的山峰，以及山顶上的白云。尤其是躺下来时，那一朵朵洁白的云，仿佛更加悠远，阳光与它们互相渗透，那绚丽就如梦如幻了。我也忍不住会想，在那悠远的地方，会有跟村子不同的世界吗？正是在这里，我有了眺望远方的冲动。我后来离开村子，去寻找乡村之外的生活，也正是从这样的眺望开始。

从水碾坡往南过去，有一条土路穿过玉米地。因为离村子远，除了玉米地的主人，少有人迹，路边杂草和荆棘之类的植物，一年比一年茂盛，就要将那一条土路遮没。但也有人经此去坝口河。

有夏天要到坝口河洗澡的，有秋天要到坝口河看芦苇飘飞的，总会有人从此经过。有的是从马路上过，恰好走到这里；有的则是特地绕道而来，就想走走这条路。这也印证了一句老话：只要是路，就会有人走。我由此去坝口河，则是两种情况都有。当然，我去坝口河，除了洗澡和看芦苇飘飞外，还有另一件重要的事情要办。最初时，我们村子是建在坝口河边的小山上，后来觉得生活不方便，便搬到了现在的村里。如今的小山上还残留着一排排屋基，以及一些残碎的瓦片和石槽，透过这些废墟，总觉得一个曾经的村子的影子还在，甚至还能觉察到那人的气息和体温。每一次去坝口河，我都要爬到小山上站站，在这里，关于一个村子的从前与现在，与将来，甚至是生命的繁华与零落、时间的荣与枯，都能看得见。

屋子往西，是罗家大屯。出大门直到大屯顶上，是清一色的石头铺砌的路，虽然是爬坡，却很好走。为什么会有这条路呢？这得交代几句。因为我们家的屋子，就建在罗家先前的屋基上。罗家不仅仅在大屯上建有屋子，在村里亦有屋子，罗家是大户，有钱。为了方便行走，就在村子和大屯之间铺了这条路。后来罗家不在了，路却留了下来，只是也冷落了。一路爬上去，只能看见一些断壁残垣，比起坝口河河边小山上的村庄遗址，更能让人觉得世事沧桑。曾经在村里盛极一时的罗家，终究是看不见了。他们家究竟去往何处，还有没有血脉留在这个世上？都已经无迹可寻。"有什么事物能是长久的呢？"真的，一条路所留下的叹息，就像一阵风，吹过后，就声息渺渺，终是不得见了。

屋子往南，是一条青石板铺成的小路，小路一直通到小河沟。村民都在小河沟里洗衣洗菜。因为日常所需，每一块青石板都是精挑细选出来的，并由村里的石匠一锤一錾地剔除了毛边，很是整齐有致，再加上脚板的不断打磨，就有莹莹的光浮上来。夏日晚上，人光着脚板到小河沟洗脚，又光着脚板回到家，爬上床就睡觉，不用怀疑脚板新沾了泥土灰尘。小孩子这样，大人亦是这般。一条青石板路，始终干净如水洗过似的。可惜后来河流改道，青石板路被挖掉，小河沟也不复存在。再后来，改道后的河流，也断流了，河道就成了村人扔垃圾的地方，五颜六色的垃圾堆了长长一排，刺鼻的气味不用风吹也能嗅得到。有一次回村子，听母亲说家族里一个失忆了的老人，每天都会到河道去乱翻，把一些乱七八糟的东西抱回家，很是让家里人苦恼。我想，老人之所以这样做，是因为他始终记得这条青石板路干干净净的，所以选择这样一种方法回忆青石板路，亦不可知。生命中有些深刻的印痕，即使失忆了，依旧是无法忘却，亦不能忘却的存在。

从西往东，则是贯穿村子的一条河流。河流上有两座桥，一是大桥，虽称大桥，其实并不大，桥长不过十余米，却是村子中最长的桥，加之又是难得的石拱桥，要算得壮观，所以便这样叫了。二是平桥，由两块平直的石板搭在两岸上，也算是以形取名。

两座桥横跨于河流之上，就好比舟楫一般，渡人，也渡牲畜。两座桥，其实就是两条路。只可惜后来两座桥都不在了。大桥是被河水冲垮的，平桥是被后来的泥沙填没的。无论是被冲垮的还是被填没的，都很容易让人觉得它们太老了，连梦也已经疲惫，所以就不在了。就像一个人，或者一株草木，秋风秋雨之后，肉体与灵魂，再经不住那一份萧瑟，于是就枯萎下去。

桥没了，但路还在。或者从河流的浅水处走过去，或者直接就从那高处的泥沙上走过去。总之，一条河流，它仍然以一条路的身份，运转着村子的日出日落。只是作为一条河流，跟其他路比起来，又还多了份遐想。原因是河流流到白岩脚后，就流进了一个不可得见的深洞里，也不知最终是否还能流出地面，或者就永远沉入了那地底的深处——我就不止一次想，在一条河流的远处，在一条路的前方，除了有跟村子不同的世界让人向往之外，是否也还有一些未知的事物让人感到惶惑？

河流两岸是田野。跟河流不同的是，田野很宽敞，一眼看过去，就能看到它跟天边的云彩连在一起，即使有山峰从那边耸立出来，亦只像涂抹在云彩上的一滴墨似的。尤其是阳光极好时，如果是夏日里稻秧长得最茂盛的时节，那一碧万顷的绿色随田野铺排而去，一直追着云彩的脚步时；还有如果恰好有一群蜻蜓，在那里越飞越高时；还有如果再有一只鹰，在更高处盘旋着时，其间的空旷和高远，把一个村子渲染得无边无垠。有时还会想，即使是一生都不走向远方，只在这一隅天空下过活，亦是人生的晴柔与温润。田野里的水田是一块块分开的，一块与另一块之间，便是互相连接的田埂，一条条的田埂，便是一条条路。爬上九头坡或是罗家大屯，就能看见纵横交错的一条条路，这些路像穿过田野的一根根经脉，甚至还能感觉到它们的脉动，正牵动着整个村子活动的气息。一种生命的律动，让你觉得脚下的大地便是生命的母体，而我们走在上面的每一个人，都是由其滋养的某一株植物，接其地气，吸其雨露而生。

虽然是纵横交错，每一条路却都不会被走错。就拿牛来说吧。一头牛，你看它分明是在田野里一路狂奔，毫无章法，可等它四蹄落下来，却是准确无误地站在自家水田里，并安静地等着主人为它套上犁具，就像回到家里似的自然。人也一样，即使那路再如何密杂，可终究能沿着它们，日出而作，日落而息，迅速找准自己要去的地方。一条路在人的心里，其实就是人生的轨迹，不偏不倚，直到死——对了，说到死，我忍不住就有些伤感，因为就在这一条条的村路上，我始终觉得，前些年，甚至前些天刚刚从那里扛着一袋稻谷走过的王家大公、张家伯伯、陈家叔叔，或是背着一箩筐瓜果蔬菜走过的黄家奶奶、刘家大妈、伍家婶婶，一转眼就看不见了。一转眼，有的就老死了，有的病死了；还有的因为一场意外的灾祸，或是被车撞了，或是一跤跌下去，人就没了。时间和世事落在一条条田埂上，亦像那风吹落叶一般，只看一眼，就面目全非了。

一条条村路，从春种时走出来，到秋收时纷纷走回屋子。一袋袋稻谷，还有玉米和大豆，高粱和小米，一切该收获的，都沿着一条条村路，收获回家了。时间又轮回了一次，那棵老树，又增加了一圈年轮。一条条村路，总算安静下来，但也在等着新的轮回。冬天到，雪落下来。春天又一次来到，雪化去，阳光从不同角度滚落下来，从那棵老树上滚落下来，落在每一根根须里，落到每一条小路上，也落在人心里，于是，新的生活又开始了。岁月老去之时，日子复又获得新生。

我一直把这些村路视为故乡。每个人的故乡，都会有不同的具体的物象所指，譬如一间老屋、一个院子、一截河湾、一堵残剩的老墙、一口古井，甚至是西山上的一轮落日，它们是灵魂和生命的出发地，亦是归属地。如我，在外行走的许多年里，只要一想起这些村路，就仿佛找到家一样，所有的漂泊感就都风烟俱净、止息如初。其间我亦多次回到村子，每一次回去，都会一个人在从前的路上走走，有时看见一块从前的石头，或是某株草木，当它们依然在从前的地方，以从前的模样进入视线时，我还会忍不住热泪盈眶。现在，这些路都不在了，屋子不在了，河流不在了，村子也不在了。随着征地拆迁，除了九头坡和罗家大屯还在，除了太阳和月亮还在原来的位置移动，一切从前的事物都被挖掉，不在了。越是不在了，我就越想念从前它们的样子。有很多次，我都以九头坡和罗家大屯，还有太阳和月亮作为不变的坐标，试图回忆和寻找从前的每一条小路，可是我终究无法还原从前的样子。现在，从前的村子，变成了新县城，高铁站、政府机关、学校、医院，还有一排排高大的商品房冒出来，从前的村路，悉数被埋在底下。从前的记忆，也越来越模糊。作为故乡，它确切地被连根拔起了，而我，也终于无乡可回了。

无疑，我既欣慰又失落。一方面，我希望我的村子发展，能拥抱新生活；可是另一方面，作为故乡，我又很想回去，回到灵魂和生命最初的状态，那里的一草一木、一人一事，都是我情感的旧时精魂；那里的生命密码，一直是我人生行走的全部依凭。这样矛盾的心理，在一定程度上，体现了一个人于时代的滔滔巨浪中的忧郁与彷徨，就像浮在肉体与精神、理想与现实之间最后的某根稻草，我们想要紧紧抓住，却终究无法把握。

母亲的尘世

一

有一种尘世，很窄，也很沉重，就像一只蜗牛以及压在它身上厚厚的壳；有一种情愫，微小，却辽远无际，紧贴尘土，虽风雨摧残而不屈，而不悔，始终微笑着，如野地上的一朵花，独自在那里，不为人所知，亦不需人所知，我想这大概就是我所要写的母亲了，尘世在她那里，平凡中不失动容。

母亲姓刘，讳名作英。不过，人们称呼母亲，先前，只是将其隐在了我父亲的姓氏之后，称为"老李家那口子"；再后来，又隐在了我们兄弟姊妹名字的背后，称为"某某的母亲"。母亲的名字，从始至终均是被忽略和淹没的，就像她置身于尘世中，始终处于被遗忘的位置。

母亲嫁给父亲时，乘坐的是轿子。抬到洞房时，因为几十里山路的颠簸，红红的盖头下早已花容失色。那时民国已经过去若干年，坐轿的风俗快要式微，母亲刚好赶上了最后一趟。这出嫁的细节，一直被母亲视为最美的记忆，似乎一朵花得到一缕风倾心和眷顾于春天，即使只一瞬的粲然，亦足够做一生的点缀。

不过，真要问及母亲的身世，其所出身的刘氏，虽算不上显赫，在当地却也算得上名门大户。这一殊荣是从母亲的远祖开始，一代又一代积累下来的，据说母亲远祖中出过将军、进士，到零落的清末，最不济时，亦是秀才满门，书香盈户。再到她父亲，也即我的外祖父，到母亲出嫁时，亦是区委副书记，名望依旧延续。只我们李氏，祖上虽有几亩地产，但亦是久远的事了，到父亲时只剩下了寒微之身。推理下来，母亲该算是下嫁于父亲的，尽管母亲出嫁时，尊卑的秩序早已退居于时代的背后。

而这些推理，亦仅是出于我多年后的一时兴起。对于母亲，是否下嫁，她并不在意，也不可能在意，只是当父亲把她红红的盖头揭下，她便跟父亲生死不离了，便一起将共有的命运，种在这尘世里了。

二

母亲嫁给父亲时，父亲在煤矿当工人，后来厂里不睦，人事汹汹，父亲被卷入其中，甚至成了招风的一棵树。母亲不识文墨，却懂得木秀于林风必摧之的道理。再三思虑后，母亲劝父亲，人世不过在于一份安稳。只这一句，父亲便萌生退意，进而就回到了村里。再之后，不管外间风起风落，父亲跟母亲只活在自己的一隅里，虽几多苦辛艰难，却也算觅得了岁月的静好，正如那深山四季，花开花谢、叶荣叶枯，无物可扰，无物可牵可挂，独自安然。

不过，跟母亲不同的是，父亲虽因为母亲的一句话退到村里，于他却有很多不甘心。尤其是后来沉重的生活不断地向他压逼时，他就觉得了悔意，尽管他没有明说，但他一次次对自己命运的假设，以及在假设那一端的春暖花开，却分明流露出对母亲的抱怨。

母亲却从未恼过。对父亲的抱怨，对于艰难生活的感受，始终没有表现出不快，甚至一丝烦恼也不曾流露。即使在多年后，我亦会被母亲的淡定所感染，总觉得在母亲那里，是深具哲学与佛的情怀的，尽管她大字不识半个，但她以质朴的修持，完成了自己的心的涅槃。也由此，我懂得了所谓的人世与境界，其实很多时候都存在于那简单处，在那里，温暖与从容往往如浮云褪去的天空，如澄明的双目，直抵人心。

总之，回村后，母亲便在真正属于她的尘世里过活。从此，纵有千般巨变，人世在母亲这里，也仅是土里刨食的生活了。当然，亦还有承受，对生活的承受，对丈夫的承受，对孩子的承受，进而对爱的承受，满满的承受始终如土地上的风和庄稼一样，成为母亲生命里从未缺席的事物。

三

母亲留给我最深的印象，要数她落在土地上的那个影。虽然事隔多年，乡村早已隐于城镇匆匆的步伐里，土地被钢筋水泥覆盖，往事如烟缥缈难觅，外加我个人生命跌宕起伏，人世总在那翻来覆去变化的浮云之间，但那个影，却依然还在那土地上，并招我

世俗山河

惹我的目光。

　　春天了，不，确切地说仅在立春伊始，就连桃红李白都还没有赶来时，只要有那么一阵阳光落下来，母亲便要扛上锄头往地里走去了。此时年节的气息尚在空中飘荡，母亲却等不及了。在母亲眼里，农事是一个抢先的活，人生亦是个抢先的活，更主要的是，母亲希望能潜移默化地影响我们。我们先是不情愿，也不明白此间的深意，但后来的人生证明，我们兄弟姊妹，均在这里悄然形成了积极进取的人生态度，想来，这也该是母亲最重要的欣慰了吧！

　　母亲长得瘦小，土里刨食的沉重让她较之于别人更加艰辛。母亲却从不说苦，更不曾想过逃避。在母亲那里，除了土地，并无其他生存路子，所以她只能面对这一现实，而且还要力争活得像模像样。多年后我逐渐明白，这便是母亲立于人世最大的哲学，虽然朴素，却抵得过诸多长篇大论。

　　这种哲学亦可视为某种情感。一个最突出的表现是：到后来，当我们兄弟姊妹都有了工作，当我们家的生活不再依靠一块土地，当母亲已然老去之时，她仍然不愿意走出土地，不论我们如何劝告她，她始终坚持在那里耕种，不曾有半步离弃。直到今年，土地全被征拨，母亲才不得不放弃。而她也分明觉得了内心的苦，无事可做时，总会一个人走到被覆盖了的我们家先前的土地的位置，一站就是很久，目光散淡无神，失落与不舍在那里此起彼伏，无论谁都劝不住她，谁又能劝得了她呢？所谓尘世，还能有什么事物敌得过情感的深入骨髓？

四

母亲一生，除了种活一株庄稼外，无外乎就是相夫教子。母亲虽然生长在新时代，她所接受的教育，却是从旧时代的外祖母那里得来的。在外祖母那里，一株庄稼和相夫教子的事，即是一个女子的全部世界。不仅如此，在外祖母看来，一个女子，是不需识文断字的，"女子无才便是德"的旧礼俗，一点一滴地通过外祖母传到了母亲身上，并成了母亲生命底色的烙印。

母亲的女红手艺，正是受这旧时代影响的产物。在外祖母那里，一个有德的女子，除了无才之外，还要精通女红，所以母亲除了能种活一株庄稼外，还能在飞针走线中绣出一束束的花朵。那些花朵，总仿佛刚从枝头上生长出来，一朵朵鲜活地在那里摇曳。母亲的尘世，亦因此获得了无限生动，一朵朵花影乱颤的时候，沉重的生活便轻了许多，也淡了许多。来自心的愉悦，即使够不上诗意，也一定有春天的色彩荡漾，这种温润的感觉，直到多年后，我们都还能感受得到。

母亲一生，除农忙外，几乎就一头扎在女红之中。那些时候，或是在一盏煤油灯下，或是在一缕温暖的阳光下，总会有几个伯母和婶婶，跟母亲围在一起，一边穿针引线，一边说说笑笑，身外的世界，即使在悄然发生变化，在母亲们这里，亦是无所闻，也无须闻的。尘世的风起风落，在女红之上，均显得遥遥的。而由此往上，我还进一步悟到：女红之上的相聚，还可以视为一段淳朴的乡村时光的美好见证。

贰 世俗山河

我们年少时的衣物，几乎都出于母亲之手。印象最深的是，即使如一张笋壳之类的东西，只要经母亲用剪刀绕几个弧线，一只鞋的样子就出来了；再之后，母亲便会将其纳成鞋底，再接下去，随着剪刀绕过的弧线，像模像样的一只鞋帮也给弄了出来；再到最后，鞋帮和鞋底也缝在了一起，一只布鞋就这样制成了。很多年，我们兄弟姊妹穿的均是母亲自制的布鞋。我们正是穿着母亲自制的布鞋学会了走路，直到后来远走天涯，生命之路跟母亲的一只布鞋的关系，一定有着深远并诱人的意义。

只还需说的是，母亲亦或多或少地继承了外祖母的旧式思想——一方面，她自觉接受了她所生活的新时代的影响，坚持送她的三个女儿上学读书；但另一方面，她也同时希望女儿们能学得女红的手艺——新与旧在她这里，均被视为美好的东西。然而母亲终于是失望了，她的女儿们除了对书本表现出浓厚的兴趣外，对针线之类的东西，虽然不至于嗤之以鼻，却以其笨拙的表现让母亲不得不生起失望——好在那失望并没有持续很久，仅仅一番怅惘之后，母亲便在那些涌来的新式的思想里得到了释然，释然之后，尘世又重归于平静。

五

尘世在母亲这里，平静之外，就只一个"爱"字。

在我们兄弟姊妹中，就我天生体弱多病。用母亲的话说，从小到大，我不是三天两头感冒，就是三天两头发烧，几乎没有消停过。母亲说，有一年，某个夜晚，当她和父亲正吃饭时，我突然就晕倒了，他们急忙将我送去医院——母亲说当她和父亲抱着我一路朝医院飞跑时，还未跑到半路，我已经气息全无。父亲绝望了，说将我扔掉算了。母亲却不甘心，坚持把我抱到医院。到了医院，医生却不接收，说人都死了你还抱来做啥。母亲却坚持说我还没死，因为我的身体还没有变得冰冷。直到后来，任区委副书记的外祖父闻讯赶来，医生才从母亲手里接过我……再后来，直到现在，几乎是整整一生，我均是拖着个病患之躯，始终让母亲悬着的心不能落地。我亦曾做过很多努力，总想恢复身体健康让母亲放心，但始终不能如愿。只是在心底，我始终相信奇迹总会眷顾我，我一定能为母亲尽孝，绝不会先母亲而去，我一定要送给母亲一个完整的尘世。

母亲对我们的爱，可以说是用心一点点积累起来的。在她爱的深处，我始终会看见一座心之塔，在那里耸立，虽岁月更迭，时间模糊，那塔却不会坍塌，而且风霜越久，那颜色越加明亮、质地越加坚韧。譬如，当母亲老了，当我们兄弟姊妹均已经住到城里时，她仍然一个人在老屋里，把对子女的牵挂演绎到极致——为了能随时跟我们联系，不通文墨的她硬是把我们每一个人的电话号码背得滚瓜烂熟，即使有时夜已经很深了仍会接到她的电话，正担心有什么突发之事时，却原来是她怕我们有事所以打电话问问。虽然仅是一个日常的细节，却能看见有一种情愫，如春水般让尘世温柔无比。每到赶集的日子，母亲总要到城里来，土地还未被征拨时，她一来，就要给我们带来满箩筐的瓜果豆类等蔬菜。而母亲晕车，从村里到城里十几里的路，她都是一步一步地走来的。在这里，母亲用心筑起的爱之塔，一砖一瓦，叠印的，其实均是尘世光洁和温暖的一面。同时，在那春水泛起的瞬间，亦可看得到动人的光芒。

六

原来，母亲只求安稳的一隅岁月。然而后来，这一隅安稳终究是坍塌了。

这不得不说到父亲。父亲从厂里退回到村里后，即使随母亲有着相同的想法（更何况他还有很多不甘心），却有那么一点"树欲静而风不止"的意思——父亲始终被组织安排在村支书的职务上。这样的结果是，在村里，父亲复又置身于那"汹汹"的另一种人事里了。正是这"汹汹"人事，终于在某天弄塌了母亲内心的岁月。

一直想跟父亲争支书职务的一位堂叔，于大年三十的晚上组织了他的表兄弟若干人，对父亲施予了暴力。母亲的世界就在这一刻"轰"的一声坍塌了，尘世在她那里，一下子惊慌失措起来，原来的秩序遭遇了更改。母亲不断找派出所的人，她多么希望有人能出面主持公道，还她安稳的生活。然而因为堂叔的弟弟在县委上班，在他的打点下，母亲的愿望只能落空。甚至母亲还被某所长以帮她为由骗了三百元钱。其时一斤猪肉不过两元钱，三百元钱对母亲已经是一个不小的数字。钱都是次要的，关键受骗后，母亲的无助被推到了极致，进而觉得那最初的理想，从此将如改道的河流，面目斑驳，不堪正视了。

母亲的判断并没有错。经此后，村民因为惧怕堂叔他们的暴力，纷纷跟我们保持了很远的距离。一个最明显的现象是，几乎再没有谁愿意跟母亲一起劳动（村里有互相帮着劳动的习惯），就连平时经常跟母亲围在一起做女红的伯母婶婶，也远远地躲着母亲了。我无法想象母亲内心的孤独与惶然，倒只是记得，短暂的沉默后，母亲重又把欢笑呈现在了我们兄弟姊妹的面前，仿佛什么也没发生似的。而现在想来，母亲是将那孤独与惶然生生地独自承受了，她并不想我们跟她一起经历疼痛，她一定是希望我们的世界，永远晴和、美好……

我亦终于明白，母亲的尘世无疑是卑微如尘土的，但正因为如此，那从尘土里长出的情愫，是有根的，虽然算不上什么大爱，却带着山川雨露的湿润，无论何时何地，只要吸上一口，一定就会觉得神清气爽、心旷神怡——而我自己的所谓跌宕起伏、翻来覆去的人世，也就跟着风轻云淡起来。

老了的父母

一

中午时分，推开那两扇虚掩的木门，看见父亲一个人在吃汤圆。母亲不在。问了父亲，才知道母亲下地锄草去了。父亲说，母亲早晨去地里时，就已买上了两个包子预备做午饭，所以不用回来了。父亲还说他是回来给猪喂中午食，顺便给自己煮了一碗汤圆，吃完后还要去跟母亲一起锄草。我一下子又来气了。我说，都跟你们说过多少遍，不要再种庄稼了，这么毒的日头，这么大的年纪，在地里咋受得了？父亲抬头看看我说，这有啥了？一辈子，不这样都还不习惯了。父亲说得举重若轻，我认为急的事儿在他眼里根本就不是个事。

当然，我也知道父母这样做有他们的道理。一个人，当不再习惯眼前的生活，生命的一切都显得不适应时，那种损毁感，就不仅仅是来自肉体的，更是来自精神的，就像一株被连根拔起的植物，很快就失去了维系生命的土壤和水分。虽然有道理，可我还是想阻止父母，一方面我总怕父母累着，尤其是因此累倒了，那就更不值得；另一方面，按村里一般的观点，父母劳累了一生，现在我们兄弟姊妹有工作了，也该享清福了，而所谓"清福"，在村里人眼里就是不用再劳累，只坐着吃好穿好就是了。

这是很多村民一生梦想的美好场景。在地里劳作一生，老了，子女有出息、孝顺，不用下地干活，不愁吃不愁穿，内心春和景明，就算幸福了。但也往往事与愿违，有的人，一生劳累，将子女含在嘴里亲在心上，临到老了，子女却不孝顺了；再几年，做父母的死了，再有不快和遗憾，一切也都结束了。

父母在村里，被视为有福之人。首先是父母有两子三女，算双全了。其次子女中有四个是国家公职人员，日子算得上风光。所以父母总是让人羡慕。村里凡有娶亲说媒的，为了讨福气，总要请父亲。到了新夫妻要圆房时，也总要请母亲为其铺床，希望新婚夫妻将来如我父母一样有福气。直到如今父母都已年过七十，仍然还做此事。这虽然是帮人忙，但并不是任何人都能得到的"专利"。为此父母也总觉得自豪，甚至引以为荣。

很多时候我也替父母高兴。世俗不一定见得是个好东西，但世俗的东西有时更具烟火气，对身心有益。我宁愿父母时常被这样的世俗所围绕，助他们延年益寿。所以每一次父母跟我说起他们又为村里张家或是王家说媒铺床的时候，我亦感到内心喜悦，并总要接上父母的话头说上一阵。

父母也承认他们算得上有福之人。但跟一般人不同的是，他们虽然可以坐享清福了，但他们并不愿意，仍然还要下地干活，就像多年前一样，日出而作，日落而息，甚至到了固执的地步。

我觉得了难过。多年前，我和弟弟就已搬到城里并修建了房

世俗山河

子。那时候，我们的孩子都还小，我们以帮忙照顾孩子为由，想让父母随我们迁居城里。但好说歹说父母就是不同意。父母说，帮忙带孩子可以，但要带就送回村里，理由是村里他们还有老屋，还有土地，还有庄稼，还有喂养的猪和鸡，不能离开。没有办法，我和弟弟的孩子在上幼儿园之前，只好送回村里。幼儿园之后，白天送学校，晚上接回来自己带。如此匆匆忙忙中，孩子们倒是长大了。孩子们长大了，父母却更加苍老了。尤其是父亲因为多年劳作负重，导致颈椎骨质增生，压迫脑神经经常头晕，头晕的时候他就躺在沙发上，沙发是木制的那种劣质沙发，一层海绵和布裹着几块木头，因为年深月久，那海绵和布分明在时间中溃败了下去，木头坚硬的部分暴露出来。父亲用颈椎紧紧抵住那凸出来的木头，试图以暴制暴地缓解疼痛，但疼痛依然在加剧。母亲则是患了坐骨神经痛，双腿爬不了高处，即使是老屋前的两级石阶，她也总要先用一只脚放上去，踩稳了，再用整个身子帮助用力，最后一使劲，才站了上去。每一次看着他们的老相和病痛，我都会忍不住劝他们，还是跟我和弟弟到城里居住好了，一家人住在一起才会有照应。但每一次他们又都说这点小病小痛算不了什么，除非是真的动不了，要不他们就还住在村里，就还要继续下地干活。

有时候我也理解父母。在这一生，除了泥土和庄稼，父母再没有其他可以习惯的东西。真要强求他们去习惯其他东西，难免等同于剥夺他们现有生活的某些权利。于是不安就接踵而至了。一方面父母不愿意到城里跟我们居住，另一方面我们又因为工作以及各自的家庭不能回到父母身边，这其间的矛盾，常常像虫噬的感觉，一次次啃咬着我：一方面我想要改变这一现实，另一方面又感觉到被现实碾压的无能为力。

二

　　父母居住的老屋，是名副其实的老屋，这从周围房屋的变化可以看出来。先前村子还没拆迁的时候，周围人家都修建起了至少是两层以上的钢筋水泥结构楼房，并且外墙也贴上了明亮的瓷砖，相比之下，父母这一栋修建于四十多年前的瓦屋，其破陋就一览无余了。又因为我和弟弟已离开村子，所以就没有重新对其翻盖。一栋低矮陈旧的瓦房被一幢幢明亮的高楼压着，仿佛迅速崛起的新生活对旧生活的紧紧压逼，让人喘不过气来。尤其是后来，因为拆迁，周围人家都搬走了，先前的高楼被拆得七零八落，父母的老屋仿佛置身于一片废墟之中，除了陈旧外，更有荒芜的气息呈现出来。父母的老屋，此时更像一座孤岛。父母在这里进进出出，就像被时间抛弃了似的——我总是惊悚于这样的场景，觉得对父母而言，实在是很不堪的一件事，所以经常于深夜时分惊醒，然后一个人呆呆地坐在床头，茫然地望向黑沉沉的夜，心里想着父母在那孤岛上进出的身影。

　　我总觉得父母是孤独的。尽管父母并不一定觉得孤独，但当我在城里一次次想起父母的时候，那些孤独，就像一股股汹涌的流水，或者一枚枚铺天盖地的落叶，一次次把我淹没。于是忍不住就要拨响父母的电话，在寂静的黑夜的那一边，这一个突然响起的电话，往往会吓到父母，等父母追问并知道我和弟弟在城里并没有什么事情的时候，才会放心。但我终究没有将我的孤独感给父母说出来，因为即使是说出来了他们也不一定理解，甚至觉得没有必要。

还有一种情形是城里刮了大风下了大雨，我就要担心父母的老屋垮塌，急急地打电话给父母，问村里是不是风大雨也大。问老屋是不是有垮塌的前兆，甚或已垮塌了。末了又嘱咐父母一定要多加小心。但随即我又觉得了自己这一举动的苍白无力。大风大雨之中，老屋如果真要垮塌，我肯定是一切都来不及的。又还有另一种情形是村里跟父母同龄的，有很多已去世了。有的是在长久患病后家里做好后事准备之后去世的，可有些是昨天人还好好的今早起来后发现人已死亡了——我知道我在担心什么，种种的担心让我下定决心，一定要让父母搬出老屋，并跟他们住在一起。

于是想到了在村里建房或是买房。

而问题紧跟着就出来了。先是建房的问题，父母说我们兄弟姊妹又不回村里居住，并且都已在城里修建房屋了，更何况我和弟弟经济向来都不宽裕，他们不想再给我们增加负担。并且他们都已年过七十，也活不了几年了，就凑合着在老屋里过了，总之是不同意我们建房。后来我说那就在离村子最近的新开发的地段买一套商品房，还强调买商品房我用的是公积金，还说公积金不买房也取不出来，取出来买了房才能真正变成自己的钱，总之是将公积金买房的诸多好处大力渲染了一通，总算是说服了父母。但父母也还有一些特别的要求——譬如楼层必须是一楼，楼层高了爬不动；一楼最好也还要有个花园，花园小点也无所谓，因为父亲栽培的那些花草，必得要有地方摆放；最关键的是，有个花园，也算是能看得见天也看得见地，也总还有村子的样子，住进去人不觉得慌。条件虽然多了些，但毕竟父母同意购房，这对我而言已算是取得初步的胜利了。于是跑售楼部，挑选合适的房子，也总算按着父母的标准选中了一套，然后取公积金，办房贷，之后又上税，又交物业管理费，前后花了一年多时间，房屋总算到手了。但让我想不到的是，当我都已经装修好了的时候，父母却反悔不住了。父母说就在开发商还在建房的时候，他们悄悄跑去看过我所购买的房屋，虽然也是按他们的想法购买的，但一走进小区，看见那些密密麻麻的楼房，一座仿佛压着一座的楼房，他们就怕了，他们看惯了天和地，仅仅是花园那一小块，看上去实在憋得慌。末了还叫我将它卖了，他们还是在老屋过了，就像之前说的，他们也过不了几年了。

我无语，也无力责怪父母。我甚至想，在想着为父母建房或买房的时候，或许更多的是我的一厢情愿。他们在老屋住了一辈子，就像在土地上生活了一辈子，老屋与土地，都是他们所习惯的，也是他们的生命之根，若真要强求将其拔起来，或许有些残忍。既然如此，最好的办法，就是一切按着他们的意愿行事——物质层面的满足，更多的也只是外在的，唯有精神层面上的，才是对内心的最好安抚！而所谓岁月静好之类的祈祷，其实便也只在这一份安抚之中，可以觅得其真意。

这很像一种自我安慰。我深知，尽管从理论上说，我以上的解读似有合理的成分，但实际上，如果真能处理好父母的问题，又能顾及父母对现实和内心的需求，这才是最圆满的。所以我还是觉得了疼痛。我这么多年在外，也处理了很多棘手的事情，但到了父母的问题上，我却无从下手，自我安慰终究也无济于事，因为更关键的是，从这一件事情上，我是真切地看到了一个人面对亲情的无能为力。

三

秋天的时候，我和弟弟就会一起往村里赶。我们都跟父母一起惦记着他们种下的庄稼。我们的意思很明白，我们要花钱请人帮忙收庄稼，不能让父母一袋一袋地将其背回家。这一来父母急了。父母掰着指头算，请人帮忙收庄稼一天要花多少钱，收完需要几天共计要花多少钱，而所有庄稼能值的价钱还没有请人的工钱多，简直是"豆腐盘成肉价钱"，不划算。

父母这一生，就是靠着精打细算走过来的。一亩地能出多少苞谷，一斤苞谷能值多少钱，一块钱能换回多少油盐酱醋，一块钱能为我们兄弟姊妹买回多少布料做衣服，父母就是在这样的计算中一步步把日子过出来的。到老了，就跟要下地干活一样，这已经成了一种习惯，改不掉了。这是土地和生活交给父母的生命哲学。我不能说这是好是坏。一个人始终坚持他们内心想要的，肯定有其存在的理由，也肯定具有说服力。父母的选择让我明白，无论是物质上的还是精神上的，人这一生的生命秩序，其实便是自我的认同，认同了，观念便已形成，即使此去经年，人老了，甚至一直到死，外间的因素，终究不能改变其一丝一毫。

而我还得要说一说父母对待疾病的态度。除了土地和老屋外，近几年来，在父母的身上，让我放不下的有很多，疾病是突出的一个。

先说说母亲吧。母亲先天体质好，用她的话说，从小到大，一直到现在七十多岁的人了，从来没有吃过药打过针。即使现在患了坐骨神经痛，也没有吃过药打过针。我明白母亲的意思。一方面她是在炫耀自己多年无病无痛的身体，另一方面她也是在跟我们表明态度：她虽然这样了，但不用打针吃药。母亲倒不是对疾病轻视，只是怕吃药打针，母亲说吃药打针一定比疾病本身更让人难受。于是我们跟母亲发生争执，我们说不吃药不打针病怎么能好呢？母亲这下子似乎有些不高兴，说这个连小孩子都懂的道理难道她不懂。我们说既然懂为什么又要拒绝。于是母亲就还生气了，说坐骨神经痛又要不了命为什么偏要去吃药打针。争执的结果是我们妥协，但担心却不断地在内心生长，就像一根针，一直扎在我们的心上，想拔掉却又拔不出来。

再说说父亲。父亲跟母亲稍有不同，父亲不怕吃药打针，但怕花钱，钱和病比起来，父亲更看重前者。我先是不理解，但后来总算明白了其间的一些门道。

如父亲这样的，在村里是绝大多数。村里人出生了，长大了，有劳力了，在土地上劳作一生，到最后积劳成疾，或者半途意外患了其他疾病，如果是伤风感冒之类的，就随便买点药打几针，花点小钱，也算是值得的一件事。但如果是患重病了、大病了，内心稍一掂量，就坚决不治疗了，觉得宁愿死去，也不愿为了多活几年而多花那几个钱，那几个钱就留给活着的人过日子好了。父亲就是这样的，好几次我带他到医院检查，还未到医院时，他就先跟我说定，如果是小病，就治，如果是大病重病，就坚决不治。如果我同意，他就去医院，不同意，就不去。

话虽然这样说，实际上到最后，父亲是连那小病也不愿意花钱了。前几年，我一直带父亲去看颈椎，看了西医看中医，最后确定在中医科进行理疗。但临到医生将所有治疗程序敲定，就要办

世俗山河

理住院手续时，父亲却不治疗了，理由是虽然只是小病，但毕竟也要花钱，即使花了钱，也不见得就能将病治好，还不如不治。有几次我甚至生气了，跟父亲吵了起来，就连医生也觉得父亲不对。没有办法，我只能随便在药店买点"骨质增生贴"一类的药膏给父亲按时送去。一直到现在，每看着父亲又将颈椎紧紧地顶住那沙发露出来的木头以求缓解疼痛时，我就会觉得无奈：一方面，如颈椎骨质增生这类的病，的确没有较好的治疗方法；另一方面，父亲对治疗的不愿意，对生命不在意的态度，让我看到了人世的脆弱，就像易碎的瓷器，只需轻轻一碰，就无法拾掇，无可依靠了。

如果说父母坚持下地干活和在老屋居住，我只是觉得难过和疼痛，那么现在我可以确定有些荒凉的感觉了。人活一世，其实围绕我们最大的课题就是生老病死，其余，如物质、精神、荣辱、名利，再如喜乐、悲欢，等等，一切都只是衍生，无足轻重。但现在，生老病死在父母身上，竟然也不值一提了——这是生命的幸还是不幸？当生命不再以生命为重，当生命轻到可以忽略，我们所能握住的，又会是怎样的一种情愫？

四

父母这一生，到此已经不可能有什么改变了。

我也终于承认了这一现实。但我的焦虑却是避免不了的，尽管我已经最大可能去理解父母（同时也意识到自己面对生活的能力的局限），但那些剩下的事情——譬如如何照顾父母，再譬如当父母人生最后时刻来临（最担心的是毫无征兆地来临）的时候，如此种种，我又将如何去面对？所有这些，一直以来都让我有了手忙脚乱的感觉，而当这些真正到来，我更是不敢想象那一份忙乱到惶恐的样子了。其实这一生，我一直都在渴望一份安宁的日子——父母子女住在同一个屋檐下，彼此知热知冷，相互理解，朝暮融洽，无论是物质上的还是精神上的，无论是拮据还是宽裕，这都一定是人生的风清月明，亦是幸福与知足的美好情景。而我注定是无法拥有这样的安宁了，我只能在那担心、彷徨中，一方面继续想着村里的父母，另一方面继续在城里为工作与家庭而奔忙。只但愿这样的日子不要出现意外，至少出现意外的时间相对往后一些，再往后一些……

写到此处的时候，又是年末，又是一年即将过去，这年复一年的时间之逝，让那担心与彷徨又增添了几分。忍不住又给父亲打了电话，父亲告知他刚从地里回来，母亲则已经给她的猪和鸡们喂了中午食，此刻正在灶间烧饭。他们身体虽然不见好，却也无大碍，并相信总能熬得下去——还好，这岁月虽然有些缺失，却依然如初，甚至还有些永恒的恍然之境。想想，亦要算得上暂且的一份踏实与温暖了。

时间的忧伤

一

很多年前，父亲便说，让我陪他去看看他的二姨。

快过年时，父亲说过年去，但直到年过完了仍然没去。快放长假时，父亲说等我放假就去，但直到长假结束仍未成行。这样不断地说，不断地拖延，不经意间，似乎便是很多年。

直到今年国庆长假，父亲终于对我发出了最后通牒，父亲说，再不去，可能就来不及了。但父亲随即又说，即使去，恐怕也来不及了。父亲掰着指头算了一下，说他二姨如果还在世，今年应该是九十岁了。父亲其实并不知道他二姨的生日，只记得他二姨比我奶奶大五岁，而奶奶去世时恰好六十五岁，如今奶奶去世已经二十年，几组数字加起来刚好等于九十。几组数字其实并不复杂，父亲却接连掰了好几回指头，反反复复算了好几次，有几次还算错了。我才发现，父亲其实也老了。

父亲忍不住沮丧起来。他的九十岁的二姨还有可能活着吗？即使活着，估计也是不知人事，不识亲人了。那么再去看她，还有意义吗？好几天的时间，父亲一直陷在自我的怀疑和矛盾中，反反复复地像个小学生推理一道算式，每一次都会有一份沉沉的恍惚，把一份飘在头顶的时间和光阴弄得有几分孤独和不堪。

好在到最后，父亲还是从那一道道谜一样的算式里走了出来。父亲说，不管怎样，即使他二姨已经去世了，即使只是去看看一座坟一堆土，或者是他二姨老得已经不记得一切了，不认得他了，他仍然要去看她，不能再等了。

在我们家亲戚中，在父亲的二姨那一辈，她已经是剩下的最后一个老人。

我奶奶去世时，父亲还为我们一家人的生计在外奔波，那时候还没普及手机，通信不方便，无法告知父亲奶奶去世的消息，奶奶安葬后很长一段时间，父亲才回来。父亲一直为没能见上奶奶最后一面而觉得愧疚和遗憾。而父亲的二姨长得像极了我的奶奶。因为这样的心理，父亲一直想看他二姨一眼。只是多年的阻隔竟然让父亲只记得他二姨家的一个地名，至于路在何处却不得而知。

血脉与亲情从父亲的二姨处流淌到我这里，已经到了一条河流的下游，其间的热度分明细若游丝。但父亲不一样，在他跟二姨之间，血脉与亲情还只在咫尺，更何况，父亲一定是把奶奶的影子转移到了他二姨身上——尽管这或许会让父亲想要探望他二姨的情感打上折扣，但毕竟，这于尘世而言，无论如何都如那春水荡漾，清凉之中暖阳融融。

所以当我决定从俗事中抽身出来跟父亲一起去探望他二姨时，我甚至觉得，我或许也经历了一次严肃的情感洗礼。

二

除二姨外，父亲还有一个大姨。大姨已去世多年。父亲只依稀记得他大姨去世时八十四岁，还知道他大姨比二姨又大了五岁。在推算他大姨去世的时间时，父亲再一次算错了，只是这一次没有谁为父亲纠正，父亲自己也不想再纠正了。

父亲和他二姨、大姨，当然也还有我的奶奶，他们之间其实就是一个完整的尘世，缺了其中任何一个，就都像某个脱落的链条。即使隔了多年之后，即使有人已经不可能再面对面坐下来，在属于他们几个人的尘世里，回忆亦是一根缝衣针，一针一线之间，那些时间的漏洞似乎都会得到愈合。父亲一定很清楚，在这剩下的一截时光里，那点光亮的余存，随时随地都会被风吹灭。那时他所剩下的，或许便仅有了一个黑沉沉的空洞，他虽然不一定惧怕那个空洞，但当他一个人站在那里时，他一定就会觉得这尘世虚浮如风，以及从未有过的不堪重负。

所以现在，父亲必须紧紧拽住他的二姨。好在他的二姨身子虽然已如一根干枯的草，似乎精血耗尽，在秋风中欲折未折的样子，但也还算耳聪目明，一切回忆在她九十年的时光里竟然都还清清楚楚。也或许是因为这样的反差，父亲忍不住哭了，就在他的大姨、还有我奶奶在他二姨完整的回忆里一次次接近真实又一次次觉得缥缈无依时，父亲忍不住哭了。我知道，父亲在哭他的大姨，在哭我的奶奶，在哭那些已经逝去的时光，当然，更是在哭他的二姨，哭一个九十岁的老人紧紧留存在她生命中不死的记忆——

无论如何去看，时间在此都难免有点残忍，时间怎能让一个九十岁的老人至今仍清晰地活在她的从前呢？

在三姐妹中，我奶奶最小，却最先去世。我奶奶逝去大约十年之后，父亲的大姨跟着去世。这一直让父亲的二姨无法释怀。现在，在一缕秋天的阳光下，父亲的二姨抬起浑浊的眼看了看空茫茫的天空后对父亲说："你娘死得太早了！我是她姐，我咋就不死在她之前呢？"顿了顿又说："你娘死了应该有二十年了吧？"再又说："我为什么又活了二十年呢？"再下去就紧紧拉住了父亲的手说："你大姨应该也死了十多年了吧？我咋就又活了这十多年呢？"那样子，就像一尾深陷于时光中的鱼，被时光网住的同时，却又一直陷于挣脱于时光之外的彷徨和无依。

毫无疑问，父亲的二姨无时无刻不在想着她的两个姐妹。

这让我忍不住有些动情，同时也有些失落。其实，父亲的二姨虽然日子过得艰难些，但现在的她也是四世同堂，按理，她该在这一份幸福中继续享受更长的光阴，更何况，她现在还享受到了国家发给的农村高龄补助，但在一颗心的深处，真正可以慰藉她的孤独的，还是那些来自她两个姐妹的所有往事，其余的，不管怎样，似乎都离她远了些，甚至极有可能都是远在心灵之外的——而这些，是否就是来自尘世最本质的隔膜呢？

再看父亲的二姨时，便觉得她越来越像时间剩下的最后一根草。她一个人孤独地活在那光阴里，四周跟她一起生长起来的草木早已被秋风收割，唯有她，一个人在秋风中茕茕独立——不是诗意地独立，而是一眼一眉之间，均是残存的岁月，均是沧桑，熟悉的世界已经不再，满腹心事就像落满天际的秋风，混沌模糊，斑驳难辨。

我突然觉得有些不堪。我甚至不得不怀疑先前对于所谓肉身的福祉的理解——先前我一直以为，作为肉身而言，幸福的标志就是生命的长短，越活得长久，其幸福指数就会越高。但现在，从父亲的二姨身上，我觉得自己真的偏激甚至浅薄了——所谓肉身的福祉，它并不是单纯以活得长久为标志，较之于沉沉的孤独，生命的长久，或许更是引人心伤的利器。

　　三姊妹，无兄亦无弟，在那个时代，这样的家庭是被人们认为香火已断，也必定要遭受歧视的。不独是她们的父母，即使是她们姊妹三个，亦是受尽了村里人的白眼。这一特殊的人生经历，我就不止一次听我奶奶提及，每一次，奶奶内心的那一份愤懑和忧郁，都会像一阵阵清凉的秋风，把整个屋子弄得萧瑟无比。尤其是每年农历七月半鬼节，奶奶都忘不了要我在我们家的祖宗牌上添上她父母的名字，并嘱咐我在她去世之后，一定也要像今日一样供奉她的父母（后来我的确做到了，愿奶奶安息）。多年前我不甚明白，多年后却觉得有一份沉沉的凉意，就让奶奶立于那寒枝上。而多年后的今天，让我意想不到的是，即使已到了九十岁的年龄，即使所有的往事均已隐入尘土，但父亲的二姨仍然像当初奶奶一样走不出这一份寒凉之气。一看见我们，父亲的二姨第一句话就说：“人们经常说我这辈子就一个人，我经常给他们说，我家还有很多人，你看，你们今天不是来看我了？”父亲的二姨显然是把我们当成了她的娘家人，也当成了她最亲的人。而我，却在那一刻看见了一份穿越岁月与心灵的疼痛，就像一根根固执的草，一年年漫过无边的荒原。

　　三姊妹之间，几乎就是相依为命的一份亲切的尘世了。

　　我清晰地记得，在我奶奶去世之前，她一切都放下了，就是放不下她的两个姐姐。一直在说她们，奶奶说她倒不牵挂她的大姐，因为她大姐的儿子们有点出息，日子也算过得去。她唯一惦记的，就是她二姐，她二姐的丈夫已死去多年，两个儿子又都老实，尤其是小儿子连媳妇都娶不到，一家人生活很是艰难，人世在她二姐那里，真真是一份举步维艰。之后，奶奶还拿出一套平时舍不得穿的新衣服，嘱咐等她二姐来为其奔丧时送给她，那离世之前的牵挂，至今仍然让人动容。还有父亲的大姨，对他的二姨的牵挂，亦是让人感怀。直到她后来人生很多往事都已忘记，甚至忘记了她的儿女时，她都没有忘记父亲的二姨，只有在跟父亲的二姨说话时能回到清醒的状态。

　　如今，对父亲的二姨而言，或许真正能牵挂她的人，都已经离开了这个尘世，剩下的关于她的牵挂，或许就只有一份坠入时间深渊的回忆，缥缈且寒彻，但她依然喜欢一个人坐在那里，喜欢向着那深渊看过去。只剩下一个人，没有谁能干扰她，没有任何事能在那里出现，她只一个人进行着她的回忆和牵挂，剩下的，都只交给时间，至于有没有答案，似乎已经无关紧要。

三

　　早在五十年前，父亲的二姨父就已因病去世，此后，父亲的二姨便一个人带着三个孩子，一步一步地在岁月中走了五十年，一直走到了现在。现在，她的女儿嫁到了很远的地方，而且早已为人祖母，几十年之中难得回来一次；她的大儿子也即我的表伯虽然就住在隔壁，并且也早已为人祖父，却是在另一个屋檐下另起炉灶；她的小儿子也即我的小表叔，如今已是五十多岁了，却一直未娶，并早在十多年前就已孤身离家出走，其间从未回来过，亦算是生死未卜。

我们问表伯，为啥不让父亲的二姨跟他一起住？表伯一脸无辜地说，并不是他不要，而是父亲的二姨不肯。表伯还说，她之所以不肯，是因为她说她一直要守着属于我的小表叔的那间房屋，她要等小表叔回来。表伯还说，他去年在修建他这边房屋的时候，准备连小表叔那边的一起修，结果父亲的二姨死活不同意，还大骂表伯豪强霸道没良心，想要霸占小表叔的家产。我们又问表伯，那么小表叔究竟有没有音讯呢？小表叔究竟知不知道有一个已经九十岁的母亲一直在等着他回来？这下表伯显得有点生气了。表伯说，老母亲在家苦苦地等着小表叔，但小表叔的心中根本就没有这个老母亲。表伯还说，有一年小表叔从广州打了一次电话回来，当时表伯就催他回来看看老母亲，小表叔答也不答，只说他连自己的生活都顾不了，哪还有闲钱奉养老人？

关于小表叔，父亲的二姨有时也觉得他或许真的死在了外面，尤其是每年农历七月半鬼节时，她总要躲开我的表伯，偷偷地为小表叔焚烧纸钱；有时夜半时分，亦会听到她一个人在哭小表叔。但与此同时，她又坚信我的小表叔总有一天会回来，她一定要帮他守好属于他的一份家业——尽管那一份家业已经只是半截（另外半截已被我表伯翻新盖成了水泥平房）低矮破旧的瓦房，以及门前荒草丛生的窄窄的一个小院子。而当我们弄明白这一切时，突然也似乎明白了一个九十岁的老人，何以如此顽强并且清晰地活在这尘世间的原因了。

"四月是最残忍的季节／荒地上／长着丁香／把回忆和欲望／掺

和在一起／又让春雨／催促那些迟钝的根芽。"托马斯·艾略特在《荒原》里这样表述生与死的迷茫与残忍。而我亦觉得，一个人一旦置身于某个残忍的季节时，生命的迷茫，就一定像荒地上的一朵丁香，即使花香尤在，却已恍如隔世。

父亲的二姨，也是那一朵隔世的丁香吗？在一片孤独无助的荒原上，一切似乎都已经过去，一切都还没有到来，一朵花的开放与零落，残忍与迷茫，早已经没有任何人会在意。

一切都已经无可挽回了。对父亲的二姨而言，过去的已经成了永远的过去，没有到来的已经不可能再来。就像某扇在秋风中洞开的窗户，虽然有一双眼睛和一颗心还醒着，但其实，秋风所过之处，一切都已经无济于事，厚厚的尘土早已掩埋了一切，剩下的，或许真的只如隔世的凝望，以及一开始就已面目全非的遗忘。

只有这一次短暂相聚后的告别，才是这个秋天最真实的场景。吃过饭后，送给父亲的二姨为数不多的一点钱后，我们便要告别了。二姨显然舍不得。在干净明朗的阳光下，她一手扶着拐棍，一手紧紧拉住我父亲的手，然后就哭了，先前的欣喜，终于成了决堤的泪水，"儿呵，我晓得我们这是最后一面了，等你下次来时，我就变成一堆土了……"我父亲也忍不住再一次哭了。紧接着，这一对暮色中的母子——彼此都已经枯去的身子，就像两棵随时都有可能折断的霜草，紧紧搀扶在一起了……近处，有一簇簇灯笼般的西红柿红得正耀眼，远处，还像从前一样不知人世的稻谷正逐渐变得金黄，一只不知来自哪里的羊，漫不经心地走过……

风却一直不动。风也许不忍心打扰这残忍和迷茫的时刻，只是最终我们还是走了。一直走出很远，父亲都还在回头，我也忍不住一次次回头，父亲的二姨依然站在那里，虽再也看不见她的泪眼滂沱，但我突然觉得，此一去，我们便是彻底地将一个九十岁的老人，将我们家剩下的最后一个老人丢下了，我们只用了不多的一点钱（这样的形式我一直觉得很是不堪），就将那些穿越了无数岁月的牵挂丢在了时间的那一边。只不知，一起丢下的，是否还有疼痛，就如这悄无声息的秋风一样，只默默地，便割碎了我们潜藏多年的忧伤。

梦中的怀念

一

我总是不断梦见小姨、大表弟，还有死去多年的外婆、爷爷和奶奶。醒来后，一双眼睛再也无法合拢。一个人呆呆地望着天花板，感觉到人世的空浮与游移。偶尔，如果有月色落进房间，在一抹清幽的光里，还会有一滴浊泪涌动。我曾想梦可能是遭到传染了，梦一定也会传染的。从此梦到彼梦，一个又一个的梦都具有相同的属性，大概就是证据。

怀念会是怎样的一件事呢？怀念很可能会是温暖的，也是幸福和忧伤兼有的。关于亲人，我想应该是一个不会枯朽的词。时间之中，再没有比这更强大和温柔的词语了。关于亲人，不论死去了多久，他们总是刚从你的心窝出发，然后又回到你的心窝里。你小小的心窝，是他们也是你永恒的故乡。不论时间多远，路程多长，他们其实一直都还住在你的心上。

我弄明白这一点时，刚好读到一句话："神就是爱，住在爱里

257

面的，就是住在神里面，神就住在他里面。"我就想，怀念之下的一切真实或虚构，或许都与爱有关，爱还是盈满神性的温暖之光——风吹万木、肉体坍塌的时间之旅，或许正是由这一点点的光所照亮。

二

昨晚，我又梦见小姨了。梦中的小姨似乎比先前还要慈祥。她朝我走来，她微笑着，面目温和。她亲切地抚摸我的头，跟我说话，说一些陈年旧事，说那年她跟母亲背着我弟弟去赶乡场，遇上一场暴雨，为了不让弟弟淋着，她跟母亲紧紧把弟弟护着，躲在一个狭窄的岩壁之下。还说那年我们家闹饥荒，我跟姐姐翻过罗家大屯去她家背土豆的经过……我紧紧拽着她的手，我很怕她突然离去。这样的场景已经很多次了，每次当我正要问小姨一些事，她就走了。她变成一只鸟，又仿佛是一阵风，一晃就飞走了。我看不清她去的方向，她每次都躲着我，我想她一定是故意躲我的，她不想让我知道她的去处。然后我就醒了。其实我并不想醒的，我很迷恋这样的梦。

梦却总要醒来。梦也像一粒粉尘，不经意就走丢了。梦还像一条路，稍不留神，就被荒草或风遮没了。我也是要醒来的。我知道，梦里的那个人，分明也走丢了，也没了，时间之中，她仅给我留下如梦的一个影像，以及一具虚构的肉身。

再又入梦时，却又回到小姨和大表弟车祸死时的场景——小姨躺在医院的太平间，身上盖着一块染满血污的白布，面目安详；

大表弟躺在市殡仪馆里，头骨破裂、面目狰狞，满身血污，旁边放着一只破旧的胶鞋……时间虽然不算太长，可如今想起他们，已经觉得很遥远了。他们以及他们的一生，已经是山高水长，只能遥遥一望了。

还有一次梦见大表弟，他的面容已经模糊不清。他似乎变成了一头小兽，非驴非马，在山野间飞奔。山风浩荡，秋草摇黄，转瞬间又是黄沙漫野、碧血落日。再后来他穿过我的身体，我分明听到了他的哭声——凄怆、遥远而又悠长，像一匹狼孤独的嗥叫，又像刀子掠过风沙的声音……我想拽住他，他却不见了，只有一缕劲疾的秋风从指间快速穿过……醒来，惊出一身冷汗。而我也突然明白，大表弟的死，已经成为我身体及至灵魂的梦魇。

三

奶奶去世时，我却没有半点的悲伤。

那时我还很年轻，对任何事物，都充满了诗意与浪漫。关于死亡，我深受一些哲人的影响，也认为不过是没有知觉与痛苦的睡眠。更何况在我看来，奶奶一生虽然活得卑微困苦，可毕竟也儿孙满堂，多年来，在我所生活的这块山地之上，人们普遍认为，一个人能活到这个份上，已经很圆满了。在这样的心理下，我一度觉得慰藉与平静。

奶奶去世后，有好多年，我几乎还淡忘了她。我总是忙于工作与生活。只是每年清明，才会去到她的坟头望望。每隔一年，奶奶的坟头就会多出一些杂草，四周荆棘丛生，白蝴蝶、黑蝴蝶不断飞过，风在蔓草间疾驰，一缕荒落与寂寥，隐隐地泛着死亡的气息。生与死的距离，于我而言，总是很遥远。

近些年来，我却不断梦到奶奶。在梦中，我还是个孩子，奶奶则还在她早已经拆除的老屋里忙活。奶奶用过的灶台、桌椅、板凳，还有她常年用来垫坐的那块黑色的蒲团，也还都在梦里出现，时间和场景都还停留在从前的时光里。有很多次，我还清晰地看见奶奶把我引到那个木柜之前，奶奶一边掀开柜顶上的杂物，一边神秘并有几分狡黠地对我说："你猜里面有好吃的东西不？"然后揭开柜盖，把一只手伸入柜里，最后就掏出一些糖果来。奶奶说糖果是柜子长的，柜子是一棵会变魔法的树……这已经是很多年前的事了，但一旦进入梦境，便历历在目，记忆犹新。每次梦醒，我忍不住就要感慨。有时我还会把熟睡中的妻子摇醒，然后跟她说起奶奶，说起关于一个木柜的童话。于是，旧年的时光与温情就充盈了这个夜晚。于是我们就会相拥而坐，然后默默无语。生与死，怀念与叹息，在这样的夜里竟也有几分温馨。

再后来，每一年春节，我也会到奶奶的坟头，特地给她带去一些糖果，然后在一缕清凉的阳光中坐下来，跟奶奶说上几句话。节日的烟花和焰火不断升腾，我感觉到奶奶离我越来越近，并已经成了我内心一个化解不开的梦。而我也终于明白，再圆满的死亡，也是牵心扯情的。当死亡起步时，那怀念，其实也悄悄迈开了脚步，它就像一颗芽苞，只待春风一起，就破蕊而出，不可阻挡了。

四

相对于奶奶，爷爷的死，就更加平静了。

爷爷活了将近七十岁，不算高寿，可古稀而逝，也算寿终正寝了。爷爷没有任何疾病，只是死于一口无法咳出的痰。我一直坚信这口痰更像一个魔咒，在爷爷生命的尽头，它一度深不可测，充满宿命的色彩。

爷爷去世时，我没能在他身边。就在他去世的当晚，我在县城租来的房子里全身发热，像有一群蚂蚁从身体里爬过，瘙痒难受，还睡不着。其时我就有了不祥的预感，并告诉了妻子。第二天一早，接到堂弟的电话，说爷爷去世了。我赶到村里时，爷爷和奶奶生前居住的老屋，门板和篱笆已经拆除，村里的一个老人，正给爷爷剃头。爷爷面目安详，仿佛仅是深睡的样子，丝毫看不出死亡的气息。我最后抚摸了他的脸庞，脸庞上的那一片冰凉，才让我真切地看见了死神正在闪烁的目光。

爷爷逝去后，我一直想给他立一块墓碑，碑文也早已想好。在亲人之中，爷爷最是诚恳厚道。爷爷一生从未与人发生争执，从不与人为敌，凡事在他眼里均只是和平美好。这让我很是敬重他。在我看来，这样的生命历程实在是一种真境界——尘埃之上，心灵之下，自有菩提。所以我一直想用这样的方式，让爷爷在年年蔓生的荒草轻烟及苍茫山川下获得不朽。可因为一些不可言说的原因，这样的想法更多时候仅是一个虚拟的梦境。在梦中，在一片青山绿水之下，在一块高大的墓碑之后，我始终看见爷爷安静

贰 世俗山河

自然，面目沉静。我立在石碑前，一次次大声诵读那些碑文——桃花纷纷飘落，风信子在风中舞蹈，山谷寂静，百合盛开，唯有神谕的声音，洁净而庄严的声音，在一片葳蕤间响起。

很多年，我就在这样的心理下，一次次想起爷爷，梦到爷爷。我显得有些柔弱无助，就像一个被时间劫掠过的旅人，在时间的末路上感到了最大的疲惫和无奈。我就想，怀念或许还是一场风吹水洗的过程，当怀念的风沙一次次肆虐，剩下的早已经是一副空空的皮囊……或者，就只有一棵从故乡启程的树，在风沙必经的山垭上，一年又一年守望……

五

在逝去的亲人中，外婆是最高寿的了。

外婆活了八十四岁。外婆一生多病，身体不好。很多年前，外婆就一直要吃一种名叫"头痛粉"的白色面药，及至吃上了瘾。一旦停下，外婆就会头痛不已。"头痛粉"成了维持外婆生命不可或缺的药物。多年以来，外婆的身体一直虚弱如一棵随时会在风中折断的芦苇。有一次爷爷还说外婆像一个熟透就要腐烂的桃子。但出乎意料的是，就在爷爷逝去多年之后，外婆仍在顽强地与时间和生命对抗，并最终以一个胜利者的姿态站到了诸神面前。

有几年，大约是不堪忍受疾病的折磨，外婆甚至诅咒自己快点死去，但越是诅咒，死神越要绕着她走。记得有一个晚上，我们接到舅舅的电话，说外婆就要断气了。我们连夜赶过去时，奇迹却再次发生了，经过一夜的煎熬后，外婆再一次活了过来。活过来的外婆又活了好些年，直到八十四岁的那个秋夜，一场凌厉的秋风才最终摧毁了她的容颜。

外婆一生善良、为人质朴厚道（在这一点上，她跟爷爷极为相似），她对她的儿女孙子，还有乡亲寨邻，她对她熟悉或不熟悉的人，都一样给予了真诚的热情与善。她从不信佛，也不信什么教，她的真诚与善，却是植根心灵并超乎心灵的。在她死后，因为这点，方圆村寨的人们都前来守灵，给予了她最后的认可和尊崇。

外婆还在世的每一年，我都会找时间去看她，并送给她一些钱以及吃的东西。在她去世后，也是我坚持并出钱为她办了法事，尽管我也知道这只是一种虚幻，但我想，它在一定程度上可以抚慰生者的心灵。外婆逝去之后，我经常都会梦到她。到小姨和大表弟去世后，他们就一起来到了我的梦里。每次外婆都笑容可掬，一手拉着小姨，一手拉着大表弟，步履从容地走在回家的山路上。后来，这个梦境还不断延伸和扩大，爷爷和奶奶也加入其中，他们一起坐在一片青山绿水和阳光下，或者就在一个小小的花园和屋子里，他们相互说笑，一切都还像先前一样，人世的气息清晰透明……

醒来，热泪盈眶的同时，突然明白，面对他们，我其实一直渴望说出某种美好的愿望。只是在面目全非的时间与内心下，那些美好的词，已经无法复制，并终于不可言说了。

人间气息

因为疫情，我从未像庚子年这么注重农历的纪时。偶尔写下几篇文章，文末总要郑重落款："庚子年某月某日。"就像某个特别的标志，仿佛日月山川江河大地行走到此时，那一份驻足的凝然，多了几分与众不同。

我属鼠，庚子年是我的本命年。按民间说法，本命年一般不太顺畅。加之二○二○庚子年疫情，使得这个本命年又多了层阴影。我十二岁的本命年，母亲不知从哪里弄来个假玉坠套在我的脖子上，说能保我的命。到二十四岁、三十六岁，再到今年四十八岁，不管玉坠真假，母亲不再为我套上。觉得自己仿佛凛然前行，手无寸铁地去迎接人生不可预测的生死一般。

疫情自春节而起，夹杂于春的讯息之中，花草树木亦多受其干扰。阳光很少来，倒是烟雨总是湿湿的，油菜花、樱桃花、桃花、李花，一切可能绽开的花朵仿佛被谁紧紧按住身子，总是无法探开最后的亮色。蜜蜂和蝴蝶也不见踪影。偶尔能看见一只喜鹊，却是沉重落寞的样子。一切都显得有点异常。倒是突然间似乎读懂了杜甫的这两句诗：

感时花溅泪，恨别鸟惊心。

——唐·杜甫《春望》

人与万物，历来总是相互有情，喜其所喜，悲其所悲。

而那时候，已经有人因为疫情而死去；也有很多人虽然没有死去，却是有家不能回；当然，也有更多的人只能躲在家里，以此远避疫情，人世的热闹仿佛空空寂寂。二〇二〇庚子年，显然颠覆了向来的秩序。

生与死，一下子成为人生最严峻的话题。

仿佛除了生死，人生其余事都不再是大事。

因为疫情，我们一家在新城区住了将近三个月。

女儿每天早上八点不到就要上网课，妻子也早早就起来为女儿做早餐，我也可以顺带吃了然后去上班。妻子是教师，因为学校停课可以待在家里烧茶做饭。这样的场景要算得上温馨，也算疫情给我带来的意外收获。我和妻子结婚多年，女儿也已经上了高二，可因为彼此都有工作，学校放寒暑假时，妻子亦经常会在外培训，所以平时家里很少开火，这于传统的家居生活而言，要算是不正常的轨迹，并也总是缺少那么一点家的感觉。但我们更多的却是不安，我每一次下班回来，妻子都要递给我一支体温计。其实在此之前，我出小区，进办公室，再出办公室，再回到小区时都已经测量过体温，但妻子还是不放心——一方面她怕我感染了病毒传染给她和女儿；另一方面更是对我的担忧，爱的形式表现在这里，其实蕴含着许多复杂的情感，并包括了很多不确定的

世俗山河

因素，一旦发生意外，譬如说我感染了病毒，妻子和女儿就会跟我保持距离，甚至划清界限，先前的爱，或许还会遭遇质疑，等等。所以要感谢那支体温计，因为它的每一次显示，都证实我没有感染，是它让我们保持了先前的爱的秩序。

卧室的灯早就坏了。因为疫情，要想更换已经不可能。在平时，我们都习惯了熟视无睹，总想着我们所安享的那一份安宁总会地老天荒，一切的怀疑、担忧乃至危机之类的词语，似乎不会出现在眼前。但现在，仅是一盏灯，就足以让我们看到了那些一直隐藏着的让人惊悚的真相。卧室很暗，无论白天黑夜，就像我们为了疫情而退避的最后的处所。然而我最终想起的比喻是——它像一面滑坡体。原因是自疫情开始后，我一直在读阿来的《云中记》，这似乎又有些巧合，不论是地震还是疫情，这些来自自然的灾祸，对人类都有着相同的暗喻与启示。在疫中读《云中记》，由地震而疫情，那一份体验似乎就更加深切——对灾祸的感同身受，对那些来自心灵的颤抖、安抚，对生命、人世脆弱的叹息和哀悼，等等，所有的悲怆与哀愁都显得更加集中，就像阿来所描绘的那一面滑坡体——地震之后云中村剩下的最后的残骸，尽管我们始终虔诚地祈祷，但它终将要沉没下去，任何攀缘而生的希望，在此都有了受阻和被破坏的感觉。

这样的情形一直持续到春天来临。春天虽然遭到疫情的阻碍，但终究还是出现在了人们的期盼中。油菜花、樱桃花、桃花、李花，一切该开放的花朵都一起开放了，风也暖和起来，阳气自地底一下子迸发而出，甚至能让人想象出它在先前不断积蓄、迂回的样子，那种力量的准备以及其中的曲折艰难，以及一朝面世的粲然，都让人忍不住惊喜异常。疫情也得到了有效控制——一个最明显的标志是我每天都能看见有成排的客车停在县政府旁边，然后又有成排的戴着口罩的工人依次上车——这是政府在有序地组织工人返岗。这样的场景，一旦放到疫情的背景下，总觉得就有一种向死而生的意味，每一次望向他们，我都会感觉到生之沉重。但不管怎样，疫情的解冻，这么多人的为生而奔赴，毕竟也是希望的另一面，较之于那一面滑坡体的暗喻和启示，毕竟要舒缓柔和得多。

学校也开学了，于是送女儿返校。女儿现在已经到高三了。在我看来，高三是人生的一个转折，甚至此一去是风清月明还是阴雨如晦，均与这一时间节点有着重要的关系。所以在内心，我还是希望女儿能考上一所好一点的学校，如果能考上重点大学就更好。这样的想法也常常让我感到不安，对于孩子的成长，现在普遍流行的一种说法是"尽力就好"，甚至还有一种最放得开的想法是只要孩子不学坏就行，似乎学习的好坏以及将来人生的选择都已经无关紧要。我也不知道我内心的想法对于自己还是孩子而言是否苛刻了些，当然也不知道这普遍的说法是否只是一种自我压力的释放与缓解，或者是无奈之下的自我安慰。在孩子教育的问题上，其实一直都没有统一的意见，也没有一个固定的标准。

之后，我不停地给女儿打电话，得知她的成绩始终赶不上其他同学，尽管她已经很用功了。女儿有些难过，后悔高一高二时没有认真学习，现在虽然很用功了却看不到进步的影子。我也觉得难过，既替女儿着急，又心疼女儿，尤其是在听说几乎每晚自习时，她都是最后一个离开教室后，我放下电话，好长一段时间说不出一句话，仿佛能看见在那一个个黑夜里女儿的努力与她的孤独的样子。我甚至还想，假如人生不需要奋斗就可以有条件享受安逸那该多好，或许少数生来就可以继承锦衣玉食的子弟能进入此列，但底层如我们肯定都做不到，所以唯有鼓励女儿，再苦再难也得要坚持，唯其如此，我们才有可能撞开属于自己的那一扇门。

疫情继续向好的方向发展，很多地区均已解封，出门进门已经不需要测量体温了，生活的秩序重新回到了正常的轨道之上，但生活的琐碎却又如尘埃一般紧逼过来。譬如我又跟父母闹不愉快了。原因是父母在我们家已经被征拨的土地上种菜，村里工作人员不允许。我打电话给他们，说既然不准种就不要种了。可是他们不听，偏要跟工作人员继续吵闹。我再劝他们，却不想将他们惹恼了，跟工作人员吵得更凶了。父母近些年来一直占据我生活的绝大部分，并时时让我感到苦恼，乃至无能为力。在我看来，父母子女之间，按一般道理，是以爱为基础的人间建筑，这建筑里的一砖一瓦，均是有机统一的，即使有矛盾，亦是允许相互包容乃至和解的。为此我非常羡慕很多作家笔下的父母，在他们那里，父母始终仁慈善良、为人宽厚，子女孝顺、懂得父母心意，彼此和睦相处、融洽无间，即使是尘世的一切艰难，在此之下亦只化为温暖流淌。可是说真的，近些年来，当父母越来越老的时候，我和父母之间，总是存在这样或是那样的分歧，总之都是意见无法统一，进而发生不愉快。有时候我也想，或许真是我对父母的要求高了些；也或许无论对错，只要一切都顺从他们的意愿，就能改变这一切了。

一转眼就入冬了。等我发现时令已经是冬天的时候，我忍不住就有些惆怅起来。二○二○庚子年，因为身陷于疫情与生活的尘埃之中，除了记得春天花朵先是受阻然后又是一朝全部迸发之外，至于夏天的草木汹涌，秋天的万物枯去，这些自然的景象与轮回，竟然都被我忽略了。在此事物覆盖彼事物的背后，我再一次看见了内心与现实的忙乱和不安。大约是深秋之后的那一段时间吧，因为倦于每天从老城区到新城区上班都要搭乘公交车，所以我又一个人住进了新城区。因为想着那一份忙乱和不安，于是找来《庄子》阅读，希望借此让内心与现实均转为一片澄静。我一个人读这样的句子："不乐寿，不哀夭，不荣通，不丑穷，不拘一世之利为己私分，不以王天下为己处显。显则明。万物一府，死生同状。"文字之间，确是人生的大通透与大安静。但我知道我做不到，虽然我一直想做到，但我更知道有些时候现实往往并不以内心为转移，现实与内心之间，通常都是一个矛盾体——你想要的，却是现实所不允许的。很多时候，作为人，便是在这样的矛盾之下沦陷于那生死的混沌与无奈中。

下了一场小雪。那时我读完《庄子》的某段后穿过那片废弃的厂子去散步。雪花就在此时落了下来，雪花很稀、很薄，并且就要绝迹的样子。但这足以让我感到兴奋。在我居住的关岭一地，因为气温高，一般很少能看到雪，所以每见到雪花时，人人都会觉得无比兴奋。人心就是如此，越是缺少的，也就越稀罕。所以我竟然为此停下了脚步。也第一次认真打量起了这厂子。而一旦打量起来，也才发觉这厂子竟然跟我的生活有着不可分割的联系，甚至觉得它其实就是我生命旅途中又一个隐喻或者什么。我先前并不走这条路。先前我上班的地点在老城区，不需要走这条路。后来我上班的地点在新城区，恰好要从这里经过，于是就走上了这一条路。这有点像人的命运，走上哪一条路，或者说即将踏上一条新路，又或者是这一生你需要走过多少条路才会到达人生终点，等等，这都是你无法知晓也无法把握的。厂是水泥厂，厂房拆除后，却长出了一片茂盛的芦苇。现在，点点的细雪就落在那芦苇上，芦苇不停地在风中摇晃，然后那雪就不见了。雪再落下来，芦苇继续在摇晃，终于就看见浅浅的雪痕了。就仿佛时间一点点往上堆砌，并逐渐模糊的感觉。有那么一刻，我还恍惚觉得这就像二○二○庚子年季节行将结束时对我的某种提醒，但提醒什么呢？终究又有些捉摸不透。

雪过之后，天空却放晴了，虽然气温照样很低，可连日的太阳总算让人感到身心舒适，仿佛觉得春天都已经在路上了似的。只是国内的疫情又有所反复了，尤其以河北石家庄为甚。贵州给全省广大群众写了一封信，希望在外打工的人们留在务工地过年，以此减少旅途感染风险。这让我想起春天时那些在疫情中"向死而生"的背影，一年过去之后，他们并没有迎来生的彻底的转机，仍然行走在"向死而生"的路上，其间的彷徨与无奈，想必也是生活乃至生命无助的真切体现。我虽然还可以回家，但也再次量起了体温。也终于确定，疫情的再次反扑，告诉了我们一个不争的事实——面对自然、疾病而起的灾祸，人类其实一直都处于被动位置，人类的脆弱一直都是这个世界的软肋。那么唯一要做的，或许就只能对自然与疾病保持敬畏，只有深怀敬畏之心，以和谐之态，才会迎来我们一直所渴望的安宁世事。

大寒之后，连日的太阳一下子又不见了踪影，绵绵阴雨与湿湿的冷风忽又卷土重来，就像反复无常的疫情一样，让人陷入人生命运的扑朔迷离之中。腊月十九，顶着严寒去学校接女儿回家。这一次，女儿不再沮丧，因为她的学习总算有了进步。一路上女儿跟我谈的都是学习与高考的事情。除了学习和迎接高考，女儿似乎忘记了疫情的干扰，也仿佛疫情原本与她就没有什么关系。

仔细想想，这其实也很好，这甚至还可以称得上身心的安全与幸福。腊月三十，太阳出来了。太阳一出来，连日的阴霾一下子被扫除了，也想着假若这太阳能将疫情彻底覆盖，若能真的带出一个清朗无比的新年，将会是怎样的岁月之幸？

年夜饭祭祖时，燃了一串鞭炮。鞭炮声中，二〇二〇庚子年算是翻过去了，我的本命年也算是翻了新篇。按民间说法（或者说来自民间的祈祷），一切的不如意将在辛丑年里"牛（扭）转乾坤"。看着那鞭炮声里的点点落红，我突然泪如雨下，为那已经逝去的旧年的一切，也为即将到来的新年的一切，唯愿那一切，都能带给这现世以安稳，带给这人心以美满——虽然是俗气了些，可沿此往下一路过去，我相信自己终究能握住最真实也最温暖的人间气息……

后　记

　　到二〇二一年的时候，我已经有几年没写作了，一方面因为工作忙，另一方面更是写作遇到了瓶颈，再加上一场突如其来的疫情，我的写作基本瘫痪。种种因素加在一起，让我感到郁闷，还有几分彷徨，甚至思考起很多关于自然与生命的话题。后来我还申请改非，卸去了县文联主席职务。很多人不理解，只有我自己明白，我是想在那精神的重围中寻找到新的出口。

　　不任职后，我有了属于自己的时间。于是我重新走进了我的村子。早在多年前，我就离开了我的村子，搬到县城居住去了。那时候我甚至想这一生我估计再也不会回来了，但没想到，多年后我的村子成了县城新区，我工作的单位也跟着迁来，于是我又回到了村子。只不过此时的村子，已经不是从前的村子了。因为拆迁，又因为不断有新的建筑物冒出来，从前的土地、房屋、河流、道路等都已经改变。所以当我重新走进村子的时候，就忍不住有太多的感慨。一方面是高兴，因为我看到了村子迎来发展的生机与希望。但另一方面，我又不得不承认，对从前村子一切事物以及人事的怀念，亦是一刻没有停歇，仿佛矛盾的相互对峙，却又没有丝毫敌意。也正是在这样的情思之下，我注意到了那些草木。在所有的环境已经改变的时候，唯有那些草木还像从前一样生长，那一份花开花落与生死荣枯，仍然像从前的时光一样地老天荒。我就在那瞬间被击中，我决定写写这些草木。我想，一方面在写作瘫痪之际练一下笔，重新找一点写作的感觉；另一方面说不定在这些草木之上，那些围裹我的精神困境，或许也能得到些许缓解。

此后，我沿着这些草木所提供的路径，几乎走遍了原来村子的每一块土地。从立春开始，一直到大寒结束，我紧紧跟随着季节的步伐，认真记录下所能看见的每一株草木的生长状况。当然，从自然出发，我还看到了寄寓在一株株草木之上的生命之喻，并且，关于村子发展变迁的思考，以及从前村子的过往情感，也一直对我形成心灵冲击，也一起构成了我记录这些草木的客观视角与主观思想的延伸。

除了草木季节之外，我还陆续写下了一些关于村子生活的场景（除了几篇旧作外），那也只是一些片段性的、琐碎的只言片语，但那里有我个人在村子里的生命记忆，也有村人生命况味的群体折射，一个村子曾经生活的影像，一个个体生命置身其间的悲喜，一定程度上得到了还原。我无力从更大范围、更深层面去思考一个村子在时代变迁中所体现出来的社会意义和哲学意义，但我想用最真实也最真情的笔墨，将我所能看见的、记住的一个村子的过往留在纸上，留在人们的记忆中。并且我相信，今后，我也会一如既往地这样做，我不一定做得到，可我会一直去努力，因为这实际上涉及对我的村子，也即对故乡的一片深情。正如古诗所说的："胡马依北风，越鸟巢南枝。"又如尼采所说的："当钟声悠悠回响，我不禁悄悄思忖：我们全体都滚滚奔向永恒的家乡。"我相信，作为故乡，它一定是每一个人念兹在兹的存在，是我们灵魂得到温暖和安慰的永居之地，尽管在那里，一切都已经改变，一切都已经面目全非，但那一份牵挂和惦记，却自始至终萦绕于心。

除了写作的过程外，如果说到文字，熟悉我的朋友会发现，在这里，我的语言变得轻了，也变得淡了，一方面或许是我想要改变一下我的叙述方式，另一方面或许是因为从前的村子消失，而我也在逐渐老去，所以始终受到一种回到最初状态的心理的驱使，于是无论看人看事直到落笔成文，便都想着往那质朴简约的方向去了。我不知道这是好是坏，但我敢确定，这一定是此时我面对村子以及时间最好的姿态。

在将两个板块的文字合成散文集《人间气息》后，恰逢县里要编辑"大地上的乡愁——关岭乡土文化构建系列丛书"，领导觉得与丛书主旨切合，于是幸得立项，并获得出版资金扶持。大地是永恒的，乡愁也是永恒的，县里对大地乡愁的回望和守护，让我心生敬意。最后，还有幸得到知名作家王克楠老师作序，王老师对我文字的评点，尤其是对我的鼓励，让我的文字增色不少，也一定会让我的村子，得到更多人的关注，谢谢王老师！

李天斌

二〇二二年十二月